行易知难

赵毅衡文学论集

赵毅衡 著

四川人民出版社

图书在版编目（CIP）数据

行易知难：赵毅衡文学论集 / 赵毅衡著. -- 成都：四川人民出版社, 2023.8
ISBN 978-7-220-13161-5

Ⅰ.①行… Ⅱ.①赵… Ⅲ.①世界文学—文学研究—文集 Ⅳ.①I106-53

中国国家版本馆CIP数据核字（2023）第035626号

XINGYI ZHINAN ZHAOYIHENG WENXUE LUNJI
行易知难：赵毅衡文学论集

赵毅衡 著

策划组稿	邹　近
责任编辑	邹　近
内文设计	张迪茗
封面设计	李其飞
责任校对	吴　钥
责任印制	周　奇

出版发行	四川人民出版社（成都三色路238号）
网　　址	http://www.scpph.com
E-mail	scrmcbs@sina.com
新浪微博	@四川人民出版社
微信公众号	四川人民出版社
发行部业务电话	（028）86361653　86361656
防盗版举报电话	（028）86361653
照　　排	四川胜翔数码印务设计有限公司
印　　刷	成都蜀通印务有限责任公司
成品尺寸	145mm×210mm
印　　张	9.75
字　　数	235千
版　　次	2023年8月第1版
印　　次	2023年8月第1次印刷
书　　号	ISBN 978-7-220-13161-5
定　　价	58.00元

■版权所有·侵权必究

本书若出现印装质量问题，请与我社发行部联系调换
电话：（028）86361656

目录

论中国文学

从金庸小说找民族共识 / 003

未来小说：为何在晚清繁荣？ / 019

跟着贾宝玉论"自然化"与"露迹" / 030

从张岱观《燕子笺》说"批评产生意义" / 039

智性的雨：读卞之琳 / 044

重新发现一位诗论家：邵洵美的诗歌批评 / 061

何必为一把小葱单独走一次人生？ / 067

李安宅与中国最早的符号学著作《意义学》 / 079

仪式的黄昏：读白先勇的怀旧小说 / 088

小聪明主义 / 100

死亡诗学：访顾城 / 104

静静的海流：海外中国诗人 / 121

艺术"虚而非伪"：串读《管锥编》说"艺术真实"诸论卷 / 134

| 外国文学评论 |

父辈的朋友：新批评派 / 153

说布斯：读《修辞的复兴》 / 158

这个游戏的名字是人性：读懂艾布拉姆斯 / 164

读奈保尔《河湾》：谁能为他辩护？ / 170

肯明斯：大胆出诗人 / 178

问那些被诅咒的问题：读克里斯蒂娃《诗性语言的革命》 / 183

大学才子今何在？
　　读伊恩·麦克尤恩《最初的爱情，最后的仪式》 / 188

日军集中营的历史与小说：读《太阳帝国》 / 192

难得一双"中国式眼睛" / 197

| 书评集 |

面对后浪的前石：序普林斯《叙述学词典》中文本 / 207

艺术的原罪？读凯里论贝内特 / 213

看过日落后的眼睛：读沈奇诗 / 218

那不是：读邱振中的诗 / 222

论黄平：新理性批评的精神世界 / 227

面具与秩序：读张淑萍剪纸研究 / 234

正当中国人需要主体性的时候：
  评颜小芳《中国当代电影中的农民主体性》 / 238

翻译要谈，不翻译更要谈：评熊辉"潜翻译"概念 / 242

爬行的身体才能飞翔：
  序李自芬《小说身体：中国现代性体验的特殊视角》 / 246

我猜"英国病人"的心：
  序刘丹《后殖民视野下的翁达杰小说研究》 / 250

观者为王：评云燕《认知叙述学》 / 256

从那边，谈那边：读崔莹《访书记》 / 260

又一个轮回在开始：评王小英《网络文学的符号学研究》 / 263

"非家"之岛——华人作家寻找身份之道：
  肖淳端《立史安身：英国华人文学历史叙事研究》 / 267

| 自序与前言 |

爱上形式：《必要的孤独》自序 / 277

窥者所见：《窥者之辩》自序 / 282

《西出洋关》自序 / 287

《当说者被说的时候》自序 / 291

《当说者被说的时候》新版前言 / 295

后记 |　愧对半生：为学术生涯四十五年
　　　　——赵毅衡答《符拓邦》网站记者问 / 298

论中国文学

从金庸小说找民族共识

金庸小说，宜作为寓言小说读，这个问题不少论者已经谈及。[1]但是推论的下一步，或许还可一谈：正由于金庸小说不是一般的武侠小说，它们并不"反映"中国人的某种"民族性"，例如"好侠尚义""善恶分明""英雄崇拜"等。[2]金庸小说并不反映，而是反思这种国民性，其武侠题材与寓言主题之间，有明显的张力。

大多数金庸小说，可以读成"成长小说"[3]，书中的主人公习

---

[1] 陈墨《金庸小说赏析》（百花洲文艺出版社，1996年）一再指出某一本金庸小说是某一种思想的寓言，但是他似乎并未做综合的结论。
[2] 陈山《中国武侠史》（上海三联书店，1992年）有专章讨论武侠小说反映出的中国民族性中有"侠义传统"。他也看出新武侠有所不同，因为"打破了正邪分明的人物类型"，但是他没有以此修正他的结论。
[3] 陈墨《新武侠二十家》（文化艺术出版社，1992年）指出："金庸小说中的一个较为普遍的模式，是写少年武士的成才之路。"（第56页）他又指出，归隐是"金庸小说人物的一种共同的归宿模式"（第60页）。我加上的，只是成才与归隐中间的关联。

武成侠,走向江湖,但是在经过各种高手威逼,卷入打杀报仇抢宝争霸,历遍武侠世界,饱经沧桑之后,走出江湖。

金庸小说又是寓言小说,又是成长小说,如何理解?主人公成长的标志,是幡然彻悟,是取得一种超越,即从有限的人生经验,体验到一种无限性。

如果说金庸小说"反映国民性"或"表现民族性",就会有很多说不通的地方。国人虽然爱读武侠,而侠义式的善恶分明,却并非普遍的国民性。实际上中国人比起许多其他民族,善恶并不更分明一些,侠义精神恐怕也少些。

中国人的善恶观或侠义观,有其更根本的底蕴,而金庸小说是这些民族性底蕴的深刻寓言。在这篇文字中,我称这些为"民族共识",也就是说,中国人,无论善恶分明不分明,侠义不侠义,都多少赞同的一些更根本的想法。

一

本文关于民族共识的讨论,当然是受了哈贝马斯(Jürgen Habermas)关于"共识"(consensus)理论的启发。只是哈贝马斯谈的是社会共识,探讨的是当代多元社会中有待形成的共识。我在金庸小说中找到的,却是中国人作为一个民族,无论属于何种阶层或集团,其思想方式的最低公分母,是已经存在许多世纪的基本思维方式。

哈贝马斯作为德国阐释学传统的继承人,强调人们通过语言进行的"交往行为"（Communicative Action），互相作为认识对象，"经验的客观性就在于，它是在主体之间分享的"。①民族共识由无数世代的文化积累形成，成为一个民族不言而喻的判断标准。一个民族的个体，思想千变万化，但变异往往只能构成个人的特立独行，或局部的小潮流。民族共识却在民族共同潜意识的深部运作，它的变化极其缓慢、成为纷乱起伏的各种思潮背后的"原范型"（arch-paradigms）。②哈贝马斯强调，现代性本身引发进步，同时造成反进步。当代社会的极端分割多元，各种利益集团必然冲突，导致行为规范的"合法性危机"（legitimation crisis）。

行为规范危机，在中国当代社会已经非常明显，而且我认为，这会成为中国面临的最大危险：占世界人口近五分之一的超大国家，没有一个大致被认可的行为规范体系，时间越长隐患就越严重。

这不是几个知识分子的危言耸听。我们看到听到许多关于价值

---

① 当代思想家中，反对哈贝马斯"共识"论者大有人在。例如卢曼认为当代社会分化已经无共识，也不需要共识，指责哈贝马斯的努力是"老式自由主义"，不适合后现代社会。这个争论恐怕与我们无关，因为中国后现代成分还太少。但是，哈贝马斯的理论方向，即是把人看作主体（而不是后现代诸家说的主体消解），主体之间应当有交流，有统合的意向，而理想的结果应当是个"合理化社会"。我认为他的讨论指向，正是中国所需。
② 讨论民族共识，是否重复了孙隆基名著《中国文化的深层结构》（1983）的思考路子？我觉得主要不同之处，并不在于孙隆基全书在剖析中国民族性格的丑陋，而我试图找出一条建设性的路子。不同点主要在于，孙隆基用"结构主义"方法，试图发现中国民族性之"文化密码"，而这密码"并非潜意识"。他认为密码藏于中国人关于"人""身"与"二人为仁"等最基本的概念中。本文讨论的所谓背景共识，孙隆基会认为还是不够"深层"。

失范、世风沦丧、民族素质严重下降的惊呼,有识之士为此扼腕,苦于找不到解决方式,甚至找不到基本的出发点。

曾经有几个人提出"拉下面子比弄虚作假好",由此引起争论。但是争论的另一边,提倡"终极关怀",陈义过高,也并非天天要算账的小民所能接受。

有人提出宗教情怀,但是宗教的号召力,最终还是必须基于民族共识。

因此,我认为哈贝马斯的论题,对于当代中国,甚至比对哈贝马斯自己的国家更重要。哈贝马斯的任务是如何以批判反思(critical reflection)改造再建交流原型,以促成社会的合理化(rationalization)。因此我们必须"找回"到根本的初始形态的民族共识上去。

哈贝马斯讨论过这种比世界观、道德观、历史观等更为根本的共识,他称之为一个民族的"背景共识"(background consensus)。哈贝马斯认为,背景共识是一个民族的潜意识,人们往往不会意识到它们作为社会共识基础的作用。

民族共识很难以统计或社会调查求得,社会的人受到政治、生计、习俗、时尚等的干扰影响,不得不作许多权宜的决断,而这些权宜经常变成厚重的利益覆盖,使民族共识被遮没。在此,就需要更有穿透力的批判反思。

二

　　带着课题读金庸小说，是否会犯自我诱导而作"过度诠释"的错误？金庸小说有没有给我们提供这样的"民族共识"？细读金庸小说，我觉得金庸可能有这种意图。他笔下的武侠行为，可以读成是在描述"社会交流"。

　　哈贝马斯把社会交流主要看作语言——行为（speech-action）。武侠世界，交流的主要方式是打斗，金庸笔下的技击，远远不只是一种身体行为。真正的功力来自某种籍典、某种讲述。甚至，讲述本身代替对斗。《书剑恩仇录》中借论易、讲穴位比武；《射雕英雄传》中演绎《道德经》比武。比武本身成为交流，武打规范也就成为交流规范。

　　正由于此，武功到天下第一，此人就把自己逼入绝境。《神雕侠侣》中独孤求败（好个名字！）留下遗言："生平求一敌手而不可得，诚寂寥难堪也！""武无第二"之所以难受，是因为断了交流之路。

　　再例如，哈贝马斯认为，由于现代社会的集团利益，交流原型受到"系统扭曲"，结果是被各种社会成见遮蔽。金庸小说有许多"系统扭曲"的妙例。《侠客行》中"侠客岛"上刻石的"绝世武学"，只是貌似甲骨文。天下最高明的许多侠士钻研几十年而不得解。"原来这许许多多注释，每一句都在故意诱人误入歧途，可是钻研图谱之人，又有哪一个肯不钻研注解？"金庸小说的武侠世界是现代前夕的中国。除了《越女剑》，全部作品锚定在十七世纪前的中国,大部分在明清,部分在宋元,而且金庸相当自觉地排除近现代各种外来思想的干扰,甚至避免写连《红楼梦》都常写到的西洋器物。金庸小说固然常写炸药,用法简单,可以算作土产。可能《笑傲江湖》带定时装置的炸药是个例外。例外的定时炸弹最后没有用得上,或许并非例外。"进步"被暂时悬置,"现代性"推迟到问题之外。只有《鹿鼎记》写到西洋人设计大炮,写到与"罗刹"国的外交——中国关系史上最后一个没有冲击"国本"的事件——无怪乎这是金庸的封笔之作。

金庸小说,是一个多产的现代作家的一大批作品。这批作品的特征之一是相当匀质(可能《鹿鼎记》是个例外)。金庸专家或许能够判断出前后作品文体的变化,或者价值观的变化,或者讨论各部作品艺术价值、思想价值的演进。但是,作品如此匀质,在其他现代作家中几乎见不到。很多论者试图分出金庸小说发展的几个阶段,就我的课题而言,可以把金庸全部作品,不区分前后期,作为一个文化学研究的对象。

更重要的是,金庸小说的读者群,几乎覆盖全部"文化中国"。当代中国人文化分层,地域分散广,却共读金庸。二十世纪中国文学中,没有可以比拟的例子。广大的金庸读者除了迷恋故事情节、喜爱文笔描写,不一定自觉地在分享某些最基本的、不以文化程度决定的交流范型。因此,要从文学作品中寻找中国民族共识,没有哪个作家比金庸更为合适。

做如此研究并非没有困难,金庸作品并不是现实主义文学,人物却卓然不群,很难当作社会典型。所以我做的并不是一个社会学研究,我的工作是仔细剥露情节与人物,在背后寻找中国思想的公分母。

三

作为武侠，金庸小说首先突出的共识问题，就是："什么是成就？"此事牵涉中国思想的一个老题目，道与器，演化出体与用。只是到现代，这问题越弄越糊涂了。

对金庸小说世界，也一度成为问题，即《笑傲江湖》中分裂武林成两大派的"气宗""剑宗"之争。气宗讲究以气御剑，剑宗讲究招式精妙。原因是百年之前，二派的宗师抢夺《葵花宝典》，各抢到一半，于是各传一半，各有理论根据。二派不共戴天，而且对"二者都是主"的调和论也不假颜色。派内凡有出言怀疑者，作为叛徒诛之。

剑气之分，近乎外功内力之分。《笑傲江湖》让二派打了几辈子打不出个输赢，以至于有金学家讨论主人公令狐冲是气派还是剑派。① 其他金庸小说中，却一贯宣称"内力"为练武成侠的至要，没有人靠苦练招式成就出色的武功。《神雕侠侣》中的小龙女靠冲虚宁静、养生修炼十六年成其武功；《连城诀》中的狄云独自在血封的山中练"神照功"，直到通任督二脉，内力浑厚，才破了血刀老祖之长期围困；《侠客行》的白自在吃了异果而内力超人。总之，要成大侠，无论正邪好坏，都非靠内力不可。而内力充沛，或饱满，或精到，是武功之本。内力一失，如《天龙八部》鸠摩智内功

---

① 潘国森：《武论金庸》，香港：明窗出版有限公司，1995年，第31—36页。潘国森最后的看法是令狐冲练成独孤九剑后，"内力既强，剑术又精"。

被段誉吸去，就毫无武术可言；《射雕英雄传》中，黄蓉与郭靖内力坚强后，就能抵御丐帮长老的"摄魂大法"。

反过来，内功如果练得不得法，则害了练功者。《笑傲江湖》的任我行，"用十分霸道的内功，强行除体内的异种真气，大耗真元"，实际上是内功自杀。

内力之获得，照例是靠练气，在金庸小说中，却常是依靠读书。《飞狐外传》胡斐的功夫，来自听行家讲课；《天龙八部》中鸠摩智的拳法，称为"大《金刚》拳""《般若》掌""《摩诃》指法"；《倚天屠龙记》张三丰，靠修习《九阳真经》兼读《道藏》而成为武当派宗师；《射雕英雄传》说黄裳细心校对五千多卷《万寿道藏》成为武林高手。

由此看来，内力是一种文化修养，是文功，不是武功。

既然武功之武并非武，那么武功的止境，须从器的层面升华为对道的领悟，在技艺层面上却"散去武功"。在金庸小说中，"至剑非剑"的故事很多。《神雕侠侣》留下三剑，利剑、钝剑，最后是木剑，"草木竹石均可为剑"。

我想这是金庸小说对器道体用之争的最后回答：至高之侠，主客观合一，物我相融。《笑傲江湖》讲气、剑二派争斗之愚蠢，本是有所寓意，而综观金庸小说，欲得最高武功，还是甩开此类之争，以无为为本。《笑傲江湖》中，风清扬教令狐冲"根本无招，如何可破"？令狐冲"独孤九剑"总诀三千字，却"不相连贯"，使令狐冲终于达到武功的最高境界。

无怪乎获得最高内力的人，几乎全是愚拙之人，甚至文盲，《射雕英雄传》之郭靖、《侠客行》之石破天、《连城诀》之狄云，等等。武功的层层提高，是从剑术到修养获得内力，到读书得到文功,最后是跳出功利的器道观,"散去武功"的无功之功,是"无为"而得到的"无不为"。

《倚天屠龙记》剑上铭言"倚天不出,谁与争锋",书中人物对此理解不同,金学家也各有一说。我的理解是,倚天之剑,不用,是最超越的使用。正如《射雕英雄传》全真派开创者王重阳,宁愿把武学经典束之高阁,不练其功。

四

小说无法避免道德价值问题。中国俗文学的一贯传统,是道德架构非常严格,局部性细节生动有趣。因此,传统武侠小说,必须以正克邪、善胜恶为主要线索。结局时,一切都报。金庸小说,善恶的处理却不循此格局。经常是满江湖鬼魅魍魉无一个好人。《雪山飞狐》四个侠士的后代,累结互杀之仇,全是抢宝盗贼;《天龙八部》四大恶人公然追求遗臭万年;《连城诀》的狄云遇到的坏人,一个比一个穷凶极恶,杀戮无所顾忌,最后面对群凶乱斗,主人公只好长叹而去。

正邪之分更不存在。《倚天屠龙记》与《笑傲江湖》中,都有魔教或邪教,"中原正派"称为正宗。魔教内部抢夺教主地位,政变迭起,阴谋互杀;但是正宗的武林五岳,为抢夺盟主地位,打杀更加惨烈。

中国人没有至高神性的概念,各种人格神来自英雄崇拜、祖先崇拜,因此"功德"高的人物,容易产生自我神化的错觉,部下竞相以谀词求宠，更加强错觉。金庸小说中有许多此种自大成狂的人物。《侠客行》的白自在，觉得"上下五千年，没一个及得上我"；《天龙八部》星宿派祖师丁春秋的门徒，借尊师为名，以互比谀辞为能事；《鹿鼎记》神龙教主洪安通，在荒唐的崇拜仪式中，飘飘然自命神仙；《笑傲江湖》左冷禅之辈，以抢夺霸权为策划几十年的毕生事业。在此类人物之下，"忠义"无从谈起。一旦旧主兵败被杀，改朝换代，部下一样阿谀成风。

忠于民族、国家，应是大义所在。爱国主义是最起码的道德，但是金庸小说质疑这个"绝对标准"。《倚天屠龙记》中的张无忌，立志"驱除鞑虏"蒙古人，却爱上蒙古公主赵敏，不理所有江湖豪杰不能娶"异族妖女"的警告；《鹿鼎记》中的韦小宝，尽在帮康熙消灭反清势力。中国人的观念是，一个朝代立足时间够长，就获得正统。后于康熙的乾隆，却在《书剑恩仇录》中成为陈家洛"反满抗清"的对象。正统真是难说的事。

中国的伦理，常被解释为家庭中心、孝道本位。可是金庸小说中的武侠乱斗，大部分理由是为报家族门派之仇。孝道为杀人提供道义。《笑傲江湖》中的林平之为父复仇，修炼"辟邪剑谱"，变得异常阴毒，杀人无数；《碧血剑》中夏雪宜为报父仇，用过分残忍的方式杀灭仇家；《雪山飞狐》四个家族，百年积仇，互相无所不用其至；《天龙八部》中游坦之浑浑噩噩，报家仇的初衷却是很清楚。

慈心母爱，是最绝对的善，过执后一样可怕。《天龙八部》中的叶二娘，因失去儿子，竟然每天要杀一个小孩泄愤。当然既为武侠小说，就当打打杀杀。但是既为侠客，打杀也要说出一个道义，金庸小说让我们看到，任何无节制的杀人，都能说出一个堂皇的道义。各种人物以各种理由缠斗不休，让人开始怀疑依道义而行杀戮本身的道义。

金庸小说中唯一绝对正确的道义,不可能批判的道义,善侠的最高标准,是制武止争。《倚天屠龙记》郭靖冒死恳求铁木真收回屠城之令,丘处机苦谏援兵止息干戈;《神雕侠侣》的一灯法师,被打吐血而不还手,以功德化解恩怨。金庸笔下最了不起的英雄是《天龙八部》的萧峰,当慕容博再起宋辽战端,萧峰作为契丹子弟,却逼退辽兵,最后,为赎对本民族"不忠",自杀以谢罪。制止大规模战争,比爱国主义更为高尚,是武侠精神的最大超度。

小说的结尾方式永远是一种道德裁判。由此,我们又回到上一节的命题:至侠非侠——息争之后,武功自废。所以,金庸笔下的大部分英雄人物,终于归隐。《碧血剑》中的袁承志去国离乡,隐居海外;《神雕侠侣》杨过与小龙女隐居于深山中的"活死人墓";《笑傲江湖》令狐冲去做寻常百姓。上一节说散功是武功的最高境界,这一节我们发现止争是侠义的最高境界。

五

上面讨论的两个问题,包含着一个更普遍的寓意:再好的道理、道义、道术,过于执着,不仅为自己招祸,而且危害社会。对武术过执,会走魔入火,为武痴、武呆子。《笑傲江湖》中所有练辟邪剑法者,无一善终;任我行过于专心练"吸星大法",给东方不败钻了空子推翻,然后东方不败迷恋《葵花宝典》,挥刀自宫,信用佞臣,又被任我行击杀。《倚天屠龙记》梅超风练《九阴真经》，竟然把"摧敌首脑"解为用手指插入敌手头颅，而且真的实行此残杀法。此种武功执着，实为杀人成癖。

可能是因为武侠题材，腐儒在金庸小说中并不多。一旦有人引用儒家伦理，往往是要做实在不讲理之事。《神雕侠侣》中杨过与其师傅小龙女相爱，郭靖要杀他们，因为违反"礼教大防"。对佛法过执，为迂僧、邪僧、糊涂和尚，金庸小说中此种人物很多。在此我说一下金庸的民族观问题。我们可以看到不少大恶人是胡僧：《连城诀》的吐蕃血刀僧、《神雕侠侣》中的金轮法王、《鹿鼎记》中的吐蕃国师桑结，等等。但是，另一方面，金庸从未赞美"夷夏之辨"之类的狭隘心理。除了反抗侵略是大义所在（如《书剑恩仇录》），金庸的英雄人物经常是外族人。[①]那么，如何解释那么多凶恶胡僧？我想这是因为盛于汉人中的佛教各宗，仪式大都求简，相比之下，藏传佛教的仪式就铺陈繁复，看起来类似执着。所以《天龙八部》中的吐蕃圣僧鸠摩智，大智大慧的佛学大师，以精通佛典名于世，一旦修成武功，却横蛮无理，一意孤行，想称霸天下。金庸写的是胡僧，实际上说的是走火入魔的邪僧。

反过来，金庸笔下令人喜爱的和尚，常是不守清规。《天龙八部》三雄之一的虚竹，无法抵御诱惑："被骗"吃酒肉，"被诱"

[①] 金庸小说中的"日月教"或"明教"，是起源波斯、一度盛行于唐代中国的摩尼教，唐后期受打压，成为秘密宗教。五代时改称"明教"，宋朝官方诬称之为"魔教"，防范极严。到元明二代，渐渐消失。金庸小说中，江湖上也称之为"魔教"。但是《倚天屠龙记》的张无忌坦然做了明教教主（暗示继元朝而起的明朝，得名于此）；《笑傲江湖》中明教虽为"邪教"，至少不比正宗诸派坏。金庸在《明报》上连载这两部写到"明教"的小说，不避讳"魔""邪"，或有深意？

与女人睡觉。他只是心地纯厚，相处随意，因此虽然长相不佳，却深得女人喜爱，既成为武林高手，又成为天下神医；《射雕英雄传》中的洪七和尚，武功高强，爱助人度人，同时不拘行迹，好美食。很多论者指出是以民间传说中的济公和尚为蓝本。

恶侠的一大特征是执着，而适度、守中，是最后尺度，守此也能福泽天下。一个最好的寓言是《倚天屠龙记》中的张无忌修习"乾坤大挪移"的故事。练头六层时无阻滞，第七层有十九句未练成。张本是一个适可而至的人，索性跳过，见好就收，却恰好成就了他。原来那十九句正好是祖师想错写错。全盘照练，就会全身瘫痪，甚至自绝经脉而亡。

六

总结上面的讨论，或许可以说，金庸小说寓言了中国人思想的三条"背景共识"：以不为为成就至境，以容忍为道德善择，以适度为思想标准。

以不为为至境，因此取得任何成就的最佳途径是不存机心，不切切于功利。

以容忍为善择，因此任何道德标准都不是绝对的，只有礼让息争是永远的善。

以适度为标准，因此任何思想不宜过分执着，唯有圆融守中，才不会堕入恶行。

回到本文开头提出的课题——寻找中国人的民族共识。以上三条,或可当之。其他的中国民族道德,如忠孝节义、仁义理智信;其他的中国民族性格,如勤劳苦干、节俭自力;甚至中国人的民族实践,例如每过一段时间要均贫富,例如以仁政代暴政,例如几乎从来不打宗教战争,都可以看成这些底蕴的推演,而且理想上应当以这些底线为判断尺度。金庸小说中得到读者同情的人物多少具有以上品质,而令读者难以认同的人物,都是明确违背这几条共识的。

进一步说,任何思想或宗教,要在中国人中站住脚,看来都要以此共识改造,淡化不尽对应的部分:儒家的中庸克己、道家的清虚修持、佛教的积德度众、禅宗的活参无碍、民间宗教的泛神和适,都是如此。

这不是说中国人有此品格,从而高人一等,世界之最。李泽厚就认为"不执着"是中国人的大缺点。①一些中国人的"丑陋性",中国民族性格中的一些弱点,也是从这几条共识发展出来的。

例如,不少人认为中国人缺乏"浮士德精神",不能以追求真理本身作为人生目的,只作为工具。在求知上过于实用,阻碍科学思想的发展。的确,浮士德如果出现在金庸笔下,也是个武呆子。但是中国人拒绝泛科学主义,不能说完全没有任何好处。

不少人认为中国人本性非宗教,受限于工具理性,不追求人生或宇宙的根本至理与本体性,难以从有限中体验无限性。因此文明古老却神格不立,不仅无法建立一种教义,反而民间神越弄越散,思想家则把超越的要求越降越低,不是"良知为本",就是"我心

---

① 陈墨《金庸小说与中国文化》(南昌:百花洲文艺出版社,1995年)认为金庸"往往自觉或不自觉地褒扬少数民族,贬抑中原汉人"(第609页),金庸小说的一贯主题是批判"汉人政治及文化腐败"(第613页)。

即佛"。但是反过来说，超越性在基础中，神性无所不在，不拘一格，因此任何宗教，只要不过执，任何上帝，只要能礼让其他神格，都可以融入中国文化。如果某种宗教或主义的信奉者，幻想改变中国人的这些背景共识，最后总会造成灾难。

我想，超越性落在基础共识中，对中国文化构成的最大的困难，是难以把超越的无限性，置于人生有限体验之前方。由此，超越就无须追求，反而成了"退一步"才能取得的事。所以本文一开始说的金庸小说为成长小说，成熟的标志就是退出江湖，退而得超度。

大部分过日子的老百姓不得不讲功利，追求超越的自觉性就相当低。[1]崇道讲的是延寿益年，礼佛追求现世报应。不少人常常由于"急起直追"，落入急功近利，不断地从一个极端到另一个极端，"矫枉必须过正"，上述共识一时完全淹没。

《鹿鼎记》中的神龙教让人哭笑不得，此类狂风卷来，难以独善其身。《笑傲江湖》的江湖夺霸风波，躲入音乐世界的刘正风，想逍遥而不得。于是金庸小说中有许多被拔离共识的悲剧人物，无奈卷入，无辜被害，甚至无心而杀人。

因此，说中国人思想中有这些共识，不等于说中国人本性已经超然，都能达成大善大德。反过来，说现代的中国人很少想到这些品质，也并不说明现代中国人已经不再具有这些共识。凡有中国人

---

[1] 孙隆基也谈到中国人"没有超越意向"。他认为原因是在中国"肯定一个人的节制因素，并不是来自一个超越的原理，而是来自他在社群关系中的表现"。（《中国文化的深层结构》，1983年，第282页）。我想说，超越本来就是一种"社群交流"。人类的宗教实践就是努力使超越变成"社群关系"。对中国人来说，"超越的原理"虽然不如宗教社会的神性那么清楚，但是取得我说的底线超越性的人，还是得到"社群关系"的首肯。

在的地方，都耽读金庸小说，就是这些共识依然存在的明证。

哈贝马斯式的理想——对社会交流范式进行批判反思，追索规范的合法性，以建立社会的"合理性"——在现代中国人社会里，有实现的可能。

（1993年）

未来小说:为何在晚清繁荣?

> 未来夫复何言!可能尚有时间,让我们期待一种新的精神性出现。但是有谁能认辨?至多看到一些蛛丝马迹。而谁能讲述这些痕迹,不至于让听者觉得是说教布道?
> ——艾麦纽尔·列维那斯[①]

一

"中国的未来小说",也就是"现代中国的未来小说"。现代

---

① Emmanuel Levinas, "Simulacra: The End of the World", *Writing the Future*, David Wood (ed), London: Routledge, 1990, p. 13.

之前，中国没有未来小说。

诚然，中国文学传统中有乌托邦小说，因为中国哲学有乌托邦思想。中国哲学的乌托邦思想并不多，所以中国的乌托邦小说也并不多。

到达乌托邦可以用两种方法：一种是旅行，很困难，极冒险，但是叙述者非常幸运到达该地，其他人无此幸运，只能读他们的叙述。另一种是等待：某些现在尚无可能的事就会实现。

凡是未来小说[①]，必定是乌托邦小说。过去的任何事件，可以发掘的信息量，理论上是无限大；对于未来，哪怕下一刻的未来，我们所知实际上是零。这个极端非对称，是人类经验的最大的恐惧。预言往往带来杀身之祸，无人能绝对保证明朝太阳会重新升起。

凡是旅行企及的乌托邦，都是过去小说，都是描写"已然"的存在。这是小说叙述的本性。表面上，时间作为矢量，不可回溯。实际上人类经验，恰恰是以空间片断重组时间。叙述最重要时间特征，恰恰是回溯。[②]

因此，"旅行"乌托邦叙述，有难以抵制的回顾冲动。与中国

[①] 未来小说，西方批评界有时称为"悬测小说"（Speculative Fiction），例如罗伯特·斯科尔斯（Robert Scholes）主持的研究集 *Studies in Speculative Fiction*，共十二种（Ann Arbor: UMI Research Press, 1984），此词思辨意味过浓，不宜用于艺术作品的讨论。故我翻转克拉克（Ignatius Frederick Clarke）的用词"Tale of the Future"（ I. F. Ignatius Frederick Clarke (ed) , *Tale of the Future, From Beginning to the Present Day, 1644-1976*, London: The Library Association, 1978.）作"Future Novel"。

[②] "叙述现在"，总滞后于"被叙述现在"，因此称为"故事"。在许多西文中，"历史"与"故事"，源出一词"historia"，或至今合用一词。

乐土思想的返祖性相契：老子论"小国寡民"，孔子缅怀"先三世"，《礼记》详说"大同"。渔人入桃源，见到的是前世活化石，封存于不让时间侵蚀的历史琥珀之中。

然而，乌托邦的批判锋芒是前瞻性的，未来才是乌托邦之旨归所在。[①]前瞻式叙述，使历史带上方向性。中国很少有历史发展的方向观念。[②]一直到十九世纪末，中国才接过西方传来的历史进步观念，所以要到二十世纪，中国才有未来小说。同样，西方十八世纪之前，启蒙运动没有萌生进步历史观之前，也基本上没有未来小说。

悖论在于：历史有方向性，未来才有被窥视的可能，未来小说才值得一写；但前行方向明确、目标清晰，就无想象余地，未来与小说互不相容。一旦历史之鹄的成为意识形态的题中应有之义，那么悲观预测不能容忍，乐观预测也无必要。

所以，中国未来小说出现于二十世纪头十年与最后十年。二十世纪中国文化史，常呈"中轴对称"，此为一妙例。

---

① Karl Mannheim, *Ideology and Utopia*, Bryan S. Turner (ed), London, Routledge, 1979, p. 23.
② 邵雍的"圣贤王霸"四史退化说，因为早就是霸道天下，无所谓前行方向。公羊派汉儒的"三世说"，要到康有为手中才发展成一种明确的历史进化论。

二

未来小说在西方是一个大体裁,作品之多,已经到了不得不做"三级文献"的时候。①未来小说常有科幻内容,但并非科幻小说。有强烈文化内容的科幻小说,即所谓"社会科幻小说"(Social Science Fiction)②,可以归入未来小说讨论。

如果未来小说与一般乌托邦小说的差别只是叙述时间发生在写作时间之后,有什么必要单独讨论未来小说?

乌托邦,西文Utopia,从本意上说,是空间的:一个幻想中的地方,那里的社会构造,迥异于我们的生活现状,形成批判性对照。但是这个地方,必须可企及,而要构筑可企及性,在现代之前,东西方都采取"冒险旅行"方式。看一下乌托邦思想的源头性作品,

---

① 初级文献是原作,二级文献是批评与书目,三级文献是批评的批评或批评的书目,四级文献往往指书目之书目。西方关于未来小说的批评书目如Paul Has chak,*Utopia/Dystopia Literature: A Bibliography of Literary Criticism* (Metuchen NJ & London: Scarecrow Press 1994);关于批评之批评,如David Wood所编文集*Writing the Future*(London: Routledge 1990)。此二书均未括科幻小说。

② 在二十世纪六七十年代,不少学者认为科幻小说写的是"科学上有可能的未来";"奇幻小说"(Fantasy)指的是按已知科学规律完全不可能的未来小说。这个区分大成问题。后来有学者称纯科幻为"硬科幻"(Hard Science Fiction),带社会文化内容的科幻为"软科幻"(Soft Science Fiction),恐怕更不合适。我认为可以分成"科学科幻"(凡尔纳式)和"人文科幻"(威尔斯式)。

柏拉图《理想国》、陶渊明《桃花源记》，看一下乌托邦范型性小说，斯威夫特《格列佛游记》、李汝珍《镜花缘》，就可明白。

未来小说的着眼点，正是强调可企及性——我们这个社会发展下去，就会如何如何。"发展"是关键词。只有在读者普遍接受"历史发展有方向性"概念，未来乌托邦才可企及，而且不需要神奇旅行，只要让已有的某种倾向任其发展，世界就会落到此种境地。正因如此，未来小说的地点，往往就是"本地"。如此乌托邦，或许应当称为"乌托时"（Uchronia），而时间也一般不放得太远，以免可企及性打折扣。

未来小说的时间方式很特殊。普通小说的叙述似乎是自然的经验重组方式：讲往昔者，类似历史讲述；叙现今者，必肖新闻报道。未来小说，却不像预言那么自然。预言的发表立足于此刻，而未来小说叙述时间却立足于未来某个时刻，讲述在那个时刻已成往事的未来。① 王小波《白银时代》开宗明义"现在是2020年"，往下讲的故事发生在之前——2010年，2015年。

所以，未来小说不只是预言，而且是到未来去回溯往事。这就使它非常肖似《启示录》的格局：耶稣二次降临后，将回过头来裁决一切已发生的善恶。

---

① 关于小说的时间观，讨论颇多，虽然此问题至今未引起中国理论家的注意。露丝·罗南（Ruth Ronen）在她的那本有趣的著作 *Possible Worlds in Literary Theory*（Cambridge University Press, 1994）中指出，"时间与时序的相对性，取决于视点，这看起来与对时间的主观经验相同，实际上不同：在小说中，此种相对性是涵盖一切的（all-encompassing）"（第204页）。她的意思是，"主观时间"不可能完全脱离非主观时间，而小说时间则完全与小说外时间无关，只是虚拟的"可能世界"时间。

未来小说的这个前推—倒叙时间圈,看来简单,却会把初试者弄糊涂。梁启超作于1902年的《新中国未来记》,一开始就说"话表孔子降生后二千五百一十三年,即西历二千零六十二年",有孔博士讲述"中国近六十年维新史","就从光绪二十八年壬寅讲起,讲到今年壬寅"。光绪后另一个壬寅年,应是1962年。梁启超不仅搞错了西历,甚至弄错了康梁派力主采用的"孔子纪元"。

三

未来小说的可企及性,靠这种特殊的叙述时间圈来构架:小说不是预言未来,而是讲述已成历史的未来。要写出如此一个时间圈,前提是历史有方向。本文当然无法讨论历史究竟有无方向性[①],那不是个文艺学课题,虽然本文结束时,会看看此种方向性观念对

[①] 关于历史方向性问题,尤其与黑格尔哲学的关系,自1989年福山(Francis Fukuyama)发表轰动一时的《历史终结论》之后,历史哲学界讨论甚多。请参见霍华德·威廉斯(Howard Williams)等著 *Francis Fukuyama and the End of History*(Cardiff: University of Wales Press, 1997)。

一个文化会有何种影响。①

未来小说承用了《启示录》时间方式，并非说犹太—基督教历史观会自然导向未来乌托邦。中国未来小说的付诸缺如，也不能从儒佛道三教共有的循环史观来解释。实际上，循环史观反而引出更多的预言家。佛典与《圣经》都把再世的时间放得很远很远，远到循环与直进难以区分的程度。弥勒佛再世，与耶稣二度降临，引发一样激烈的宗教热忱。

那么，究竟是什么把未来小说引上社会想象的舞台？是所谓"现代思维"中最主要的一环——进步观。这就是为什么要到十八世纪启蒙运动兴起，西方才会出现未来小说。②

中国第一本未来小说是梁启超的《新中国未来纪》。梁从何处学来这种新体裁及其复杂的时间结构？许多学者都认为来自末广铁肠《雪中梅》、美国贝勒弥《百年一觉》，也许可能受另一部小说启发，即同时在《新小说》第一期开始连载的"法国著名文学家兼

---

① 许多文化学著作讨论"循环史观"（Cyclic History）与"直进史观"（Linear History）。汤因比认为希腊与印度一样，是循环史观，而犹太教与波斯祆教提供了直进史观。汤因比庆幸后者在西方最后占了上风，因为循环史观使历史"毫无意义"。就乌托邦思想而言，与这两种历史观没有必然关系：持有任何一种史观的民族，都可以有乌托邦讲述。未来小说与两种历史观的区别没有关系，二者都没有培育未来小说。只能说"直进史观"演化成"进步史观"之后，引发了未来小说。
② 据克拉克考证，英语中最早的未来小说，是1644年的一本警告查理一世若回伦敦将有大祸的预言，这只是王党与国会斗争中的政治小册子。查理一世果然于1645年失败，三年后被处死。一个世纪之后，才有第二本，作于1733年，作者描写1977年的欧洲，伊斯兰绝灭，耶稣会控制意大利，英国统治俄国。此书已经是典型的时间乌托邦小说。

天文学者佛林玛利安君所著之《地球末日记》",译者就是梁启超自己。①中国的历史进步观,从一开始就与科学进步观相连接。②

梁的小半本书,成为晚清未来小说楷模,此后可以说是"未来小说爆炸":徐念慈《情天债》、悔学子《未来教育史》、无撰人《黄人世界》、颐琐《黄绣球》、思绮斋《中国新女豪》、无撰人《血泪痕》、陆士鹗《立宪四十年后之中国》、碧荷馆主人《新纪元》与《黄金世界》、燕市狗徒《中国进化小史》、惺庵《世界进化史》、春帆《未来世界》、萧然郁生《乌托邦游记》、吴趼人《新石头记》等。

还有一些"旅行式"乌托邦小说,如陈天华《狮子吼》、不才《醒游地狱记》,也带着一个未来小说式的超叙述框架,在未来某

---

① 梁启超以"新小说报社"名义,在《新民丛刊》刊登《新小说》编辑计划,说是将要译介柏拉图《理想国》、摩尔《华严界》、矢野文雄《新社会》、法国埃留《世界末日记》。最后这一本应当最接近未来小说的构局。但是证之于梁自己写的"《世界末日记》译后语",此就是科幻小说《地球末日记》。二文均见陈平原、夏晓虹:《二十世纪中国小说理论资料》,北京:北京大学出版社,1989年,第40—47页。

② 与梁启超的例子相接,1900年前后大量的科幻未来小说译本,加强了科幻与未来小说共生。例如1903年包天笑译《千年后之世界》、杨德森译《梦游二十一世纪》。某些未来科幻小说也带有文化政治内容。徐念慈《新法螺先生谭》,写了一大串科学奇迹后,到上海开办"十万人大学"。荒江钓叟《月球殖民地小说》,像是加科幻的《镜花缘》。王德威《翻译"现代性"》一文论之甚详。此文认为"乌托邦是晚清科幻小说的主要类别"。见《如何现代,怎样文学》,台北:麦田出版,1998年,第43—76页。

年发现这本写当今的乌托邦小说。①也有明显是谈未来,说中国改革进程,时间起点却放在过去,例如乌程蛰园《邹谈一噱》讲齐宣王重用孟子实行改革,俨然强国。此类小说还不少:珠溪渔隐《新三国志》、老少年《新石头记》、陆士鹗的一系列"改写"《新三国》《新水浒》《新野叟曝言》等。②犹太文献中有"启示文献",以古代预言说即将面临的危险,为《启示录》的前身。此种向古代迂回未来的时间方式,当然不为晚清作家所知。康有为借公羊学说孔子改制,可能是此种小说的灵感来源。

梁启超小半本小说,影响之巨,根本原因是进步加科学观念突然深入人心。来自西方的进步观,也并非古代直进史观的自然发展,而是文艺复兴以来科学发展形成的新的思维模式。

科学本身看起来是积累的,科学史看来是一个一个疑难逐渐解决的过程,后人所知必定比前人多,似乎也总比前人正确。这就是为什么科幻小说,虽然写的常是未来之事,论者并不作未来小说讨论。说未来将有某种技术,虽无证据,其必然性却毋庸置疑。当然,科学的积累性,也是个现代观念,在启蒙运动之前并不明显。只有伽利略与牛顿提出新宇宙观之后,现代科学提供了进步史观的范式。

现代科学中的一种特殊理论,即达尔文的生物进化论,为进步历史观直接提供了"科学基础",虽然达尔文否认他的理论有任

---

① 超叙述,从定义上说,时间晚于被叙述出来的主叙述。因此,描写"当今"的小说如《狮子吼》,或刚发生的历史如《孽海花》,超叙述很自然地安排在未来。晚清小说超叙述特别多。请参看拙作《当说者被说的时候:比较叙述学导论》,北京:中国人民大学出版社,1998年,第3章。
② 梁启超本人计划写作《新桃源》,也是这样反套结构。

何目的论意义，为伸张达尔文主义立下大功的赫胥黎，他的小册子《进化论与伦理学》一再强调进化论不适用于人化的自然，更不适用于有伦理制约的人类社会。偏偏严复用桐城古文，翻译此书成《天演论》，大部分人只读懂译得清晰漂亮的头上几章，一时"物竞天择，适者生存"成为中国知识界共识。不等斯宾塞诸人的著作译介过来，社会达尔文主义已经成为中国思想界主流。

清廷1905年开始立法废科举，办新式学堂，宣布立宪，都引出一批前瞻教育或宪治的未来小说。晚清最后十年，的确是个激发前瞻的岁月，而且因为各种思潮对前途看法不一，更有必要将预测宣诸小说。

大部分此类小说急于针砭现实，极端缺乏想象。艺术上粗糙，文笔草率，今日不堪再读。《新中国未来记》第一回摆开架式，列出将写的内容：中国维新成功，会经过三大政党，六个时期（广东自治，南方各省自治，全国国会，中俄战争，亚洲同盟，万国太平会议）。然后此书从1902年说起，第五回主人公到上海张园，会集二十多位男女奇才，似乎刚要成立第一个政党，却就此不了了之。以梁启超其才其志，当然不能置政治大业于不顾，穷年累月写此小说。①

大才如梁启超尚且如此，其他此类小说，谈富强未来，记述却很难越出现实。《未来世界》十九回说："在下这部小说，虽然

---

① 梁启超为何放弃《新中国未来记》的写作，有二说。一是梁要赶去美国政治筹款，二是梁政治观念改变。我个人觉得还有个写作技巧问题，前五章速度之慢，滞留于世纪初当今政治与外交问题，如此写去，哪怕梁的大才，也终无了日。关于中国小说的剪材与叙述速度的关系，请参照拙著《苦恼的叙述者》，北京：十月文艺出版社，1994年。

名为未来世界，但记述的事，却都是从现今世界上经历过来的。"说到当今，细碎琐事无甚新意；关键的未来演化，往往一言打发。二十四回说"不到五年功夫，成就大著"。半页之后，"不到二三年的时候，竟是上下一心，居民一体，把一个老大衰疲的支那，登时变了个地球上唯一无二的强国"。如此草草了事，也太省事了一些。多部此类小说，只开了一个头，刚要越出当今，就无疾而终。

不过，合起来看，未来小说在晚清突然兴盛，是中国文学史思想史上的大事，值得大书一笔。

1995年出版的《末日之门》，内容简介上写道"这是中国作家写出的第一部近未来预言小说"，"堪为世纪末中国文坛出现的一部令人称绝的奇书"。作者在"后记"中也写道："这类作品在西方时有所见而在中国则无人触及。"有评者说，"就题材类型而言，《末日之门》是中国小说史上第一部"[①]，这也证明了二十世纪九十年代后出现的中国未来小说，并非延续晚清的前例，而是某种暗合。

---

① 周政保：《〈末日之门〉印象》，《小说评论》1996年3期，第47页。

跟着贾宝玉论"自然化"与"露迹"

从来东西贤哲，都奉"自然""天然浑成""无斧凿痕"为艺术的至高境界，但也有古人慧眼看出，这个似乎毋庸置疑的美学原则实际上有深刻的内在矛盾。这人就是贾宝玉：

（贾政）说着，引众人步茆堂，里面纸窗木榻，富贵气象一洗皆尽。贾政心中自是欢喜，却瞅宝玉道："此处如何？"众人见问，都忙悄悄的推宝玉，教他说好。宝玉不听人言，便应声道："不及'有凤来仪'多了。"贾政听了道："咳！无知的蠢物，你只知朱楼画栋、恶赖富丽为佳，那里知道这清幽气象呢？——终是不读书之过！"宝玉忙答道："老爷教训的固是，但古人云'天然'二字，不知何意？……"众人忙道："哥儿别的都明白，如何'天然'反要问呢？'天然'者，天之自成，不是人力之所为的。"宝玉道："却又来！此处置一田庄，分明是人力造作成的……古人云'天然图画'四字，正恐非其地而强为其地，非其山而强为其山，即百般精巧，终不相宜……"未及说完，贾政气的喝命："扠出去！"

某红学家认为这一段，"是两种美学观点的争论……曹雪芹表达了这样一个重要的艺术见解：文艺作品……应当像生活和自然界一样天然浑成。"

所谓"曹雪芹艺术观"，恐怕恰恰是贾政与其清客的艺术观。贾宝玉反对，"分明是人力作成"的，"强为其地，强为其山"，一定要"天然"，就是"终不相宜"，还不如"一带粉垣，数楹修舍，有千百竿翠竹相映"的人造花园，承认其非天然，利用其非天然，可题"有凤来仪"。竭力隐藏斧凿痕迹，追求大巧若朴，反而给人作伪之感，"终不相宜"。

该红学家引脂砚斋批，说《红楼梦》也是"天成地设之体"，"过下无痕、天然而来文字"。我怀疑贾宝玉是否乐意在这样一部小说中做主人公。

这篇小文不是讨论红学大题目的地方，而是想借此说说小说叙述的"自然"性。小说是语言艺术，相比于具象的符号和绘画、摄影等，语言是个很不自然的工具。"手烧痛的感觉比任何文字描绘的感觉强烈，但诗存在于文字中，不存在于直接的感觉中。"

语言用作艺术叙述的工具时，不可避免有大量叙述痕迹，时时提醒读者他们在读小说，而不是在直接观照现实。绝大多数读者，的确把小说当作天然物"观实生活的镜子"。我们可以发现，这种"天然浑成"的感觉是某种叙述方式引导的结果。规律乍一看似乎很简单：叙述的自然化，与叙述递送的信息成正比，与叙述操作的痕迹显露程度成反比。

在十八、十九世纪西方小说中，出现一种倾向：使用大量经验细节，精雕细镂，似乎可以验证的信息片断堆集在读者的头脑中。在自然主义小说中，这种手法被推到极致。十九世纪末以来的作家，渐渐采用另一种方式，即放弃细节堆集，转而从人物视角做个人经验陈述。不少文学史家认为人物视角把叙述"客观化"了。叙述真有客观性可言的话，这何尝不是一个进步？我看，人物视角只是在现代条件下一种不得已而求其次的"自然化"——承认叙述主体有经验局限，以求读者从自己的有限经验作出呼应，"客观地"记录人物印象，只是一个假象。现代读者对一个坦白承认并非全知、只能写下人物所见所闻的叙述者更为信任。论者很早指出，像康拉德《水仙号上的黑鬼》这样情节有点无稽的小说，之所以读起来还挺"真实"，就是因为作者丢开了全知式视角，放弃解释情节的权力，也就无此义务。

巴尔特认为使叙述自然化是资本主义社会为了使其文化形态规范化而玩的手法：

> 我们社会尽最大的努力消除编码痕迹，用数不清的方法使叙述显得自然，假装叙述是某种自然条件的结果……不愿承认叙述的编码是资产阶级社会及其产生的大众文化的特点，两者都要不像符号的符号。

巴尔特点出的自然化方法有"书信体""假装发现手稿""巧遇叙述者""片头后置的电影"等。用这种手法使叙述"自然化"，有时的确能起到效果。茅盾的《腐蚀》是一个内心痛苦的女特务赵惠明的日记体自白。小说前有个超叙述结构，说是"作者"在重庆防空洞中拾到这一册日记。茅盾后来写道：

> 这二三年来，颇有些天真的读者写信给我："《腐蚀》当真是你从防空洞中得到的一册日记么？赵惠明何以如此粗心竟把日记遗失在防空洞？赵惠明后来下落如何？"——等等疑问，不一而足。这么个小手段果真能使作品显得"天造地设"。

大约从十九世纪起，小说作家就开始明白应尽量隐藏叙述行为，少做叙述干预评论。"在任何情况下不要直接向读者说话，避免写任何会提醒他是在读小说的语句。技巧的不二法门是作者隐身，所有好作品都通过这办法取得一个效果：强烈的现实幻觉。"

如今，这种说法已经是文学常识，尽人皆知。仔细一看，情况相反：近世以来，小说中的作者干预越来越少，小说本身却并不越来越"自然"。十九世纪作家巴尔扎克、狄更斯、萨克雷等人，叙述干预评论用得极多，但他们依然是现实主义的大师。《名利场》之中的叙述干预，几乎到贫嘴程度，为什么没有妨碍其"自然化"？英国批评家凯瑟琳·梯洛曾有段辩解：

> 萨克雷的评论干预是出于他"表现现实感的愿望"，尽管他公开承认作者与小说的关系，没有一个现代作者敢于这样做……萨克雷的坦白是由于他对真实的热爱。正由于他相信真诚，他能够承认他写的是小说。这是非常奇怪的迂腐之论：似乎只要有真诚的愿望，不管叙述技巧如何暴露斧凿痕，依旧"天然"。使小说"自然化"的，是作者的愿望，还是叙述方式？

但是，我们再进一步探研这问题，可以发现这种"不科学"的老派批评，歪打正着地击中了要害。英国作家特罗洛普在名著《巴彻斯特修道院》中就再三强调："我们的信条是作者与读者应当携手并进，相互之间完全信任。"美国汉学家韩南认为中国古代白话小说有几分达到小说的理想境界，即"完全戏剧化，毫不掺杂作者的意见"，成功地消除叙述行为的斧凿痕迹。韩南解释说："它已借评论文字，无饰地公开了作者的活动，使得读者反而常常忽视作者在表达中的行为。"

这也就是说，不遮不掩，不搞"非其山而强为其山"，反而读者不再注意斧凿痕迹。

因此，上面说的公式（叙述的自然化、与叙述递送的信息量成正比、与叙述操作的痕迹显露程度成反比），实际上不成立。作非历史的对比时，例如比较绘画与照片，这公式是有效的：绘画提供的细节信息量比摄影少，但信息发送的痕迹（笔触）却较明显，因此，绘画不如摄影"自然"。但实际上，现代小说对现代读者而言，其自然性不一定强于十八世纪小说对当时读者的自然性，正如现代电影对观众的自然性，不一定强于简陋的元曲舞台演出给当时观众的逼真感。除非在对比的情况下，信息量和发送痕迹对自然化并不起决定作用：没有全息摄影对比时，彩色照片够自然的；没有彩色照片对比时，黑白照片够自然的；没有照片对比时，绘画够自然的；没有见过西洋画写生方式的时代，单线平涂的画就够自然的。现在对着电影明星单相思的年轻人，早生一百年也能对一幅年画仕女图单相思，《牡丹亭》中的柳梦梅见到杜丽娘的画像就能一见钟情。

艺术作品，任何艺术，"模仿"现实时，总是有操作痕迹的。

不可能绝对掩盖这些痕迹，哪怕是"超级现实主义"的绘画（所谓"照相现实主义"）的细腻笔触，哪怕自然主义文学的细节饱和，哪怕"只缺一面墙"的戏剧现实主义，或是"摄影机作窗口"的好莱坞电影。

痕迹本身并不妨碍现实感。十分醒目的痕迹，如戏曲的念白、唱腔、做工、粉墨脸谱、彩翎披挂，应当说很难产生现实感，实际情况却是十分煽情。"李三娘磨房产子"会让多少观众哭成泪人儿，磨盘是张桌子；"刀铡陈世美"会让多少负心汉胆战心惊，哪怕他们看到铡刀是硬纸做的。

西方人看东方戏剧（中国戏曲、日本能剧、巴厘舞剧等），满眼痕迹，整个艺术过程由露迹构成，中国戏曲等对他们来说决不可能是"自然"，而完全是艺术。这恰恰是布莱希特观看中国戏曲获得的启示，他认为中国戏曲是"一个表演者二个被表演者"，被表演出来的不只是"真实"，而且还有表演行为本身。中国戏曲不仅不掩盖痕迹，而且有意暴露痕迹。

受东方戏曲启示，现代西方戏剧的大潮，尤其是其中实验戏剧一翼，有意在戏剧中采用种种"露迹"，目的是提醒观众戏剧本身的符号过程，来逆转"资产阶级戏剧"让观众盲信的圈套，创造"间离"效果。某些导演，例如理查德·谢克纳（Richard Schechner），甚至学中国戏曲那样，让打光工走上舞台打光，让观众"看到戏剧世界上打着引号"。应当说，这些西方戏剧家是"误读"了中国戏剧。

中国戏曲绝然的露迹——脸谱、念白、唱腔、诗化的语言、程式化的演技等，并没有阻止传统文化中的中国观众为剧中人洒泪，"为古人担忧"。伍子胥大段唱词之后，喝一杯舞台工送上的茶水，观众一样感动，并没有"离间"效果。这一点某些西方文论家也注意到了。苏珊·朗格曾指出这与前座人偶然站起一样，会被忽视。

欧洲观众看中国戏剧，总对舞台小工穿着日常衣服跑到台上来感到十分吃惊而且恼火；但是对习惯了的读者而言，小工的非戏剧服装本身就足以使他的上台成为不相干的事，就像电影院中领座员偶尔挡住我们的视线一样。但是布莱希特的误读，使他能在现代第一次提出露迹理论并付诸实践，创造了现代艺术的根本原则：用露迹来提醒观众戏剧并不自然，艺术本身是一个人为过程。

对"资产阶级文化"和"中产阶级趣味"深恶痛绝的巴黎知识分子，接过布莱希特的怒火，视现实主义为资产阶级文学的骗局。巴尔特认为意识形态控制艺术的基本手段，就是使艺术符号"自然化"，使符号变得不像符号，而像"客观真实"本身。他称这种自然化为当代神话。

上当受骗不限于乡野小民，见多识广的现代城市居民一样对艺术操作的痕迹视而不见。电影明星的熟面孔并不妨碍观众为他们的奇异冒险担惊受怕。痕迹被消除后，就出现了真实。电影之平面性，黑白五色，早期电影演技摄影之拙劣，本来足以破坏逼真感，现在消失了，实际上叙述世界也消失了，剩下的是一个由逼真性构成的"真实"世界。

在现代文化中，能使读者观众觉得非常自然进而完全认同的，是俗文学及其程式化接受方式。茅盾在二十世纪三十年代对电影《火烧红莲寺》的观众有一段精微的观察：

> 从头到尾，你是在狂热的包围之中，而每逢影片中剑侠放气剑互相斗争的时候，看客们的狂呼就同作战一般，他们对红

姑的飞降而喝彩，并不是因为那红姑是女明星胡蝶所扮演，而是因为那红姑是一个女剑侠，是《火烧红莲寺》的中心人物；他们对于影片的批评从来不会是某某明星扮演某某角色的表情那样好那样坏，而是批评昆仑派如何，崆峒派如何！在他们，影戏不复是"戏"，而是真实！

电影的平面性、无色彩、演员演技之优劣等"叙述行为"痕迹，本来足以破坏逼真感，在道德和心理的规范合一时，则完全消失了，叙述作品也消失了，只剩下一个"天然浑成"的真实世界。究竟是什么使读者观众感到"自然"呢？究竟是什么能使他们完全信任作品，以至忽略其为"人力之为"呢？是文本程式与阅读程式的相契。

自然化既是作者与读者的精神默契，又是读者甘心情愿上当受骗、认同作者的价值标准，放弃批评距离和审美距离。

近两千年前，王充《论衡》指责当时的词赋家以堆集细节（增大信息量）来使读者"以真然说"的做法："好笔墨者，增益实事，为美盛之语，造生空文为虚妄之，传听者以真然说，而不舍览者，以为实事集，而不绝之。"

在当代，露迹问题已被提高为后现代文学艺术创作的基本原则。利奥塔指出文学或绘画的表现力，不在于其产生的和谐光滑的表面，而在于保持语词、线条、笔触等操作痕迹，他称之为"价值领域的开放和自由"。后现代艺术家不再是弗洛伊德所说的需要艺术来"升华"的精神病患者，不是急于为潜意识的苦闷寻找象征替代品，恰恰相反，他们坦露自己"非正常"的精神状态，他们努力暴露自己与社会公认价值的距离，不以做个"精神分裂者"为耻。

为了这个目的，他们有意用各种手段来破坏艺术"反映现实"的假象，破坏艺术本身的整体性，艺术的自身成为艺术的现实。整个艺术文本就被括入了引号，技巧的目的是给作品加引号，操作痕迹就是引号。

贾政与贾宝玉艺术观的差距，在《红楼梦》时代，是相当细腻的问题，需要曹雪芹的天才才能写出。可惜的是，直至今天，大部分人依然不理解贾宝玉。在文学理论界，贾宝玉由于不赞成把自然化作为艺术最高目标，至今还在被贾政扠出去，或被清客装作没听见，或被批评家们点金成铁。

（1986年）

从张岱观《燕子笺》说"批评产生意义"

明末名公子张岱在《陶庵梦忆》中讲到看阮大铖的家乐:"余在其家看《十错认》《摩尼珠》《燕子笺》三剧,其串架斗笋,插科打诨,意色眼目,主人细细与之讲明。知其义味,知其指归,故咬嚼吞吐,寻味不尽。"

传统文学批评典型的释义法:作品意义确在,作者本人把它安置于文学作品内容和形式之中。阮大铖本人对他剧本中细微结构中的"义味"和"指归"所做的介绍,无可挑战,无可怀疑,最权威。连张岱这样有修养的观众,所要做的事也只是往椅背上一靠,"咬嚼吞吐",寻味作者的解释。

我们没有张岱那样幸运,我们只能依靠文学史家的帮助,"知人论世":先找晚明的时代背景,再从历史资料中找阮大铖的生平与思想,晚明戏剧及阮大铖剧作的一般情况。这样,即使我们没有听到阮大铖细细讲明,我们也可试试确定作品的意义。阅读作品的本身,似乎只是找例子来印证这几种决定意义的因素,这些因素先于作品而存在，作品只是意义的实现方式。意义确在，甚至先于作品而存在。此种传统的寻找作品意义的方法，可以称之为"先在释义"。

20世纪一部分批评家试图纠正传统批评的基本方法。他们提出，作品的意义不在作者的创作意图之中，也不在各种决定作品产生过程的历史的或个人的条件之中，而在于作品本身。用韦勒克（René Wellek）的名言来说，就是"诗开始存在之时，正是作者经验终结之时"。文学文本本身是作品意义的唯一存在方式，也是读者、批评家捕捉意义的唯一根据。

如果作者意图，以及决定作品意义的其他因素，在文本中得到了实现，那么研究文本足矣；如果没有得到实现，那么研究作者意图或作品生成条件，反而误解作品。如果《摩尼珠》等很无意义，阮大铖说得再好，依然无意义。

这话听起来有道理，却耐不得细想：作品的意义如果完全包孕于文本之中，它就变成了一个很神秘的纯形式存在。张岱看戏，只消反复"咬嚼吞吐"作品本身，完全不必理睬《燕子笺》作者怎么说，甚至阮大铖本人的存在与《燕子笺》的意义无关，甚至追究到底，这意义与张岱都无关。意义虽然必须体现在读者心中，但张岱（或任何其他时代的其他读者）都只是这个自在的"文本意义"显示的屏幕而已。

应当说，意义本身是主体之间的一种关系，是主体之间的交流活动，没有主体的意义是难以想象的，《燕子笺》的意义是在张岱心中实现的。主体的理解才生成意义。

反过来说，如果每个理解者自有其主体性，意义就是完全相对的，"一千个读者有一千个哈姆雷特"这句人人知道的老话，实际上是夸大其词，杞人忧天。意义的播散并没有如此严重。不同的文化背景阅读修养固然造成意义的变异，要产生一千个哈姆雷特，就必须有一千种不同的阅读方式，而在一千个读者中却绝不会有一千种阅读方式。绝大部分的读者同用程式化的阅读方式，他们所得的意义也大致雷同。

意义的唯一固定点是文化史所决定的"阅读程式意义"，而作者往往顺应这种阅读程式，意图配合程式，以有效地控制释义。举个例子，左拉（Émile Zola）的《小酒店》（*L'Assomoire*）作为自然主义的典范之作，几乎始终保持纯客观的描写，绝少评论干预。这种"客观性"是假的，在某些地方，叙述评论突然冒出来。"蒸酒器运行着，缓慢，但坚定。它表面上没有一点光泽——漆得很干净的两边没有火光的反射。纯酒稳稳地滴下，让人觉得有一种渗透性的液流，将会流遍整个房间，席卷大街小巷，最后淹没整个巴黎。"

注意这是在第二章开始不久，女主人公惹尔维斯第一次看到蒸酒器时的情景，危机尚未爆发，高潮还未来到，但叙述评论已迫不及待地把耸听的危言，甚至感伤主义的夸张强加于叙述之上，这段评论造成非常突兀的风格断裂。为了确定"酗酒是下层阶级贫困之源"这个意图意义，风格断裂是小代价。

意义控制的有效性，有个前提——作品在意义上是完美的，是意义的浑然天成的自然体现，作品与其意图意义之间没有裂痕。

东吴弄珠客《金瓶梅序》说："读《金瓶梅》而生怜悯心者，菩萨也；生畏惧心者，君子也；生欢喜心者，小人也；生效法心者，乃禽兽耳！"看起来《金瓶梅》这样的小说，文本对意义的控制过松，致使歧解纷出，读者各有所悟。但实际上，这四类读者——菩萨、君子、小人、禽兽，固然道德上相差太大，阅读程式却相当一致，都是"信以为真"派。要是怀疑作品的意义包容性，就否定了生以上四种心的可能。

想摆脱这种意义包容性，首先得否认文学作品创造的世界（被反映出来的现实）之自然性。任何文学作品，哪怕是无争议的杰作，都不可能完美无缺。在作品的内容被铸于形式之中时，意识形态不可避免要干预编码。作品的真正意义，正在于这种意识形态控制暴露出痕迹来的地方。

这样一来，理解意义就是对文本的反理解。左拉的《小酒店》的意义，不在于"酗酒导致贫困"。它的意义，恰在于对这意义的控制。阅读就像诊病，任何作品必须进大半个世纪前叶圣陶等在《中学生》杂志上开的"文章病院"。

要保持诊病式的阅读态度，就必须与作品保持一段必要批评距离，而且这距离必须异层次，必须拒绝与作品合用同一规范。《空城计》中，司马懿所做的是战术上的判断，在战术水平上，他的判断是无懈可击的。诸葛亮是做的超战术层次的对抗。把这作为寓言用于文学批评：同水平的阅读，即使看到症状，也会把症状当作病因。异水平阅读才能把症状当作诊断的起点。同水平的批评是与叙述世界合一，从作品中分解意义；异水平批评则用批评操作构筑意义。这样一种批评实是对叙述文本的扬弃，它肯定了文本的不透明性。如此读书，意义就是批评的结果，而不是它的前提。我们可以称之为"后批评意义"。

那么，在"一千个哈姆雷特的读者"中，有几个能取得这样的批评距离，并且有穿透文本的批评眼光呢？不会很多。文本对大多数读者来说是不透明的，对相当多批评家是不可解的，因为意义在文本的空白中，在文本终结处，在字里行间。"我翻开历史……仔细看了半夜，才从字缝里看出字来，满本都写着两个字是'吃人'！"我们的批评家有几人具有狂人的眼光，更不用说一般读者。

让我引一段我最佩服的文学论（虽然这位理论家连名字都没有留下）："头脑冬烘辈，斥为小说不足观，可勿与论矣。若见而信以为有者，其人必拘；见而决其为无者，其人必无情。大约在可信可疑，若有若无间，斯为善读者。"[①]明斋主人对《红楼梦》的这段评论，是对现代文学理论最困难的课题——作品意义——一个令人称绝的答复。罗兰·巴尔特若读过中国文学理论，也应当向中国古代批评家的卓识表示敬意。他关于文学作品意义的一段总结，读起来几乎像在抄袭明斋主人："文学作品既非十分无意义，也并非十分清晰；其意义是'悬搁'的。它呈现给读者的是一个意义系统，但意指物却是无法掌握的。正是这种意义中固有的'隐瞒'（dé-ception），使文学作品有如此大的力量，可以提出关于世界的问题，而不必回答。"

（1986年）

---

① 《增评补图石头记》卷首，东京：明治十年影印本。

智性的雨：读卞之琳

一、第一个"同步现代派"

中国现代诗人，大部分又是外国诗歌研究家、翻译家。他们读的西文诗，可能很"当代"，而难以解释的是大部分接受西方十九世纪浪漫主义诗歌的影响。从总体而言，浪漫主义与早期新诗主流在诗学原则上相契合，主客之间有相同的语言。因此，雪莱、海涅、朗费罗、惠特曼、裴多菲的精神和诗行，可以很自然地进入郭沫若、徐志摩、闻一多、蒋光慈等人的作品。这种局面导致新诗与古典诗歌传统之间产生断层，部分原因在此。

二十世纪三十年代初，卞之琳、戴望舒等一批青年诗人出现于中国诗坛。他们迥异于诗界前辈的特点有二：一是他们所接受的西方影响不是十九世纪浪漫主义，而是二十世纪二三十年代达到高潮的西方现代诗；二是他们注意继承中国古典诗传统，自觉地用各种办法试图将中西传统结合起来。这一批年轻诗人的出现,让人感到中国新诗开始走向成熟。

在这一批诗人中,恐怕卞之琳受惠于西方现代诗最多,受惠于中国古典诗歌也最多。

首先指出卞之琳创作特征的是李广田先生。他1942年的长文《诗的艺术——论卞之琳的〈十年诗草〉》,是我所见到的研究卞诗的最佳论文。李广田说:"作为一个诗人,作者在其思维方式上,感觉方式上,不但是承受了中国的,而且也承受了外国的,不但是今日的,而且还有那昨日的,所以,在作品内容上可以说是古今中外融会贯通的。"

对这一问题,卞之琳自己也有所陈述。他谈到过年轻时对中国古典诗歌狂热的爱好,"自己从家里找到的一些旧书里耽读过一些辞章"。他最喜爱的诗人是晚唐诗人李商隐与南宋词人姜夔。1929年卞之琳离开出生的南方,北上就读于北京大学外文系。在这之前,在中学阶段,他接触到的一些英语诗大部分是十九世纪作品。在北京大学,他开始系统地接触英语和法语的现代诗人的作品,而卞之琳的诗人生涯,也正是从这个时期开始的。

据当时在北大任教的英国爵士哈罗德·艾克顿(Harold Acton)回忆,1933年他在北大教英国文学,第一次把"有修养"的教授所不齿的《荒原》和《查泰莱夫人的情人》列为课文,而当时均为北大英语系低年级学生的陈世骧、废名、林庚、李广田、何其芳、陈梦家、卞之琳,均献身现代诗。

卞之琳追述说:"最初读到二十年代西方'现代主义'文学,还好像一见如故,有所写作不无共鸣。"注意"一见如故"这四个字,为什么从未谋面却似曾相识?因为卞之琳发现二十年代西方现代诗人与他先前所沐浴其中的中国古典诗歌传统有很多相通之处。

卞之琳是个惜墨如金的诗人,他的诗作五十年中不过百来首,而大部分集于1941年出版的《十年诗草 1930—1939》之中。就中西诗学交融而言,这百来首作品提供了中国现代诗歌史上的一位与艾略特、奥登等西方现代派诗人"同步"的中国现代诗人。整个二十世纪这一百年之中,卞之琳是缔造同步汇合的第一人。

二、动力的官感性

官感性是现代诗歌语言最基本的艺术特征,是西方诗歌脱离浪漫主义进入现代阶段最明显的变化。在这之前的西方诗歌,不管是浪漫主义还是古典主义,多的是训诲说理或直抒胸臆,官感上具体的意象只是用作衬托感情的背景或解释道理的比喻。西方诗进入现代诗歌阶段后,官感性越来越强,甚至整首诗几乎全部在具象语言中展开。诗不是号码式的语言,而是一种看得见的具体的语言,"使你不断地看到一种有形的东西,使你不至于在抽象的过程中运动"。

这种官感性,却正是中国古典诗歌,尤其是其中最吸引人的那部分——山水诗的重要艺术特征。埃兹拉·庞德曾一针见血地指出美国现代诗人对中国古典诗歌感到"一见如故"的原因:"正因为中国诗人从不直接谈出他的看法,而是通过意象表现一切,人们才不辞繁难遥译中国诗。"他甚至感叹地说王维是"现代人""巴黎人"。

官感性是卞之琳诗歌语言的明显特征,他的诗,用他自己的话来说:"完全是具体的境界。"他的诗是抒情诗,却很少直接的感慨;他的诗也是哲理诗,却几乎没有直接的说理。他的作品中具象语言的比例比在他之前的任何中国新诗大很多,据说甚至超过受意象派影响的闻一多。

卞之琳诗歌中的个别意象,其来源有时似有迹可寻:

眼底下绿带子不断的抽过去,
电杆木量日子一段段溜过去。

——《还乡》

"电杆木量日子"这意象可能化自T. S. 艾略特的诗《普鲁弗洛克的情歌》的名句"我用咖啡匙量去了一生"。

但是,这样比较明显的借用在卞之琳的作品中几乎是绝无仅有的。在大多数情况下,西方意象被诗人改造成崭新的语言和意境,它们往往有中西两个源头。

我要有你怀抱的形状,
我往往溶化于水的线条。

——《鱼化石》

卞之琳在此诗后记中点明这个象征的中西亲属:"我想起爱吕亚(今译艾吕雅——引者)的'她有我手掌的形状,她有我眸子的颜色'。而我们有司马迁的'女为悦己者容'。"

艾吕雅的这首 L'Amoureuse 是情诗,而卞之琳的是哲理诗。与艾吕雅诗相比，卞之琳诗的意象是动力性的，它指向深一层的内涵。

王佐良先生曾将卞诗句"伸向黄昏去的路像一段灰心"与艾略特相比，结论是卞诗"更简练，更紧凑"，而且"这是传统律诗绝句多年熏陶的结果"。

三、异类意象嵌合

由于取法诸家，在卞之琳的诗中经常可看到一种不同品类的意象联用：中国式的与西方式的，古代的与现代的，科学的与想象的，诗意的与非诗意的。异类意象联用，使他的诗有一种特殊的韵味：

> 我的忧愁随草绿天涯：
> 鸟安于巢吗？人安于客枕？
> 想在天井里盛一只玻璃杯
> 明朝看天下雨今夜落几寸。
>
> ——《雨同我》

这第一行当然叫人想起晏殊的名句"记得绿裙罗，处处怜芳草"。但是后两句似乎在回应英国诗人威廉·布莱克的名句"一沙一世界"。然而，用"玻璃杯"量雨正是现代气象学使用的方法，鸟安巢而人苦于羁旅又是中国古典诗歌常用的比兴。

人并非无泪，

而明白露水因缘，

你来划一笔切线，

我为你珍惜这空虚的一点，

像泪像珠——

人不妨有泪。

——《目》

"泪如珠"是传统的诗意比喻，"泪如露"当然也是。但在这里卞之琳展开了一个科学的曲喻：相切点是不占空间的、非实在的一点。但相切似的相会，哪怕是转瞬即逝的"空虚"，也值得珍惜，所以人不妨有这样露水似的泪。

异类意象联用造成的对比效果最强烈的恐怕是《无题·四》：

隔江泥衔到你梁上，

隔院泉挑到你杯里，

海外的奢侈品舶来你的胸前：

我要研究交通史。

头两行是中国传统诗歌意象的变体，到第三行，巨轮舶到胸前又是个现代的诗意意象，但带来的却是完全非诗意的俗物"海外奢侈品"；最后一行之突兀令人惊奇：沉醉于爱情的主人公（不是诗人本人）诉诸没一点浪漫味的活动——"研究交通史"。异类联用的结果，使情诗脱离肤浅的幻想沉溺，有了一种理性的批判精神。

卞之琳诗歌的语言尚有一种手法，看起来是西方的、现代的，

但对中国古典诗歌却也不陌生,那就是具体词与抽象词、虚与实的意象"嵌合"式地联用:

我喝了一口街上的朦胧

——《记录》

友人带来了雪意和五点钟

——《距离的组织》

呕出一个乳白色的"唉"

——《黄昏》

记得在什么地方
我掬过一掬繁华

——《路》

"朦胧"是非实体的,被"喝"成具体可感的液汁;"雪意"和"五点钟"是非实体的,被"带"成可触可摸的礼物;而"繁华"这抽象品质,被"掬"成可收可藏的纪念品。这种意象经营手法的哲学背景是物质状态与精神状态在一定条件下(在诗歌想象中)的转化。作为修辞方法,这样的语言却是西方现代诗中常见的:

……他可能会
走进现实的孤立之中。

——叶芝

石英的满足，如墓碑

——狄更生

但仔细观察一下，就可以发现卞之琳诗中的这种"嵌合"用法，主要是"实"动词加"虚"宾语名词，这类似于叶芝的诗，但更接近中国古典诗人着意"炼字"后造成的效果。没有任何质感的（或质感不太好捉摸的）品质被作为质感词使用会扩大官感性范围，这可能是异类意象联用中效果最强烈的一种。

四、思辨美

　　从二十世纪二三十年代起，西方现代诗出现趋向于理性的一翼，卞之琳是一个追求理意的现代诗人。仅有官感性，只是一种缺乏内涵的"图画式印象主义"。"生动如画"不是卞之琳在创作中追求的目标，他所寻找的，用他自己的话来说，是一种"思辨美"（beauty of intelligence），他不满足于诗的意象美或音乐美。"诗要精练，我自己重含蓄，写起诗来，就和西方有一路诗的着重暗示，也自然容易合拍。"

　　十九世纪末法国象征主义，以魏尔伦和马拉美为首，大致形成了两种趋势。魏尔伦声称"诗即音乐"，他的诗在音乐效果上取得很大成绩，影响了不少中国诗人，戴望舒的《雨巷》几乎是一首中文的魏尔伦诗。卞之琳最早的诗作中，也有一些诗刻意追求魏尔伦式的密集交叉音韵：

> 你听，潺湲声流动，
> 破阁的风铃，
> 仿佛悲哀的潮涌
> 摇曳着怆心；
>
> ——《夜风》

韵如此密集的诗，恐怕也只有以韵部比较集中的语言，如法语或汉语，才能轻巧地写出，以英语、俄语等韵部过散的语言，要写或译这样的诗就很费力。但卞之琳很快就放弃了这种有点像戴望舒的《雨巷》刻意追求音乐效果的努力，而走向"马拉美式"的追求理意的诗路。马拉美对后世的影响比魏尔伦大得多。理意诗，可以说是二十世纪二三十年代西方诗的主流，法同的瓦莱里、爱尔兰的叶芝、德国的里尔克、英国的艾略特和美国的庞德，是这一主流的代表人物，而这些诗人对卞之琳创作的影响也是最大的。在批评界，无论西方东方都流行一种看法，说西方现代诗是反对理性的，是强调直觉的、主观的、自我表现的，这说法恐怕不完全符合文学史的事实。理性主义、反理性主义的流派（例如超现实主义）、强调自我表现的流派（例如美国的"自白派"）在不同时期轮流占上风。

卞之琳为了取得理意的绵密，采取了一种特殊的方式，"有些诗行，本可以低回反复，感叹歌诵，各自成篇，结果只压缩成一句半句"，一首短诗中往往紧裹了本来需要一组诗才能说清的意思。按通常的方法来写，很难做到这一点。卞之琳用的方法，往往是让意象孤立起来，使它产生纵深感。试看绝句式的短诗《归》：

> 像一个天文学家离开了望远镜，

从热闹中出来闻自己的足音。
　　莫非在自己圈子外的圈子外？
　　伸向黄昏去的路像一段灰心。

第一二行，第三行与第四行分别成为三个意义单元，每个意义单元几乎都有一首短诗的内容。题目虽简单，却构成了贯穿三个单元的意义线索。一二行说这"归"是从极远归向极近，从极闹归向极静，从宏观归向微观，从客观归向自我，这是一个艰难的工作，使主人公手足无措（"闻"足音）；至第三行主人公发现这归的方向错误，自我之外尚有一圈圈大得多的世界，退缩回来并不解决"归"向何处的问题；最后一行为这种追求提供了看来是悲观的结局：无处可归，就像走在"伸向黄昏"的路上，越走越暗，归向"灰心"。

　　应当指出，理意如此密集的诗，在西方现代诗中也很难找到，只有中国古典诗歌才能取得这样的密度，西方注重理意的诗人能做到这一点吗？十七世纪玄学派诗人、十八世纪新古典主义诗人不可能，他们的"智性意象"总是被充分地，甚至过分地铺展。马拉美的诗中理意已经够紧密，但他的展开速度基本上也是一段一意。西方诗要精练到一行一意是很难的。理意化是与抒情化对立的，也是非个性论与浪漫主义的自我表现论的对立。对于二十世纪二三十年代欧美理意派诗人来说，这是一条自觉的创作指导原则。瓦莱里这样说明自己的创作过程，"我的诗是隐藏的存在，无形的箴律，未经宣布的正反场影响下的产物"。他并不认为诗是他的自我之表现。

　　比起五四时期的诗人以及稍后一些的徐志摩等人，卞之琳的诗明显的有一种"非个性"色彩。他自己对此也是相当自觉的，他说："人非木石，写诗的更不妨说是感情动物。我写诗，而且一直是写抒情诗，也总是在不能自已的时候却总倾向于克制，仿佛故意要做冷血动物。"

这与其说是卞之琳性格冷静，不如说是他自觉到诗歌创作的非个性机制。有时他把这种方法称为诗的"小说化"或"戏剧情景化"，实际上就是"非诗化"，或者更确切地说，"非浪漫主义式自我表现化"。

正如在瓦莱里、艾略特等人的诗集中我们很难找到他们个人遭际的直接表现，我们在卞之琳的作品中也几乎找不出他的个人经历。实际上，诗人的精神活动肯定会在写作中留下痕迹，只是隐藏得相当深，这就是为什么连闻一多也被蒙住了。闻一多在四十年代初曾表扬卞之琳，说他不像一般青年诗人那样写爱情诗。实际上《十年诗草》中的《无题》五首就是爱情诗，但他的爱情诗中少的是直接表露的情，而多的是意象携带的理意：对未能结果的儿女之情的哀伤，被深化为人之间能否心灵沟通的思索。

门荐有悲哀的印痕，渗墨纸也有，
我明白海水洗得尽人间的烟火。

——《无题·三》

卞之琳自己明白这一点，他说非个人化"有利于我自己在倾向上比较能跳出小我"。

五、声部应和

在卞之琳三十年代的作品中,"理意"主要是一种相对精神,而这种相对性也正是二十年代西方诗人与中国古典诗人所共同关心的主题。

西方现代诗人在事物的相对性问题上,往往采取虚无主义。在有与无的关系上,卞之琳《航海》诗中说蜗牛一夜行有二百里,对时空关系持一种令人惊愕的相对观点,而他关于有无相生的看法更是中国式的:

我在散步中感谢
襟眼是有用的,
因为是空的,
因为可以簪一朵小花。

——《无题·五》

诗人感兴趣的另一个问题是主观与客观的关系、诗歌想象与现实的关系。这是"夜闻马嘶晓无迹"式的想象驰骋:

忽听得一千重门外有自己的名字
好累啊,我的盆舟没有人戏弄吗?
友人带来了雪意和五点钟。

——《距离的组织》

卞之琳的《园宝盒》一诗在三十年代曾引起李健吾（刘西渭）、李广田和诗人自己之间反复细读逐句讨论。整个二十世纪至今，我们还没有看到批评家与诗人就一首诗而如此艺术论辩。

六、抒情"我"的变幻

卞之琳的作品有几首有特别复杂的主体变换，正如他自己所说，他的"极大多数诗里的'我'也可以和'你'或'他'（'她'）互换，当然要随整首诗的局面互换"。

这种人称的互换性表现了诗中多重声部、多重角度的复合。一首诗（也可以说任何一部文学作品）的作者，或隐指作者、叙述者、主人公都是主体在不同层次上的表现。在浪漫派自我表现式的诗中，几重主体往往很接近，以至于叠合起来了，读者也往往把全诗当作诗人的"心声"。但在"非个性"化的现代诗人笔下，主体往往分解成几个声音。卞之琳的好几首作品有叙述场面与戏剧场面的混合穿插。《春城》是典型的例子，其中有这样的句子：

> 那才是胡调，对不住：且看
> 北京城：垃圾堆上放风筝。
> ……
> 蓝天白鸽，渺无飞机
> 飞机看景致，我告诉你
> 决不忍向琉璃瓦上下蛋也……
>
> ——《春城》

这首诗的背景是1933年至1935年华北危机时的北京，是"对兵临过城市的故都（包括身在其中的自己）所作的冷嘲热讽"。某些读者不了解诗人所用的复杂主体手法，竟指责诗人"太没出息"，"丧心病狂"。其实上面所引的是叙述者转述角色的话，半文言语句的插入隐含了诗人的讽刺态度。因此，"没出息"的是角色，麻木的是叙述者，义愤的是诗人。

1935年卞之琳为一次翻译工作去日本，客居中听见流传到日本的中国古笛尺八的吹奏，"开启了一个忘却的乡梦"，他曾写一篇优美的散文《尺八夜》记叙其事。

主体分层的自觉运用使《尺八》一诗的深度远远超出散文中表达的怀乡思旧的范围。全诗不长，录于下：

> 像候鸟衔来了异方的种子，
> 三桅船载来了一枝尺八，
> 从夕阳里，从海西头。
> 长安丸载来的海西客
> 夜半听楼下醉汉的尺八，
> 想一个孤馆寄居的番客
> 听了雁声，动了乡愁，
> 得了慰藉于邻家的尺八，
> 次朝在长安市的繁华里
> 独访取一枝凄凉的竹管……
> （为什么霓虹灯的万花间
> 还飘着一缕凄凉的古香？）
> 归去也，归去也，归去也——

像候鸟衔来了异方的种子，
三桅船载来了一枝尺八，
尺八乃成了三岛的花草。
（为什么霓虹灯的万花间
还飘着一缕凄凉的古香？）
归去也，归去也，归去也——
海西人想带回失去的悲哀吗？

《尺八》这首诗，据王佐良先生的意见，是卞之琳创作成熟期"最好的作品"。它是一首抒情诗，但却以戏剧性的动力展开，所以不妨把它作为一首简短的叙事诗来读。

叙事诗与抒情诗最大的区别是，在叙述中，主体——文本意向性的源头被分解为几个层次：作者、叙述者与人物各有其意向性，它们之间的不一致，造成了叙述的戏剧性张力。

尺八是一种中国古代乐器，据说是唐朝时日本来中国的日本留学生带回日本（一说宋朝，但这无关宏旨），流传至今，在中国反而绝迹。把散文《尺八夜》与《尺八》这首诗对比，是很有趣的。散文是非虚构的，因此一般没有主体分层，《尺八夜》一文虽然写得与诗一样美，却依然清晰、直接、主旨显豁；而《尺八》这首诗，由于主体分层间的戏剧性关系，虽然比散文短得多，却简练、曲折、意义细腻而深沉。

首先，叙述小总有人物。这首诗中的人物名叫海西客——中国来的旅客。他沿着尺八东传的旧航路来到日本，夜半孤馆客居，偏巧听到尺八吹奏，于是他想起了千年前旅居长安的"番客"，也是靠邻家的尺八慰藉乡愁，第二天欣然到繁华的长安市上访取尺八携回日本。然而,现在尺八已成了"三岛的花草"。海西客像昔日的番客走进霓虹灯如万花的东京,在那里闻到"一缕古香"。这时,尺八的乐曲在他耳边就变成一个震撼心灵的呼喊——"归去也"。

任何叙述,都是由一个叙述者说出来的。叙述者也是作者创造的一个人物,当他以第一人称出现时,便进入情节。但像这首诗这样所谓"第三人称叙述",叙述者是隐身的。不管哪种情况,叙述者并非作者。

叙述者不仅叙述故事,还经常契入叙述,加以评论,或扭曲叙述使之更富于戏剧性。海西客东来乘的是日本船,却像古代的三桅船一样有个中国名字"长安丸";番客在昔日繁华的长安找到的中华文明,现在却在万花似的东京闹市飘香,因此,"归去也"听来也是叙述者的感慨。而最后,叙述者跳出隐身的帷幕,直接向海西客提出了挑战性的询问:"想带回失去的悲哀吗?"你是否像那些麻木的国人一样,时过境迁就会忘记这感情上的冲动?

当然,诗人本人是主体性最初始的出发点,或更准确地说,我们在隐指作者名下归结支持全诗的思想和价值观,诗人刚在北京经历过日军兵临城下的危机,尺八的东迁流传,海西客与番客的主客易位,在情节中造成的是戏剧性的波折,归总起来却是隐指作者对祖国衰微的哀愁。

全诗的音节十分流畅,却在两个地方插入不合节奏的文字句"归去也,归去也,归去也"。我们可以把这视为诗人打破叙事的构架,像抒情诗人一样以主体意向性的强度直接进行干预性介入,因此,在这强烈的感情中,诗人、叙述者和人物三层主体合一了。

但这三层主体,意向性的深度是不一样的。可以说,人物是个较单纯的怀乡者,叙述者是个抚今思昔的感慨者,而隐指作者是个忧国忧民的爱国者。

正由于此,《尺八》这首诗,就不同于爆发式的直接抒发爱国热情的诗:它的字句意义,有步步深入的层次,让我们低回深思;它以主体的分与合,一方面使抒情主体"非个性化",另一方面也使叙述主体情感化。诗的现代性,就是这样奇妙地构成的。

与艾略特、瓦莱里精神相近、诗学相通,使卞之琳成为中国新诗史上很少见的与世界诗潮同步的诗人,"新月派"所有诗人中没一人有如此强的现代性。

与李商隐、姜夔气质相类,诗理相承又使卞之琳的诗作不像李金发等人的那样与中国民族精神隔膜,三十年代初期出现于中国诗坛的诗人没一人有如此强的中国性。

这种现代性与中国性在卞诗中水乳交融,不泥不隔,使《距离的组织》《园宝盒》《尺八》的作者成为中国新诗史上第一个真正的先锋诗人。

(1984年)

重新发现一位诗论家：邵洵美的诗歌批评

这本新编的《邵洵美诗论集》，英文的、中文的篇什，合起来是相当厚实的一本，讨论了中国诗、外国诗、白话诗、传统诗的各种问题。但是按年代一排，可以发现邵洵美写这些诗论文字，前后只有五年时间：从1934年起断断续续发表这方面的文章，1938年至1939年似乎是邵洵美诗论的爆发期，他在《中美日报》上连载了近一年的《金曜诗话》，然后就完全停笔。

邵洵美的其他文字、其他活动，延续岁月长得多：翻译，他做了一辈子，从1926年起，到1968年去世后依然有译稿等待出版；编刊物开书店更是这位文坛活动家的本色行当，从1924年他十八岁时编辑《狮吼》到1950年去北京试图扩展"时代书店"未成才告结束；他的小说和散文写作也从年轻时延续到四十年代。他也极多产，一年可以写十五万字，可以写八十篇文章，延续多年。三十年代，他一直保持了大致一星期发表一文的写作热忱。这些并不奇怪：邵洵美是文坛全武行，十八般武器全使得。他鸣于世的是诗，是诗评，偏偏这两种活动延续时间最短，诗只写了八年，从1924年十九岁,到1933年二十七岁时他就放下诗笔;从1934年他开始写诗论,直到1939年失去了发表的领地。作为诗人,作为诗论家,看来邵洵美珍惜羽毛,不得不写,才写。

邵洵美写诗时不写诗论,写诗论时不写诗,其中的原因可能是个人性的。也许1931年底徐志摩的不幸去世,对他的打击非常大,让他停笔写诗。也许年近而立让他心性成熟,能够静下心来细读细评。不管怎么说,把这两种活动在自己生命中隔开,给了他的诗论一种气魄:写诗论诗评,本来就需要一个必要的批评距离,不至于为自己的作品吆喝,也不在自己心仪的路前打锣。邵洵美讨论许多人的诗,对许多当事诗人赞美有加,却从来不谈自己的作品,一行都没有引过,一首也没有提过,连他自己也写诗这句话都没有说过,最多只提到他作为编辑处理来稿的经验。这是他的诗论至今耐读的先决条件。

邵洵美的诗论是"为时而作",是他生命中某个阶段有感而发,更因为是中国诗歌已经发展到了某个阶段,迫使他有感而发。到1934年,中国诗的发展的确到了一个关键点:早期反传统的战斗热情已经难以找到敌人,开拓新的语言方式的使命感结束了,各种"尝试"也到了检视成果的时候了。批评成了一个突出的薄弱环节。这一点邵洵美看得很清楚:"现代中国文坛上,诗是被人用得最多的一种体裁……但是,我们都知道,小说与戏剧的进步却更其来的显明,缺乏批评不能不说是最大的原因。"(《新诗与批评》)

这个工作需要有人来做,邵洵美挺身而出来做这个工作,是顺应时代需要,也是他自己的使命感使然,而且这个工作也只有邵洵美才能做:他本人是诗人,学文学的留英学生,参加过多种社团,作为刊物的编辑,了解文坛动向,出版甘苦,"沪上孟尝君"也使他结交各方各派的诗人。三十年代,是流派时代,是争论时代,流派之间的争论会忽然变成个人意气。要能超脱,就得有胸怀。

邵洵美拿起诗歌批评之笔,也是因为一批杰出诗人突然出现。他的第一篇文章就是提醒人们"诗坛并不沉寂",诗坛其实从来没有如此热闹,因为"他们的技巧是一天天成熟,他们的才能也一天天在发展"。"他们"是谁呢?是卞之琳、朱维基、方玮德、曹葆华、陈梦家,可以说这些都是新月派的朋友,但是他对臧克家、戴望舒、方令孺一样赞美,这些都是1933年出版了诗集的青年,这一批"三十年代人",无论左或右,这时候显现了异样的才华,三十年代初期,正是中国新诗一次规模不小的星河爆发。他也注意到左翼诗歌、救亡诗歌,在他连续几年署名Zau Sinmay("邵洵美"三字的上海音英文拼法)为英文刊物《天下》写"新诗年记"(Poetry Chronicle)中,介绍了郭沫若、田汉等。

但是,邵洵美并不是没有自己立场左右逢源,他的诗论,应当说有偏爱而无偏见。他一直被认为是唯美派诗人,他的诗论却并没有追求唯美,他只是并不隐瞒对形式特别注意,这在三十年代很不容易做到。他呼应梁宗岱的论断:"诗,最高的艺术,更不能离掉形式而有伟大的生存。"这话不是空话:他手里有形式美的最佳例子,卞之琳刚出版的《鱼目集》。他不无欣慰地说,读过此诗集,"我们便知道初期白话诗的秧苗已成熟地结实了"。他呼应陈世骧,称赞卞之琳诗是"内容与形式的绝对调和与统一",甚至认为比徐志摩的诗"在技巧方面已经更进了一层"。他特地举出《距离的组织》这首诗,来与胡适对比。为了坚持自己支持的观点,他不惜与朋友对垒;为了捍卫卞诗"晦涩"的权利,他不惜反对胡适与梁实秋，指出梁实秋"缺少文学批评家应有的了解的能力与虔敬的态度"，而胡适要求新诗"人人看得懂，人人写得来"，被他一再嘲笑为荒谬之论。

更难能可贵的是，邵洵美没有手捧西方文学的饭碗，借熟悉西方新出诗派、新出理论，一味拿"时新"唬人。虽然他1934年的长篇论文《现代美国诗坛概观》，令我这个大半个世纪后研究美国诗的人汗颜：他不仅对美国诗坛的扫描切中要害，许多基本文件，例如T. E. 休姆的《浪漫主义与古典主义》，以及《意象派原则》在这篇文章中也是第一次被介绍到中国来。但是他并没有被意象派对中国诗的热心过分趾高气扬，他冷静地指出：中国古典诗对意象派，就像指南针对现代科技，都是文化转化后的产物。他指出研究新诗应当用的方法之一是"中国与外国的比较"，为此他写了长篇论文 Confucius on Poetry（《孔子论诗》），详细比较了儒家诗观与希腊哲人的立场。这是中国最早的比较文学论文之一，在中国尚无这个学科，甚至还没有听说过这个名称之前，有此实不必有此名。

同时，邵洵美也是最早提出新文学对传统否定过多的批评家之一，他说他经常指出应当"补足新文学运动者所跳跃过的一段工作，即造一个'文学的过渡时代'"。因为中国文学从旧到新，一步跳过了必要的过渡，应当回过头来补一补：要把过于"西化"的文学往回退一点。这样的号召的确需要魄力，特别要谈一下的是1938年11月到1939年6月在《中美日报》上连载三十一篇的《金曜诗话》，这是三十年代最长最彻底的系统诗评，有四万多字，是一本书的规模。邵洵美是在避居租界时写作这批文章，这两年正是他与项美丽合作编辑《自由谭》的繁忙时刻。这部诗论显然是以普及为目的，拟想的对象是读报的大众，但是触及问题之全面、组织之缜密，按部就班有计划地讨论了中国现代诗歌的方方面面。诚然，三十年代有过各种翻译的诗论，真正针对中国新诗的系统诗论专著只有个别例子。到1939年前，中国还没有过如此系统的中国新诗评论。可惜写成之时正值兵荒马乱，这个系列批评未能印成书，否则应当是中国最早的诗歌艺术专著之一。

这本诗论不容易写，不仅是因为必须对新诗全面发言，不躲避任何问题，而且整个中国已经被抗战的烽火吞没，中国诗歌，整个中国文学，在战争中动员起来。邵洵美本人也参加到抗战事业中，翻译"游击队歌"（奥登与依歇伍德在《战地行》[Journey to the War]一书中描写了秘密从敌占区潜往上海，会见邵洵美等人的情景），参与翻译出版《论持久战》。虽然战时宣传压力非常大，然而一旦回到诗歌理论，邵洵美的诗学观念几乎没有任何改变。在《抗战中的诗和诗人》等好几篇专题中，他面对抗战时诗歌的任务这个棘手的问题，立场毫不退缩，措辞绝无含糊："诗的确是可以深入人心的宣传工具，但是深入人心的宣传工具却并不只是诗。"

读邵洵美的诗论，有时恍如昨日。他讨论的问题，许多在今天依然是问题；他说的话，今天依然需要倾听。尤其当他仔细分析汉字发音对意义的作用，唇鼻音"腻性"，唇送气塞音"敌性"，舌尖边音"活性"，舌擦音"凶性"，唇齿擦音"动性"，不禁令人拍案称绝。我经常感叹中国文人说大话谈玄的多，做实事想问题的人少，对汉语发音的"像似符号性质"（phonetic iconicity）细致分析的有心人，至今我只看到邵洵美一人；尤其当他提出黎锦晖《毛毛雨》等歌词创作，"流传之广，影响之大，实在是不可抹杀"，把歌词与诗相提并论，恐怕半个世纪之后，今日的诗评家，还缺乏视歌词为重要诗体的眼光和胸襟；尤其当他一再说"我们今天只有写诗的人，而没有读诗的人"，我不禁莞尔。我们的确需要邵洵美来教我们如何读诗。他指出批评实际上是新诗最薄弱的环节，新诗缺少的是"中间人"，他看得很准。但是他不停留于指手划脚，他动手解决问题，而我们就有了这满满一本值得一读的诗论。许多人说邵洵美是公子哥儿、洋场阔少，自奉不菲耽于享受，散漫而无章法。但是请看这本诗论集：有几个诗人想问题如此系统周到。但是，整个中国批评史几乎从来没有提到过邵洵美，他作为一个诗论家的成就一直没有人注意到，这是奇怪的事。

是的，还是他，这位著名的唯美诗人，却是一位认真的、勤奋的、论述系统的诗歌批评家，写的诗论在七十年后，依然值得我们好好读。

（2010年）

何必为一把小葱单独走一次人生？

乐山师院的陈俐老师说：你看到吗，就是在那个码头，1932年，才十四岁的陈敬容就是从这儿偷偷上船，溜出了乐山这个小城，不过被父亲抓回来关了起来。

我朝江面上张望，濛濛浓雾之后，淡灰色的船影漂漂浮浮。两年后，1934年她又偷偷离家出走，陈敬容晚年承认，是"曹葆华寄的钱"。她离开故乡的那年，"大佛洗脚"，乐山发大水；此后大雾锁江，古城沉落在记忆中。

本文才刚开始，已经不小心捅出了第一个名字。曹葆华是我的英雄：中国第一个认真翻译西方现代文论的学者，新批评的第一个介绍人。英语世界批评泰斗瑞恰慈（I. A. Richards），二十世纪三十年代长期留在中国，在清华讲授《文学理论》，在北京的学生都涌去听，能听懂的没有几个，敢于动手翻译的只有一个学生。这个清华学生的胆子不局限于学问：陈敬容是他在乐山县中教英文时的学生。对这桩轰动乐山的公案，两个人都没有留下文字：当年再人言沸沸，也早就烟消云散。这个少女跨上撑起帆的木船，对身后依然沉睡在中世纪的小城没有多少留恋，多年后在诗中只提过一次，"记忆已经发黄"。半个世纪后她回到乐山一次，也没有衣锦还乡之感。今日互联网时代，已经很难想象居住地对命运的影响：任何一个地方都有地理宽度限制，像陈敬容那样的时代异数，最好朝变异允许度大一些的地方走，这是她一生不得不记取的教训。

传统传记写法有个共同点：讨论女艺术家，首先会问，曾经走在她身边的那个男人是谁？讨论男艺术家，身边的女人则可问可不问，芳影大可无名。毕竟，二十世纪早期的中国社会，并不比维多利亚时代的英国开放，婚姻依然是女人一生的事业。

从这个角度写陈敬容，一开始就会遇到障碍写不下去。我认识的陈敬容不需要这个写法。这篇序言要谈陈敬容，但是不得不用一种特殊的方式来写。

陈敬容写下过一些生平回忆，中规中矩的自我介绍，记下应该记下的材料，组成言之成理的情节。她的回忆遮蔽了一些"不该进入"回忆的事情，这些也是多少年大家遵守的律令，是无论公私的"历史"应该的规矩；苦恼的是，我又不想在此写下一些她的"闲聊"，她告诉我是对我的信任，我不能在三十年后辜负这份信任。虽然逝者没有隐私权，但是必须尊敬先行者。所以写作此文时，只能从她的作品的字里行间找她的生平，找出那些被各种书面"回忆"掩盖的，却又是构成历史的真正细节。

幸运的是，陈敬容是个诗人，而且永远是用最少量的语言，说出最多的意义；更幸运的是，陈敬容写过一系列写自己的诗，为我这篇文字提供了雄辩的材料。"我没有我自己……一片阳光的暖意，织进别人的想象里"。所以这篇序文，是诗中的传记，诗人的序。

第一次见到陈敬容，是在1980年初吧，忘记了是《世界文学》编辑部哪位老师介绍的，说我既然"研究诗学"，就应当认识诗人。记得那天去拜访，在她的宣武门西大街一栋大楼底层的寓所里。隔着冬天紧闭的窗子，依然车辆隆隆，不过谁都没有注意窗外的喧声。整整一个下午，陈敬容很高兴，不停地谈着。谈到近晚，才明白她高兴的原因不是我的来访：小小的房间忽然来了不少人。辛笛从上海来了，是曹辛之带来的，介绍我们认识后，陈敬容爽朗地对我说："跟我们一道去吃饭吧！"她是说客气话，但是她的遗憾绝不是伪装。

我告辞出门，那可能是"九叶"的第一次集合，因为陈敬容没有说到"九叶"二字。今天回忆，我觉得那个晚上对他们不平常，才森然觉得与历史擦肩而过的颤栗。不过在那个近距离，当时并没有任何感觉：那是个历史正在发生的年代，那时在北京文学圈到处在发生历史事件，哪怕我事先知道"九叶"的集合，也不会是当时最让人激动的事。但是"九叶派"就此诞生了，文学史的一章就订上了：被数进的叶子，就是九张之一的叶子，就得与另外八张叶子一道读。

陈敬容实际上是把"九叶"的两半结合成一派的关键人物：1947年底《诗创造》分裂后，在上海创刊《中国新诗》的五位同人中，她首先著长文推荐寓居北方的"西南联大诗派"，写信联系他们。很多人至今认为"九叶派"之说不能成立，文学史上没有事隔三十年后才互相认识并且命名的派别。这话不错，但是全世界也没有一群精神相契的诗友，大多居于同一城而三十年不能相认相识，而在最后集合之前，恐怕也只有陈敬容与每个人都认识。

郑敏在九十年代回忆说："九叶"初次集合时，她只见过袁可嘉一人，其实1959—1960年间她与陈敬容在外文所共事。不过陈敬容是个低调的人，或许郑敏忘了她的外文所老同事有两位。本序言要写的这一批文化人，一半在"学部文学所外国文学部"这个名字拗口的研究所工作过。其实，中国现代知识界一直不是很大。哪怕今天的高校教师队伍，也只是看起来庞大而已。

那年代北京尚是全世界著名的自行车城，我能从建国门社科院一直骑到北大去会朋友：那时知识分子突然有了交往的自由，也很愿意好好享受这个自由。与辛笛见过几次，他住在上海；与曹辛之也见过多次，他的家兼工作室，在王府井之北；袁可嘉先生则受卞之琳先生委托，直接指导我研究理论，见得更多；与陈敬容见过几次，每次听她聊"九叶"往事。因此我与"九叶"中大部分人熟悉了。

说来奇怪：那几年拜会前辈，多半是听他们滔滔不绝谈往事，从三十年代一直谈到"文化大革命"，很少说当前的人和事。其实他们知道我专攻理论，不做文学史，他们只是觉得我是一个可以让他们放心说话的聆听者：三十年只是翻过去一页白纸，总算出了新一代后辈，竟然还对旧事感兴趣。在被迫沉默三十年后，此时可以任意说而不怕"犯错误"，我又与任何一方没有人事干系，尽兴说也不会得罪任何人。我感谢他们的这份信任，我也的确听得津津有味：那些已成文学史的传说人物，青春岁月竟然也有过许多鲁莽，也有过若干荒唐。如果有意记下，可以写出一本现代文坛的《世说新语》。但是我听陈敬容说得最多的，是她唯一从来没有见过的"九叶"诗人穆旦：关于穆旦的诗才，关于穆旦的悲惨晚年。陈敬容的慈悲心怀让我感动，对她的了解也就多了起来。

一年多后，1981年，我得到富布莱特研究奖去美国做文学史研究。那时出国者不多，曹辛之和阿城给我手制了工艺品作礼物。记得穿过宣武门去与陈敬容告别。她知道我匆忙,只是说了一番鼓励的话。那是个新印象匆匆覆盖旧印象的年代,最后与陈敬容互道珍重时,我不会想到今后见不到她,我只回头看了一眼:她个子不高,头发灰白,令人惊奇地瘦削,在那个年月,不容易遇到不瘦削的灰发人。又是三十年过去了,我今天努力追寻的两个三十年前的往事。

从1934年到1937年,陈敬容住在清华北大附近,她的诗人生涯也像模像样地开始:在《大公报·副刊》等一系列刊物发表诗歌。同时在清华北大旁听(偷听?)英文系课程,自己找老师学法语。若干年后,陈敬容又学了俄语,以多种语言的翻译家鸣于世,但是她从不忘叮咛有志翻译的学生"珍惜正式课程"。一个连中学都没有读完的女子,成为外国文学界领军刊物《译文》的编辑组长,岂是易事?在其他艺术门类中,中国有的是冒牌名家,外国文学翻译却最货真价实,至少在那个译本很少的年代,假不得。

八十年代中期,当大学校园不再管理得像军营,中国大学宿舍又出现"文学北漂",这些人是大学灰墙上闪闪发光的附生物:从丁玲到萧红,可以说出一大串名字。北京三年是陈敬容一生最无忧无虑的快乐日子。对曹葆华呢,商务印书馆1937年出版了这个年轻人的《现代诗论》,清华英文系主任叶公超教授作序,当时恐怕是莫大荣耀,迥出论辈。

"听表的滴答,暂作火车吧,我枕下有长长的旅程",这是陈敬容在北京的第一个冬天所作。我这才想起来为什么我会得到她的青睐,她认为我既是卞之琳先生的学生,就应当理解她的诗:卞诗飘忽迷离的意境,是这个文学少女日夜揣摩的标本,这些"卞式诗句"或许是在半睡中涂下的。"谁啊,又在我梦里轻敲?"卞诗特有的戏剧独白调子,出现在这个艺术学徒的许多诗行里。

模仿大师如此迫近，已经不能再叫模仿。当时已经以诗闻名的曹葆华，又模仿得如何？曹葆华的传世代表作："她这一点头，是一杯蔷薇酒；倾进了我的咽喉，散一阵凉风的清幽；我细玩滋味，意态悠悠，像湖上青鱼在雨后浮游。"这是徐志摩三流之作《莎扬哪拉》的三流模仿。很抱歉我拿我的前辈英雄曹葆华来开刀，但是诗有别才，曹葆华是理论先行者，写诗比不上旁边的这位小女子。如今被文学史家列为后期新月派的，应当是陈敬容而不是曹葆华。

　　我不能肯定，这位一点头，倾出蔷薇酒的女郎是谁，据说曹葆华这首诗作于1929年，是否那时候他在乐山中学见到豆蔻年华的陈敬容？我能肯定的是，曹葆华不再会有这份体验，时代已经不允许：他们相会在三十年代初，那是中国似乎可以酿成现代文化的第一次机会。坚持写诗的陈敬容，应当是从三十年代连接到八十年代的深长渊源，中国诗现代性潜流的默默承载者。

　　1937年6月，燕卜荪（William Empson）受不了日本国内的"爱国主义"叫嚣，来到北京与他的剑桥恩师瑞恰慈会合，瑞恰慈写道："在中国事情太顺利，恐怕要出差错。"差错果然来了。7月7日炮响，一个时代结束，平津学生开始向南向西。燕卜荪与瑞恰慈向南赶到长沙，参与了西南联大第一期的授课，曹葆华西去陕北；而二十岁的陈敬容偷渡出北平，长途跋涉到了成都。北京的那个生机勃勃的文人圈，消失在戎马倥偬之中。

　　或许二十岁时她还不了解自己：她结了婚，到了兰州，在那个极端缺少现代生活设施的地方，为人妇，为人母，写作成了一个奢侈的偶然。她的本性完全不适合这种生活，"既不计较为什么活，也不计较怎么死……而叹息眼泪倒尽有的是，为了点缀无聊"。后来收在《盈盈集》中的文字，真是泪水盈盈：看来现代中国又添一个以"相夫教子"填空白简历的夭折才女。这时期偶有诗作,大多是平淡无奇的感伤。语句中偶尔闪过北京的那个学诗少女的影子,"谁,高高地投掷,一串滴血的,心的碎裂"。

终于在五年后,她再次离家出走。在旅途中创作激情喷发。黄尘仆仆的路上,邠州、平凉旅次,让人感叹西北荒漠会给这个少妇如此多的灵感。该年5月她在重庆郊外的小镇盘溪做小学代课老师,几乎每天必有所作,有时一天三首诗,"创作的欲望烤炙我像火一样"。看来每次逃离,都是让她兴奋,看来陈敬容最无法忍受的是家庭的天鹅绒监狱,"我想起夏娃,想起她初尝禁果,那新奇的,新鲜的欢腾"。下午在清溪中游泳,然后回到她在山顶寄居的茅舍,在油灯下奋笔写下新作。

在5月的作品激流中,我们看到了《假如你走来》这样动人的情诗。这个"你"是谁,就不是我们妄作猜测的事了。但是我们至少应当感谢此人,"是因为幸福,不是伤悲"。

我很抱歉,这篇序言成了陈敬容生平的追踪,而且捕风捉影的是一个女子的私事,但是中国历史向来很少有个人面目,二十世纪上半期又是表情一致的岁月,走过的是一排一排制服一致的方阵。那个年代对私事羞说,今天对那个年代的私事也是休说,至今很少有学者愿意像我这样写序言。但是不涉及个人的文学史,已经压扁了中国现代文学史上的大多数人物。而我从自己与他们的简短的过从中,感觉到他们曾经活得非常有个性,心灵虎虎有生气。

1946年,落在大后方的文化机构,一个个渐次搬回北京上海,开始新的事业。曹辛之与臧克家等人联手,成立了星群出版社,到上海出版《诗创造》。不清楚陈敬容到上海,事先与这个约定有多少关系,正在创造力喷发时的陈敬容,很快成了这个刊物的主要撰稿人，直接参加编务。曹辛之说："《诗创造》的翻译专号，诗论专号，敬容和唐湜是出了大力的。"当时的这些诗刊，除了大名家，其余都是不付稿费的。

几乎整个二十世纪，上海是中国唯一像个现代都市的城市。没有一个内地来者，面对现代城市的冲击能无动于衷。陈敬容在上海感到自己成了一个"陌生的我"："当我在街头兀立，一片风猛然袭来，我看见一个陌生的我，对着陌生的世界"。她在上海住了三年，一直住到1949年初春，"除了偶然又偶然之外，我很少在一间屋子里住到半年以上，不是被迫迁出，就是为了自己觉得腻烦，想换一换"。最后她有一个比较安定舒适的住所，不由得感慨"鸟儿有了巢了，流浪人有了家了"。

这也是陈敬容一生创作最丰富的三年。她翻译了印成两巨册的中文《巴黎圣母院》，翻译波德莱尔、里尔克、凡尔哈仑、安徒生；她写的更多，写诗，写散文，写散文诗，写批评。很少见到女诗人写批评。但是陈敬容评论郑敏、穆旦、杜运燮"联大三星"的这篇文字，不仅是"九叶"三十年后合成一个派别的关键事件，也是九叶诗人最早的自我评价。当时出现署名"默弓先生"的一篇批评《真诚的声音》至今值得一读，我没有看到过当时诗坛有如此尖锐的批评："文坛骗子沈从文和他的集团，这里包括诗人穆旦袁可嘉郑敏等这些'乐意在大粪坑做哼哼唧唧的文字和苍蝇'……公然打着'只要大的目标一致'的旗帜，进行其市侩主义的'真实感情'。"如此话语冲着陈敬容而来，要沉得住气真是不容易的事。

1947年《诗创造》的分裂，臧克家与九叶诗人的对垒，成为此后两派知识分子的长期争论的先声。三十年后"九叶"定名时，辛笛说："事实上我们不能成为花，我们只能衬托革命的花。"这种自甘边缘的态度,虽是文人本色,本身就不容于革命高潮时代。八十年代的文坛开门,这把火从诗坛烧起:全中国轰然争论的所谓"朦胧诗之争",陈敬容坚决站在年轻人一边。因为她明白这是旧戏新演。1948年陈敬容就批评"有些诗看似热闹,实际空无一物,而且虚伪的不近情理";一直到八十年代初朦胧诗争论,双方阵容甚至人物都依旧,无怪乎陈敬容八十年代愤愤地说:"个别年逾古稀的老诗人,对自己向来不习惯的所谓'朦胧诗'大张挞伐,骂它们是什么'新诗的癌症',这真也可称相当骇人听闻的了。"

陈敬容在上海出的诗集叫作《交响集》,如果要一个诗人必须有自信,这标题应当是自信之冠。当她对诗游刃有余时,她对世界也游刃有余。

她会郑重其事地劝告某个人说:假若感情是一条鞭子,生活是一阵雷,假若整个世界只是,可以任你信足一踢的皮球……那么它将会带给你,一个比夜更黑的白昼。

她甚至会戏剧化地嘲弄某个人:"世界沸腾哪!"你将会叫喊,你将不再守牢你那可怜的小角落,守牢你的叹息当云霞,守牢你的啰唆当仙乐。

她甚至会洒脱幽默地挥挥手与某个人告别:任人说方不是方圆不是圆,我知道真理不同你翻脸。

我们不知道是谁把感情当鞭子,是谁在哀叹世界沸腾,永远和真理同在的又是何人。我们只知道她已经能把一些大知识分子称作"逻辑病人",看到他们"渴死在绝望里";她已经能看到这个巨大城市不值得畏惧,因为"无线电绞死春天";我们甚至看到她能自嘲地对自己说,"嗯,我知道你顶瞧我不起";她甚至能问一本眼泪过多的小说,"可要点一支烟"?

至今为止的中国女诗人，经过了多少次解放，绝大部分作品依然一读就知道是女性之作。陈敬容的写作不然，批评者觉得面对的是一个重量级选手，话说得很不客气："陈敬容对自己的疮痂是爱之成癖的，他不但振振有词地波德莱尔卫护，同时也为自己辩解，现在，不但他还承袭着一贯的歪曲作风，而且竟以图穷匕见的真面目出现，来死守没落阶级的破落文化堡垒。"

这个"他"字，倒是对陈敬容这个时期创作的高度评价，批评者看来没有想到坚持这个诗学立场，写出这样诗句的是一个女子。在总共出了五期的《中国新诗》中，我们看到一位优秀诗人出现在1948年，给中国诗带来一种成熟的现代性。那种轻快而微妙的反讽基调，我们甚至可以称之为男性气质。中国现代诗的历史，还没有一位女诗人能做到这一点。我还必须说，连陈敬容本人以后再也没有能回到这个高度。这不是她的错：整个一代诗人都永远没有回到1948年的高度。

1957年，"九叶"中绝大部分人（袁可嘉、曹辛之、唐湜、唐祈、杜运燮）成为右派分子发配到北大荒等地方劳动，穆旦甚至被判为"历史反革命"；晚至1978年，袁可嘉还做了一次"现行反革命"。我刚到社科院做研究生，看到一位中年人在打扫厕所，见到人进来低头让过，听所里人告诉我是袁可嘉，不禁骇然："文化大革命"已经正式结束两年，还有这种惩罚！

话又说回来，四十年代对九叶诗人争论最力的"七月"诗人，全部落进"胡风反革命集团"之网，没有自杀的，就得长期坐狱劳改。不少人至今认为九叶派不成立，哪有过了三十年追认的诗派？不过看一看历史的逻辑，这个流派完全没有可能提前成立。那个年代，不把自己写成"反革命"，恐怕不是容易事。每个时代都有年轻人前仆后继地要做诗人，条件是明白应如何诗；看"九叶"的对手臧克家，这位诗坛不倒翁的"民歌"，就可明白：如此诗不如"九叶"之无诗，而无诗如何有诗派？

陈敬容此后搁笔三十年，翻译成为她的主要工作。"文化大革命"中，1973年，她才五十六岁就被迫退休，让出机关宿舍，住到京南法源寺后面的一所平房。据见过她的人说，法源寺当时破败不堪，冷如冰窖，厕所共用，厨房灰暗。其实当时大部分人，大部分知识分子的住房都是如此。1978年改善退休人员条件，陈敬容搬到宣武门西大街一栋楼房，那几乎是个半地下室，隆隆车辆整日在头顶轰鸣。诗人面对着都市喧嚣的街头，依然那种讥讽："噪音它可不会老，它一天比一天年轻，同无法逃避的，种种折磨一起，他还在繁茂生长。"但搬出法源寺，陈敬容已经非常兴奋，"几十年来从来没有这样无忧无虑过，可以关起门来写诗"。一是总算有自己的厨房厕所，二是作为一个诗人，总算可以写诗，可以评诗了。离开法源寺，成了陈敬容的第三次逃离，而且与先前一样，引来又一次创作的高潮。

1984年我在伯克利加州大学读博士，每星期五下午最好的享受，是到Durant Hall那座小巧而静雅的东亚图书馆翻翻国内来的杂志，新购的书单独列架。我欣慰地读到《诗刊》上陈敬容的新作，看到她依然活跃的思想，"我们的语言，了解的人至今十分稀少"。她进入了生命中第三个诗歌青春。

曾经有多少个世纪，《春秋左传》的编年范式，是中国人看历史的唯一方式。只有在远离庙堂后，太史公才看出：历史是人构成的，事件只有归到人名之下，才获得意义，而名字也只有在后人的注视中，在可以与我们自己的生活经验相比附的生命细节中，才能活成一个能携带历史的生命。

我这篇文字不是评价陈敬容：陈敬容已经承载了历史意义，我只求在她的字里行间寻找失落的、被历史擦抹掉的细节。

许多有关陈敬容的介绍，都是说她生平坎坷，晚景凄凉，甘愿被世界忘却。读了这些报道，我心里总是很纳闷：我见到的陈敬容老人，乐观、坦荡、善于交朋友。我认识陈敬容，活在那个兴奋的年代。我太明白上面这话背后的逻辑，知道那些报道的话中之话是在说：陈敬容作为一个女人是悲惨的，因为没有稳定地落在一个婚姻中，哪怕作为一个寡妇度晚年，也可以比无夫之妇骄傲，至少能住一套好一点的房子。

然而，对于杰出女性，被俘虏的历史，恐怕更是她俘虏的历史。为了给这篇诗中之传来个比较明白的结束，我在此点明陈敬容一生中遇到过的几个男人，让这篇"反传记"有个类似传记的结尾：除了本文提到过清华北漂时的曹葆华，抗战时在兰州嫁给诗人沙蕾；1948年秋与翻译家蒋天佐一起到解放区，五十年代与著名的俄国文学专家戈宝权"走近"但无结果。其他还有谁我不得而知，不过是否有必要知道，才能读懂陈敬容的诗呢？

"你有你的孤傲，我有我的深蓝"。陈敬容的名字没有挂在任何一个男人的传记里，这正是陈敬容人格完整性的所在。陈敬容是个诗人，诗人当然可以兼做妻子，但不做又如何？到书店看书买书，路上可以顺便带回一把做晚餐的小葱。但是去书店的旅程就是福，何必为一把小葱单独走一次人生？

（2006年）

李安宅与
中国最早的符号学著作《意义学》

　　本文作者惊喜地发现了李安宅《意义学》一书（北平：商务印书馆，1934年出版），颇为震动，喜作此文。李安宅先生（1900—1985），中国社会人类学的创始人之一、中国藏学的奠基者，但很少有人知道，他也是中国符号学研究的先行者，是现代中国最早的一本讨论符号意义活动规律的书《意义学》的作者。李安宅先生实际上是四川几所主要大学——四川大学、西南民族大学、四川师范大学——的创校元老。2020年是李安宅先生一百二十年双甲子生辰，谨以此文纪念这位几乎被人忘却的中国学术先驱。

　　李安宅是河北迁西人，1923年就读于齐鲁大学文学系，1926年起任燕京大学社会学系助教。在这个阶段他开始了中国典籍的现代解读工作，名著《〈仪礼〉与〈礼记〉之社会学的研究》出版于1931年。而当时另外一位学者也在做类似的工作，用英语辨义中国经籍概念，那就是应邀到清华大学（1930年春季）与燕京大学

（1930年秋季）任教的著名英国理论家、"新批评"的奠基人之一瑞恰慈（I. A. Richards，李安宅书中译为"吕嘉慈"）。据李安宅介绍，瑞恰慈在燕京大学开两门课："意义的逻辑"与"文艺批评"。实际上他到中国来不仅是教书，更是准备他关于中国意义哲学的著作《孟子论心》。

对一个不懂汉语，更不懂中国古籍的西方人，这个仔细辨析中国哲学的工作，恐怕胆子太大。但是不久（1932年）他就在英国出版了《孟子论心：复合定义实验》（*Mencius on Mind: Experiments in Multiple Definition*）一书，逐句翻译《孟子》的主要章节，并讨论"心""性"等在西语中非常难说清楚的概念，以及它们在不同语境中的意义变化。此书可以说是最早对中国经典进行细读并作概念辨析的书。可以想象，这本书的写作，需要中国助手帮助，当时担任燕京大学"国学研究所编译员"的青年学者李安宅，以及当时燕京大学社会学系的学生费孝通，被聘请担任这个工作。瑞恰慈在《孟子论心》的扉页上感谢了这二位中国青年学人的帮助。

从此后的结果看来，李安宅与费孝通的协助，引向了双赢的局面。瑞恰慈大有所得，已经说过；李安宅通过这次合作，熟读了瑞恰慈和其他几位欧洲学者的理论，写出了几本书，其中之一即商务印书馆1934年出版的《意义学》。这本书现在已经绝版，李安宅一生著作等身，大部分书都一再重版过，这本书只有1943年迁到陪都重庆的商务印书馆重印过一个"渝版"，1991年他去世后出版的《李安宅社会学遗著选》中作为《语言·意义·美学》一书的一部分出版。这本书现在几乎不为人知，连从事意义理论的学者也不太知道，故笔者著此文，以弥补中国学术史的遗珠之憾。知者甚少的重要原因是李安宅一生学术主攻方向为社会人类学，尤其是藏学，没有在这方向上继续探研。但是，从《意义学》此书中不断提到的人类学著作来看，符号意义问题的研究对他的学术生涯大有助益。

"符号学"这个中文词，是赵元任在1926年一篇题为"符号学大纲"的长文中提出来的。在此文中他指出："符号这东西是很老的了，但拿一切的符号当一种题目来研究它的种种性质跟用法的原则，这事情还没有人做过。"[①]不仅在中国没人做过，在世界上还没有人做过。在二十世纪二十年代，国际学术界的交流还很不发达。索绪尔提出semiologie，到三十年代才有布拉格学派穆卡洛夫斯基等人的呼应。皮尔斯的semiotics学说，要到三十年代后期才有莫里斯等人发扬光大。赵元任虽然从哈佛任教归来，却不知道这两个词，因此在此文中说，他提议的"符号学"，可译为英文词symbolics、symbology或symbolology（赵元任，2002年，第177页），由此可见，赵元任是独立地提出这门学科。

实际上符号学还有好几位独立提创者。在二十世纪初，有维尔比夫人（Victoria Lady Welby）提出sensifics；奥格登（C. K. Ogden）与瑞恰慈在1922年《意义之意义》（*The Meaning of Meaning*）一书中提出的"*Science of Symbolism*"；图像学家潘诺夫斯基（Erwin Panofsky）在1924年提出的"符号形式论"（Perspectives of Symbolic Form），以及德国哲学家卡西尔（Ernst Cassirer）在他的三卷本巨著《符号形式哲学》（*Philosophy of Symbolic Form, 1923–1929*），他的学说在他的女弟子苏珊·朗格（Susanne Langer）的符号美学那里得到发扬光大。

---

① 吴宗济、赵新那编：《赵元任语言文学论集》，北京：商务印书馆，2002年，第178页。

一般符号学史著作，没有把这一批学者算进来，因为他们大多数人用的是symbolism一词作为符号学的学科名称。其实sign与symbol在许多情况下（例如在瑞恰慈、潘诺夫斯基、卡西尔笔下）实际上同义，它们都是研究意义的学说。符号，就是被认为携带着意义的感知，符号是用来传达意义的，意义必须由符号来承载，才能表达、传播、解释。因此符号学就是意义学。①

在李安宅的《意义学》中，他就把这三套命名体系结合起来。他说，他讨论的"意义学"，应当称作studies of meaning，但也称为symbolism，也可称为semasiology。这最后一词来自希腊文semaino（"意为""意思为"），与前面提到的索绪尔用的"符号学"semiologie，与皮尔斯用的semiotics，同出一源，实际上是同源同义词。用semasiology（符号学、语义学），这看来不会是他自己提出的，而是瑞恰慈的建议，虽然我没有查出来瑞恰慈的巨量著作中用过此词。冯友兰先生为李安宅此书所作的序中说："意义学是吕嘉慈所提倡的学问"（李安宅，1943年，第9页）。这是一个旁证：瑞恰慈认为他们在研究的symbolism，就是源自希腊词"符号"。

瑞恰慈本人在《意义之意义》一书中，对皮尔斯符号学意义理论做出高度赞扬。当时国际学术界尚未成形，学术交流相当困难，与今日的网络世界不可同日而语。作为剑桥著名学者，掌握的各种语言的学术资料都比较多，瑞恰慈与奥格登可能处于世界学术的中心地位，眼界最为开阔，对同代学者的理论广为涉猎。《意义之意义》一书的"附章D"，花很大篇幅专章详论胡塞尔、罗素、弗雷

---

① 请参见赵毅衡《重新定义符号与符号学》，《国际新闻界》2013年6月号，第6—14页。

格、皮尔斯等人。他们讨论英美学界当时尚不熟悉的胡塞尔时，称他为"研究符号问题最有名的现代思想家"；对几乎没有任何发表文章，而且已经去世的小职员皮尔斯，也被他们称为"最复杂、最坚决地处理符号及其意义问题"的学者；他们也承认索绪尔在法国影响正在扩大，虽然他们对索绪尔评价不高。

李安宅这本书的内容相当分明：绪论部分讨论现代符号学借以立足的"意义三角"，然后每一部分介绍一个人的理论，分别是皮亚杰（Jean Piaget，李安宅译为"皮阿什"，或许更准一些）的儿童意义能力发展过程理论；语言学的意义理论，瑞恰慈的意义理论，"信仰"的意义讨论。其中引用了不少人类学家马林诺夫斯基（Bronislaw Kaspar Malinowsky，李安宅译为"马林儒斯基"），以及弗雷泽（James Frazer，李安宅译为"傅雷兹尔"）的《金枝》。所有这些论述，基本上是围绕着一个人类学者讨论意义问题的需要展开的，介绍的最详细的皮亚杰的发展心理学，不仅对人类学非常有用，在二十世纪六十年代成为结构主义符号学的支柱之一，李安宅置大篇幅于此，可谓独具只眼。从今天的眼光看，书的主体部分介绍多于分析，但是在符号意义理论研究草莱初创时期，这样介绍多人思想的著作，难能可贵。

李安宅这本书最令人感兴趣的，是不断引用中国哲学典籍，以及生动的中国诗词，来说明一些当时的中国学子可能觉得难懂的问题。此书第一章讨论"意义三角"，就引用道家和佛家的言意象理论来说明符号的功能。他指出道家的"非可道"与禅宗的"不可说"看法都是对的，因此任何符号都是"没有更精的符号"时使用。对于意义而言，是无奈采用、却又无此不可的工具："思想不可传达，无法记录，于是用语言文字作为符号"（李安宅，1934

年，第6页），因为"思想是一回事，所思是一回事，所藉以思又是一回事。所藉以表思的是符号"（李安宅，1934年，第48页）。这是对符号功能相当精确的描述：采用符号承载意义，这一步形成了真正的人类社会。

李安宅引用马林诺夫斯基的看法，认为这个"意义三角"，"是文明社会才有的现象"。卡西尔说"人是使用符号的动物"；马林诺夫斯基进一步推论为"文明人是使用符号时言—物—意三分的产物"。如果没有文明，实际上不能算人类，那么李安宅转述的马林诺夫斯基说法，应当更准确。

李安宅引用中国典籍，妙处令人拍案称奇。例如在解答符号对意义之必须时，李安宅引用《汉书·艺文志》所列老子弟子文子的话"道五行无声，圣人强为之形，以一字为一名"（李安宅，1934年，第46页）。"圣人"为了社群"强为之"，强迫给"道"一个形态，因此"一字一名"是社会规约的产物。再例如在说明"类推比喻"（analogical metaphor）时，李安宅引用《孟子》记载的与告子的辩论："性犹杞柳也，义犹桮棬也；以人性为仁义，犹以杞柳为桮棬。"《孟子·告子》（李安宅，1934年，第40页）。《意义学》用这种方式，非常生动引导读者如何理解意义研究的这些附在问题。

但是，李安宅绝非泥古不化之辈。他不留情面地指责把文字当作圣旨、当作符箓，"就是不当做符号"的各种古人看法。他指责某些经学家以文本发送者的"原意"为意义时，引了曾巩的诗句："况排千年非，独抱六经意。"他批评曾巩的看法是意义源头迷信："在一般好古之士看来，恐怕还是《六经》本身就是《六经意》，用不着有个《六经》再有个《六经》所传达的或《六经》所

被解释的意义。"（李安宅，1934年，第47页）

用这种方式，他就把意义落实到解释中来，这也就是现代符号学的基本观念：解释意义，而不是发出者意义或文本"本有"的意义，才是最根本"实例化"的意义。说到底，意义就是对符号的解释。李安宅引用《新序》"向也见客之容，今也见客之意"（李安宅，1934年，第54页）。意义处于符号表现体之未来，"以容为容"是见到符号的再现体，然后才能对此做出解释，然后他举出一连串古人诗句，作为从感知到解释的意义实现例证，十分生动。

由此，李安宅最后得出的"意义"定义，虽然是瑞恰慈与奥格登书中所述，但是作为这一章的押尾之笔，可见李安宅的赞同："解释符号的人相信'用符号'的人所指的东西。不但说出自己如何解释，而且相信的就是原著所有的意义。"（李安宅，1934年，第60页）李安宅书的主要贡献，也是精彩之处，就是用中国典籍说明这问题。他引《公羊传》的"西狩获麟传疏"对《左传》此语的讨论："麟之所来，应于三义：一为周亡之征，二为汉兴之端，三则见孔子将没之征。故曰：'吾道穷矣。'"李安宅指出这不一定是孔子原意，而是"做疏的人替孔子做注解……认为孔子在说这话时候含着这三种意义"（李安宅，1934年，第58页）。如此例子，可以令中国读书人信服意义的"解释定义"。"解经学"本来就是现代阐释学的起端，这个"意义"定义，实际上就二十世纪符号学与阐释学殊途同归的意义的定义。

此书在1934年出版之后，李安宅得到罗兹奖学金（Rhodes Scholarship）西渡留学，在伯克利加州大学与耶鲁攻读人类学。1937年抗战军兴，他回国担任"边疆巡视员"，也是用其所学。1941年他到成都，到现四川大学的前身华西协合大学任教，担任社会学系主任。这所大学是华西协合大学（四川大学前身之一）与撤退到后方的四所教会大学（金陵大学、金陵女子文理学院、齐鲁大学、燕京大学）在成都华西坝联合办的学校，史称"华西五大学"（The Big Five），与云南的西南联合大学遥相呼应。此校人才济济，极一时之盛，陈寅恪、吴宓、顾颉刚、钱穆等大师均来此任教。李安宅原本是燕京大学学生与教师，欣然加入，并在"五大学"创办了华西边疆研究所，其时其地，人类学正是切合时代需要。英国学者燕卜荪曾经回忆道：战时办学，诸多不易，但教师学生，民气可用，学习主动性很高。他发现尤其是做人类学的学者，到了最佳研究地，特别兴奋。当时四川突发霍乱瘟疫，"五大学"学生组织"服务团"深入乡村开展救助。

抗战胜利后，1947年李安宅再度受邀赴美担任耶鲁大学客座教授。1949年中华人民共和国成立时，他回国参加中国人民解放军。由于他丰富的藏学素养，他加入进军西藏的参谋团。进藏后，于1950年到1956年躬身实践创办"拉萨小学"，经营多年，为涉藏地区的现代教育做出重大贡献。1956年他回到成都，参与创办西南民族学院。1963年到四川师范学院任外语系教授，直到1985年去世。

李安宅以他的社会人类学成就鸣于世，他精通英语、藏语、俄语（二十年代中期曾由李大钊介绍为张家口苏联领事馆任翻译），懂德语、日语、西班牙语。从他的著作中也能看出他的国学修养，他博闻强记，善于用中国传统文献来讲透问题。更重要的是他博览群书，勤于写作，给我们留下许多宝贵的学术遗产。可惜的是，他没有能在意义理论上追索下去，没有能开中国符号学运动的先河。赵元任只是给我们留下了这个学问的名称与轮廓，李安宅只是给我们留下了符号意义问题的相关讨论，他们留下的种子在现代史的洪流中淹没。中国学界在八十年代重新开始符号学运动时，无人知道他们的贡献，现在我们发掘出来，就明白了这个学说在中国的历史并非空白。现在我们纪念先驱者，也是明白我们自己的生世。

从今天的眼光看，这本书当然不是没有缺点的，主要是没有整合：皮亚杰的思想、马林诺夫斯基的思想、瑞恰慈与奥格登的思想，虽然都是在讨论意义问题，却分章阐述，没有归入一个合一的、论辩自圆其说的体系。因此，李安宅先生后来一直称此书为"译述"，而非"著述"。他对中国意义理论文献的广博深厚认识，也没有能有所归结，引导出一个中国的独立的符号意义学体系。虽然如此，这本讨论符号意义问题的《意义学》，却是中国现代文化史上唯一的一本符号学著作，在二十世纪八十年代后期一批符号学著作出现之前，这是一个孤例。为此，此书难能可贵，值得学术史家珍视，也值得今日学子重读。

（本文的写作得到四川师范大学王川副校长的支持，许多李安宅生平材料来自他编的《〈李安宅自传〉的整理与研究》，北京：中国藏学出版社，2018年。特此致谢。）

仪式的黄昏：读白先勇的怀旧小说

一、仪式作为历史延续的黏合剂

白先勇小说的一个核心线索，是中国历史在二十世纪中期的沧海桑田的巨大变迁，给各种人带来的身份危机与悲剧命运。历史的洪流周折回旋，人的生存就出现了强力的扭曲。但是人的生存必须有一个人格的延续性，因此他必须找到一个挽救历史和自我线性延续的办法，那就是仪式。生活中有意无意采用的各种仪式，是特殊的行为符号，它们具有回归意义原点的能力：仪式是一种具有历史意义的重复，具有修复意义错位与畸变的功能。

仪式旨在重构一种情境以连接过去与今日。一个文化中的符号与其意义解释方式（符码）的延续，可以保证文化表意方式（编码）与解释方式（解码）的稳定，尤其在社会文化发生巨变的时代。在文化符号学中，这个关键性的储存并复制文化的元素，称为"模因"(meme),这是符号学的文化研究,模仿"基因"(gene)而生造的词。是希腊语mimema(模仿)的缩短,让人想起英文词"记忆"(memory),也想起法文词"相同"(meme)。模因是能够在社群文化中延续意义的"单元",尤其是反复进行的行为和风格。

这种带着文化基因的重复,就是广义的仪式。它是某种体现社会规范的、意义再三积累的象征行为。它能阐释日常活动中传统与变异的动力关系,同时又帮助个人主体经验与社会力量交互影响,沟通个人命运与社会环境的关联。仪式借助重复演示标准程序,遵循已经先定的时空间布局,维护历史的既有意义。因此它是世界经验的持续、稳固的保证。借此,人们得以悬置时间变化带来的各种焦虑、各种异化,从而恢复文化与人格在变迁中的困惑。

虽然我们对此不一定自觉,大至整个文化社群,小至社会上每个人,都无法摆脱对广义仪式的依赖。从小事说,如果我们早晨起来,不重复某个习惯行为,喝某种饮料,我们这一天就会不对劲。无关身体的生理状况,而是不习惯生活被打乱。从大处说,在社会动荡个人失位的历史剧变时期,某些特殊需要的重复,是减轻我们的生存困惑的一个意义提供者。仪式,是人类为保留过去的重大遗迹,把某些曾经的过程象征化,也就是在重复中让这些实践行为获得超越畸变而保留历史的所谓"不变的规律性"的魔力。

不仅是白先勇笔下的人物情节,他的写作本身,也就是他的生活本身,都充满了仪式感。白先勇自己说:"我觉得再不快写,那些人物,那些故事,那些已经慢慢消逝的中国人的生活方式,马上就要成为过去,一去不复返了。"写作就是挽救传统的仪式。因此他的小说常用标题《思旧赋》《梁父吟》等,用古人说今日之象,拿诗赋名作为小说题目，取其意而象征中国传统文化和传统社会秩序的瓦解，影射传统的日渐式微。

《永远的尹雪艳》中写道："尹雪艳公馆一向维持它的气派。尹雪艳从来不肯把它降低于上海霞飞路的排场。"这种"追昔"效果是惊人的："出入的人士，纵然有些是过了时的，但是他们有他们的身份，有他们的派头，因此一进到尹公馆，大家都觉得自己重要，即使是十几年前作废了的头衔，经过尹雪艳娇声亲切地称呼起来，也如同受过诰封一般，心理上恢复了不少优越感。"这是对仪式效用的最精准描述，靠某些形式（排场、派头、头衔、做派）的精心重复，历史会回归，命运的损伤可以修复。

因此，仪式是通向过去，连接现在，并且意图伸向未来的桥梁，仪式连接的点是否具有文化史的意义，就变得很重要。《游园惊梦》本是汤显祖《牡丹亭》中的一出。杜丽娘梦中和从未谋面的书生柳梦梅春风一度，醒来就相思缠绵而死。有书生柳梦梅跨越生死爱恋追求，杜丽娘复活，两人结为夫妇。白先勇的《游园惊梦》则让这出昆曲成为一种文化仪式：名伶蓝田玉钱夫人赶到台北赴昔日姐妹窦夫人家宴，故旧重逢，照例戏码上演。一曲《游园惊梦》勾起钱夫人对往事的满腹辛酸。此时钱夫人仿佛杜丽娘，在遥望隔世之情。此情此景，却又让人联想到《红楼梦》，"葬花"之后，黛玉经过梨香院，听到里面有人正唱《游园惊梦》。因此，此小说中的场面，是中国文化最精美景观的仪式性重复。虽然此一梦非彼一梦，世事无常，华日不再，只能靠仪式挽回余韵，保持回忆。

因此，仪式强调了人类的图式思维，对人们在这世界上追求生命意义：仪式的形象再现，正是顺应强化了社会文化的图式系统，选择并加强符合图式的经验。文化意义方式的维持，正是仪式对构建图式的争夺。仪式形象的生动,携带情感氛围,使意义方式延续成行为的一致。

二、个人在仪式中的角色扮演

希腊语中,仪式称为dromenon,意为"所为之事",与戏剧(drama)一词同根。仪式确实是一种模式化的扮演活动,但与戏剧表演不同的是,它的目的在于取效,而不在于娱乐,它是具有预期价值的实践活动的再现。谢克纳指出仪式与表演的区别:"戏剧与仪式的根本区别在于功能。仪式须有效,它要求说出话后直接且可测量的效果。戏剧在于娱乐。在仪式中动作引起动作;在戏剧中,行动产生思想。但是,仪式与戏剧这两套系统经常是很难区分,于是,凡戏剧的表演均会影响行动,而仪式则企图借娱乐激发思想。"

仪式文本与戏剧演出文本之间,可能在表现方式上几乎没有差异:二者都是用身体与情景讲故事。但是细看它们的执行者与参与者、演员与观众的关系,就会明白功能极不相同:戏剧是娱乐,而仪式追求文化延续。这二者之间的区别,实际上游移不定,根据每次"演出"的具体情况,以及参与者的解释而定。在戏剧家日奈看来,戏剧本来就是没有内容的礼拜仪式。

白先勇小说的主人公都曾经有过无法忘怀、也回不去的过去,现在只剩下不堪回首的记忆,人物在悲思之中,只有借助仪式才能在想象中复得乐园。究竟这种仪式是什么,其实每个人是不同的。有些仪式虽然对每个人意义不同,却是民族化、社群化的;而对于潦倒落魄的人，这种复旧的仪式感或许不起眼，但首先的条件是个人必须参与这个仪式，参与这个仪式戏剧的表演。孔子说，"吾不与祭，如不祭"，是对仪式作用的深刻理解。

《国葬》一篇说了李浩然将军的"国葬"仪式，小说主角是死者的一个老副官秦义方。他自己年事已高，想再演副官的角色也不可得。主角已死，他想参加跟随了一辈子的长官的葬礼，左右新换的年轻人把他赶了下来。白先勇自己说："我写这篇时，自己也很感动，因为这是最后一次了，里面有象征性的，好像整个传统社会文化都瓦解了。"

《岁除》选取了中国人除夕夜这一特定的中国文化仪式时间，写赖鸣升到刘营长夫妇家吃"团圆饭"。赖鸣升一生有过辉煌，但时光流逝，今日穷愁潦倒，衰老而孤独，只能在老部下刘营长家的团圆饭桌上过除夕。虚幻的满足感也变成了他生活下去的支撑点。除夕是送旧迎新之时，而《岁除》的主角对"过去"固执专情，对现实本能抵触。新年虽然迫近，但这不过是别人的新年，与赖鸣升似乎离得很远，其结果，是这个悲剧人物无法跨越"新旧交替"的门槛。

本来，个人的心灵必然是孤独的，每个人的观念必然与别人不同。仪式的共同性，给了人和他人在心灵上回到过去时刻重建沟通的可能，个人的意识会随着特殊的程序，与这些文化符号携带的意义认同产生交托感与归属感。人需要仪式，是因为我们需要在世界和意识之间建立联系。因此，个人的直接参与感至关重要，在回不得老家的情况下，围坐吃"团圆饭"代替团圆：仪式时节，只有仪式的替代，用别人的团圆，代替自己的团圆，替代的仪式参与，只是一种自我安慰。

三、仪式在于细节形式

在讨论白先勇的小说时，我们看到两种形式：一是小说的形式，叙述本身是一种充满形式意味的小说；二是被叙述的形式，小说中的人物，执着于形式地做每一件事，哪怕这些形式本身已经"过时"，也就是说与当前的生活形式已经不相配，也必须一丝不苟地进行。对于仪式，形式就是一切，内容倒是可真真假假，因为它是次要的成分。

《游园惊梦》中的票友，昆曲作为一种参与的仪式，聚集了一帮共享这种表演的昔日文化精英。表演是他们生命记忆的重要仪式。在这一文化社群中，表演，而且是一丝不苟重复久远年代传下的表演形式，就成为象征意义的"必要的重复"，追回昔日时光的努力，寻找这一群体的身份标识。所以一旦钱夫人唱的时候出现了"失声"，她"觉得全身的血液一下子全用到头上来了似的"。自己不能参与的仪式，实际上斩断了个人与这个文化社群的联系，也失去了自我与自己生命史的联系。

仪式表演与文化记忆之间是一种互文与"重写"的关系，这体现了文化的重复与创造、延续性与不延续性，每一次的仪式表演都是对仪式内涵意义的深化。洛特曼在其《文化的符号学机制》一文中将文化分为主要面向表达的文化和主要面向内容的文化，前者以仪式为代表，后者以符号为代表。面向表达的文化有着严格的规则和系统。所谓"表达"，就是以形式为最重要的元素。

形式的要义，在于细节。重复的细节可能表面上缺乏意义，但是借助历史的回顾，再无所谓的细节都有重大意义。《梁父吟》在描写朴公书房时，有如下几乎是过于细腻的描写："靠窗的右边，有一个几案，案头搁着一部大藏金刚经，经旁有一只饕餮纹三脚鼎的古铜香炉，炉内积满了香灰，中间还插着一把烧剩了的香棍……朴公抬头瞥见几案的香炉里，香早已烧尽，他又立了起来，走到几案那里，把残余的香棍拔掉，点了一把龙涎香，插到那只鼎炉内。一会儿工夫，整个书房便散着一股浓郁的龙涎香味了。"重要的不是不厌其烦躬行本身的意义，细节的重复才形成跨越时间之桥。

再例如小说 *Tea for Two* 对同志酒吧的描述："酒吧的装饰一律古色古香，四周的墙壁都镶上了沉厚的桃花心木，一面壁上挂满了百老汇歌舞剧的剧照《画舫》《花鼓歌》、好几个版本的《南太平洋》，另一面却悬着好莱坞早起电影明星的放大黑白照，中间最大那张是'欢乐女皇'嘉宝的玉照，一双半睡半醒的眼睛，冷冷地俯视着吧里的芸芸众生。酒吧中央那张吧台也是有讲究的，吧台呈心形，沿着台边镶了一圈古铜镂着极细致的花纹。"

为什么细节是如此重要呢？难道仪式的威力如此强大，能把任何细节都"再语义化"？卢卡契说过"在原始思维中，类比要比因果性和规律性占有更重要的地位，由类比形成的普遍化在此构成了原始思维的出发点。"仪式的"思维方式"却是人类最古老的思维方式。方式不变，内容也就不变。细节的重复对于达到类比效果，其重要性超过一切。

四、仪式的黄昏

　　仪式本身是一个意义聚合体，整合了一系列不同意义，绝对不可能只表达单一的意义。仪式是一个"开放文本"，它的多义性和模糊性正是它的力量所在，也正是这种意义的不确定性，造成了仪式效果的一致性、持续性与稳定性。仪式意义的多面，更在于它是一种"行动方式"，它依赖的是参与者各自代入的情感，而不强加特定的解释。所以孔子说："祭如在，祭神如神在。"神之在，只是一种拟想，需要参与者用"如在"的态度把它唤出，让已经不在场的重新变得在场。

　　这一点能否做到，参与者能否从仪式中解释出相关意义，关系到仪式究竟是否有效。这是一场灵魂的冒险，但是参与者往往已经没有选择，只能固执地遵行仪式，努力争取他需要的意义。我们从白先勇小说中许多生动的例子可以看到，这一点越来越难做到，因为对参与者来说，要召回的时空越来越遥远。仪式原本应当扮演的作用，即恢复生命的丰满性，把纯粹的时间空间变成社会化的时空。当仪式成为纯粹形式的"模因"时，这种意义丰满性就被掏空，被虚化，只剩下一种假定，成为无对象的象征。但这样的仪式，或许形式上就更加纯粹，因为它们是被剥夺了内容的形式，被剥夺了回溯源头可能的凝固记忆。

　　《骨灰》这篇小说情节的时空跨度很大，地点横跨大陆、台湾，美国，时间延续从抗战、内战直到"文化大革命"结束，如此长的历史，需要一个合适的具有震撼力的仪式才能搭起桥梁，这就是骨灰墓葬。一个留美学人归国，参加亡父平反的骨灰安葬礼，碰见一位从大陆来到美国的老者，竟向他打听纽约墓地的价格。作者没有苛责任何人，然而老来宁愿埋骨他乡，甚至把妻子的骨灰也带来了，那么，安葬仪式还能起什么作用呢？当仪式解决不了两位老人死无葬身之地的窘况，如果安葬仪式无法解释出"入土为安"的意义，就成了一曲哀歌，悲剧意味也就不言而喻了。

由于仪式，小说《游园惊梦》中主人公蓝田玉钱夫人一生的命运，与演唱昆曲《游园惊梦》相连：她的演唱赢得了钱将军的爱情，从而娶她为夫人，而发现自己爱恋的情人郑参谋与她亲妹妹的私情，也恰好在南京的一场清唱聚会上，正在演唱《游园惊梦》时，急怒之下，顿失嗓音；而在窦夫人的宴会上，《游园惊梦》之时，不仅再次勾起她的各种回忆，而且再度失声，无法再唱"惊梦"。对她来说，梦已醒来。因此，《游园惊梦》实际上是一曲往日不可挽回的失落的象征，对昔日美好时光的无奈留恋，也只能是注定走向黄昏的仪式。

从某种意义上说，仪式在无法延续的时候，如果参与者们再坚持延续，只能是一种文化错位。这时候意识的意义就发生了变异，文化符号学上称为"转码"（trandcoding）。每一个物种的基因都有保持不被侵犯、不被改变的功能，这是"基因稳定"。文化上的配合却是一种主观可控过程：文化有保持纯洁的本能，因为一个文化的元语言（即意识形态），拒绝或无能力解释或欣赏某些异文化的元素，不得不给予排斥。但是一个完全排外的文化，又是一个僵化的文化，因为文化之间的异系统碰撞与互渗随时随地在进行。

在没有共同一致信仰的情况下，仪式用行为界定了我们，这是一种悬而未决的符号，因为解释意义不在场而暂时团结了社群，但终究要归结于每个参与者的解释。记忆的联系要靠个人化的解释，当社群的集体记忆越来越乏力时，个人的解释也越来越难维持。这是就出现了仪式本身降解为悲剧，甚至戏剧，最后变成反讽的可能。

另一种仪式坠落的可能，出现于仪式意义的偷换。仪式本来具有模糊多义的意义，正是对一个社会文化中各种人物获得合法连续性的途径，让他们纷纷借用原有的传统。人们明白，完全创造新仪式既不可能，而他们自己生命有限，只能从原有仪式借用、移植、沿袭，更顺理成章。仪式的主要特征之一就是重复性、周期性，每一次的重复就是对前文本的引用。但仪式的规则化机制也不是坚不可摧的，每一次的仪式化表演既有正向的对前仪式文本的遵循，又有逆向的对前仪式文本的偏离，这种偏离是对仪式进行转码的努力，但是很多文化是不能忍受转码，尤其是转码不成功反而产生畸变。《一把青》中的歌曲无法再延续，唱歌的人已经从昔日的纯情女子变成今日醉生梦死的堕落女，而这也是《一把青》从"思无邪"的纯情民歌变成浪乐淫曲的过程。

这就是仪式令人心惊的坠落。弗洛伊德详细讨论过这种焦虑心理，他称之为"unheimlish"（非家感觉），此词直接对应英文的"unhomely"，虽然许多英语学者译成uncanny（中文"诡异""恐惑""暗恐"），实际上"非家"是一个非常生动的术语。弗洛伊德说得很清楚：恰恰是因为你害怕某种恐惧，你就会不断碰到它。内心的恐惧会造成似乎客观出现的强迫性重复。每次重复或许各自有其原因，却越来越成为焦虑的根源，"非家"的原因就是仪式失效，人在世界上找不到归宿，而"非家感觉"在白先勇作品中却不纯是幻觉，仪式对他们来说之所以重要，是因为漂泊离家，而意识之所以渐渐失效，也正是因为非家感觉超过了仪式的复原力量。

克里斯蒂娃进一步推进弗洛伊德的"非家感觉"，她称之为"自我陌生人"：自己对自己感到陌生了。克里斯蒂娃提出：每个人都会在自己身上找到令人恐怖的"非我"因素。主体性可以不稳定到这种程度，我变得不认识自己：我们经常会发现，存在于自我内心深处，是与自我相反的异质，是让我无法控制的经验。白先勇的《纽约客》中各篇中的留学生，是"双重离散"（double diaspora）的人物：他们从文化之根被迫两度放逐。他们可能在尘世的意义上成功，例如《芝加哥之死》中的吴汉魂终于得到了英文文学的博士学位，面临大好前程，但他突然发现自己处于恐怖的"非家"状态。他无爱的能力，甚至无法为母亲的死亡悲哀。到酒吧买醉的仪式，完全无法让他找到自我，他发现自己变成一个自己都无法辨认的陌生人。

所以，仪式不得不强调一丝不苟，目的就是在汹涌而来的变化潮水中，显示文化的延续力量，显示人类符号表意的稳定性。现代人一般的历史倾向，是重视创新与"进步"。诚然，创新是现代文化的推进力，但是一味踩油门会带来倾覆的危险。重复在人类文明进程中的作用被远远低估了。应当说，在重复与创新这二元对立中，重复是恒常的，"非标出的"（unmarked），作为背景出现的；而创新作为前推（foregrounded）出现的，标出的。重复的垫底作用，往往被人忽视，但是没有仪式重复，文化无法存在，创新就没有起飞的跳板。

白先勇小说最大的震撼力，是仪式的不再可能，更是知仪式之不可能而为之：仪式本身如落日一般，任何重复最后会走向不重复，因为任何重复本质上包含了变异的因素。由此，与主人公的命运一样,仪式也走向了黄昏。《国葬》是《台北人》的最后一篇,这篇描写小人物(副官)坚持仪式的简朴小说,意义深长。如果说整部《台北人》是一首安魂仪式,《国葬》便是这首曲子的终曲。白先勇自己说,他写完《国葬》感到一种逼人的凄凉,传统文化可能到此就结束了。但是我们今天读来依然感动,正是因为他在接受无可奈何的结局,同时又在坚持。

或许重复仪式最惨痛的演述,是"西西弗斯神话"。人类历史上不乏没有结果的劳作,辛苦万状而似乎一切白费。加缪为这本书写的序中尖锐地指出:如果人生存在一个没有上帝、没有真相、没有价值的世界中,他的生存只是无益的重复努力。只有当重复形成"演进"时,重复才有意义。加缪坚持存在的荒谬,在全书最后,他却给出一个高昂的乐观调子:"迈向高处的挣扎足够填充一个人的心灵。人们应当想象西西弗斯是快乐的。"

是的,坚持仪式,终将突破其有效性不可避免的流失,由此延续了人类的"文明"。中文称人类的这种集体意义为"文明","文"字并非中文用词错误,因为人类社群的进步必须靠仪式符号,借仪式符号之"明",意义的累积才是演进的。我们也像加缪想象西西弗斯一样,想象白先勇是幸福的,因为他明知其不可为,还是在他的作品中用仪式的写作坚持意义的延续。

(2014年)

小聪明主义

写诗当然要求聪明,在任何世纪,艺术都要最聪明的人,最有才能的人来做。

不过当今似乎并非如此,今天的诗歌不得不与每天洪水般的信息竞争,读诗不再是个慢条斯理的享受,读者必须要求诗歌给他一个突如其来的刺激,一个冲动,哪怕是最安静最有耐心的读者,都是如此。一名博友说到赵丽华的诗:"这首诗绝对需要你有安静的心态和略带忧郁的性格,并且要怀有一种慈悲的心怀去欣赏。"这话不错,但是首先这样的读者必须被刺中,必须注意这首诗,然后才能静心欣赏,不然"安静、忧郁、慈悲"都无从谈起。

这时候我们就需要在语言的整体潮流——耸人听闻的新闻、各种人物的作秀、广告——所有的传媒到处都在抢夺我们的注意,无时无刻我们不受到当代符号泛滥的轰炸,这个时候,诗这个本来就是制造"陌生化"语言的体裁,反而需要用一种寓深意于平淡的特殊方式来创造刺点。

我把这种倾向称为"小聪明主义",有了网络,诗人发表方便,读者也方便,不用费钱费事印诗集了,诗歌理应借此机会复活重生。但是网络诗的难处,在于数量过多:每天网络上读到的新作恐怕有上千首,绝大多数以深刻自居,让人过目即忘,干脆无法读,也果然无人读。小聪明的诗,灵光一现,才能抓住读者。

当今中国依然需要荷尔德林、里尔克、艾略特、叶芝,但是这些思想深刻者最好不要写诗,最好不要用诗来讨论世界的本质或存在的真谛。自以为哲人的诗人,一端架子,就只有自己读自己,"自渎"。

"小聪明主义"不是网络时代的机会主义:哪怕在书面诗歌时代,聪明也是好诗的标准,只是网络时代更无情地淘汰不愿小聪明的诗人。我每天在网上找柳宗元《江雪》、斯蒂文斯《冰淇淋皇帝》那样的小聪明经典。

为什么诗本来就遵循"小聪明主义"?因为诗给我们的不是意义,而只是一种意义之可能。诗的意义悬搁而不落实,许诺而不兑现,一首诗让作者和读者乐不释手,就是靠从头到尾把话有趣地说错。读者不是在读别人的词句,而是想读出自己。

因此,一首好诗是一个谜语,字面好像有个意思,字没有写到的地方,却躲藏着别的意思。谜底可以是大聪明,谜面必须小聪明,谜底似有若无不可捉摸,谜面才让人着迷。

如果觉得我的讨论太玄,我可以举几个当代中国诗人的例子。

福建诗人汤养宗是个朴素的诗人,大巧若拙。其实我觉得他往往在诗行背后嘲笑我们。《抬棺材》写母亲出殡,《挽蔡其矫》说名诗人之死:汤养宗正当壮年,却经常写到死亡,死亡似乎是一件欢乐的事。已成名的诗人,最好的作品,最让人忘不了的,依然是"小聪明诗"：唐晓渡的《比烟缸更加烟缸》、西川的《我奶奶》，都极为聪明。伊沙整个是聪明的化身，可能他的讥讽笔调有点"露"，但这是他的风格，有个人风格就是好诗人：一首《张常氏》让我忍俊不禁，大笑后半天无语沉思。

女诗人会写出更聪明的诗。尹丽川的《再舒服一点》已经成了"小聪明经典"。宇向的《半首诗》让人击节赞叹，把现代女性心理聪明化到如此地步，真是神来之笔。如果让我推荐一首当代诗，仅仅一首，就是这首《半首诗》：

> 时不时的，我写半首诗
> 我从来不打算把它们写完
> 一首诗
> 不能带我去死
> 也不能让我以此为生
> 我写它干什么
> 一首诗
> 会被认识的或不相干的人拿走
> 被爱你的或你厌倦的人拿走
> 半首诗是留给自己的

因为写得小聪明，才能读出大聪明。因为一首诗可能攸关生死，可能涉及爱，涉及焦虑，涉及那些让我们成天受到轰炸的大问题，只有半首诗，才或许是真正吸引人的好诗，才可能是划断了符号"匀质"的一个刺点。

也可能因为这种聪明太巧、太小，我竟然忘了记下诗人的名字。后来上网去找，竟然有许多《半截诗》《半篇诗》，甚至有《半首诗》。可见聪明一小，也有麻烦，谁都可以拾起来，像捡起一张无字的纸片，但是纸片上的聪明呢？再也没有看见。

（2013年）

死亡诗学：访顾城

> 为道者……杀人自杀，无为无不为。[①]
>
> ——顾城

▼
一

这是朦胧诗历史上最朦胧的一章。是是非非，长长短短，将是文学史上又一无法说清的题目。

仔细读一下顾城十多年的创作，一个比他的结局更荒诞的结论几乎是不可避免的：他一直在营造一个诗学和哲学的"境界"，精心准备只能将他引向最狂暴的死。

---

① 1993年7月法兰克福大学"世界文化哲学讨论会"发言。

或许，一个五十岁的顾城，戴一截裤腿帽，还在宣讲"自然"，还在师法童心——别的还让他做什么？——反不如现在打个句号。旧日的朦胧诗人大半走向海外，到了海外后，诗行与脸容反而都清晰了，面具拿下不见得都是好事。不幸的只是殉葬者。

还有顾城作为诗人的那一半。我一直认为，这个一半，是当代中国最有才华的，至今无人出其右。

二

对诗，对自己，对世界，顾城可以说十多年一以贯之。如果有个别前后不一之处，也只是越来越剔净别人的影响或时尚之见。移居海外，没有改变他的诗学，只是缺乏社会中间力量的调节，冥思中容易推向极端。

他生就该写诗，不用七步，出口成章。1986年时据说他的诗就有上万首之多，不少人对早已成名的顾城在任何地方小刊上都投稿迷惑不解。顾城自己说："只要有稿费，能让我到上海去看谢烨，诗发在哪儿不一样？"出名得利并非诗的预设目的。

他的名利心可能是当代中国文人中最单薄的。

既然如此，有什么必要到新西兰海中的小岛上去隐居？他要躲避什么呢？既然在俗世俗物中照样任性率性，有什么必要到荒岛上去"正本心"，"从根儿上纯起"？既然在市嚣之中，在盛名之下，顾城心无旁骛，有什么必要真得去砍柴养鸡？

隐居本身是面临困境的表征。

他离开了隐居的岛,长旅欧洲,周游各国,就是怕回隐居地。磨蹭了一年半,还是得回去。回去不到两个星期,路走到绝处。

三

这一代诗人有好几个很有演讲才能,但恐怕没人比顾城更会讲,更喜欢讲。少至一二朋友,多至成千上万,只要有听众,他就滔滔不绝,娓娓动听,迷住一屋子人。他倒没有垄断讲台的意思,但是他京味十足的生动叙述前,其他人只有听得两眼发光的份。

要他的题目不重复不太可能,不能要求和尚每次念不同的经。

他并不是个不需要听众或读者,只为自己或只为未来写作的狂士。听众越入神,他讲得越生动——关于他的儿童时期,关于他如何开始写诗,关于荒岛上的生活,最多的当然是他的诗学观。

参加过1985年四川巡回朗诵的十位诗人,受到如今只有名歌星才受到的狂热包围,经过此种群体狂热,恐怕谁也忘不了那种心灵震撼。顾城一样没有忘记当时的种种追星轶事。虽是当作笑话,孤寂中讲述另有一番滋味。

"北京市作协的头儿开始看不上我,"顾城笑着说,"后来发现只要带上我,买车票住旅馆就不成问题,才明白过来。"

四

1992年夏天我们去中欧东欧闲逛。顾城从柏林写信来，告诉我们从机场下来到他的住处的路线，搭哪个车，转哪条线。详图注满准确的德文地名。当时我们就纳闷：这就是那个口口声声离开妻子立即迷路的顾城？

顾城的崇拜者很多，但在有一个圈子中崇拜者的比例相对来说很少，那就是同代的男性诗人——非朦胧诗人、朦胧诗人、后朦胧诗人。倒不一定是同行相轻，不少诗人认为顾城的长不大像是矫情。

或许他们是对的。或许顾城"任性的孩子"是一种角色，或许贾宝玉的任性也是一种角色，也就是说，在一定的压力下，可以放弃这角色，"接受改造"。贾宝玉不也能出家做和尚？

但是如果顾城只能演某种角色，而无法顺应局势改弦易辙，至少不能说他是假装的。

五

在柏林，每晚长谈至深夜。我们听得入迷，可能使长谈者越觉得可谈。谢烨同样健谈，如果有她在场，两个人抢着谈的多半是使满桌哄笑的往事——学演员朗诵之不三不四，讲名士风流怪相百出，说荒岛异人奇事无穷……

但谢烨常晚归，说是夜以继日在学电脑、学德语。谢烨无所不学的胃口当时就让我们惊奇，与除了老庄一概不学的顾城恰成对比。她不在，顾城照样会滔滔不绝地说上几个小时，但是常常进入意识中更深藏一些的人和事。

六

那个女孩叫李素华。华裔越南人，从海上漂出，遇海盗，遇暴风，居难民营，最后到达德国。1987年顾城访德，李素华在特利尔大学学中文，来做导游。李明慧清雅，性情淡泊，宿舍里贴着自己写的条幅"半为俗人半是佛"。问她读中文将来做什么工作？"没有目的，还不是嫁人生孩子。"一个女孩，经历生死之劫，却能从容述之；聪颖过人，却又无欲无求。

这女孩使顾城难以忘怀，虽只见过一面。1991年顾城重到德国，托人打听，李果真已不知去向，无踪可求。讲了这女孩的事，顾城久久黯然。

那时我们还不知道顾城后来写在《英儿》中的事。知道是由顾谢夫妇之助去新西兰。曾问过两句，不得要领，自然不宜再提。那个夏天，"英儿"还没有与人出走，风暴尚未来临。

七

　　顾城的散文诗组《激流岛话画本》，全是妙趣横生的雅语。最后一篇献给李素华这女孩，严肃沉重，与其他完全不同："吾久而后契于南海红楼，方觉女儿性乃天之净土，可知、可见、可明、可断。"

　　天之净土，自然哲学的最高境界，在一个只见过一面而永远断了联系的甘为平淡的女子身上。在"南海红楼"，在《英儿》所写不无夸张的三角艳情之中，女人各有可爱之处，也各有俗气之态。那个引导诗人的"永恒女性"，只是个神话？或只是一瞥即逝的幻影？无怪乎顾城要在"女人性""女孩性"之间作劈发析毫式的区分。

　　他黯然地说：谢烨从来就没有，哪怕一次，说"我爱你"。

　　这能怪谢烨吗？一个女人要扮演母亲角色，又如何扮演爱人？

　　顾城自己恨不生为女儿身。作为女儿的顾城将是天之净土，不然何必为之？

　　顾城忽然跑进来，手里拿着一张纸："看我画了个小仙女。"谢烨作嗔："去！去！"

八

　　据说顾城十二岁就写诗。这么说，写了二十五年。

读不到他的全部作品，就几个选本来看，一直到1983年，顾城诗作一直处于少年期：天然明丽，顺情直遂，有评者称之为："唯灵浪漫主义"。某些诗，如"黑眼睛"，被读出政治含义；"近的云"，被读出哲学含义。如果不是选家有意挑出（所以说文学史是选家写成），怕不是顾城的典型作品。

从1983年到1986年，我个人认为是顾城诗歌的黄金时期。这一阶段的作品，流畅但极富幽韵，平易却几乎无法索解，高度凝练，但几乎每首诗都包含着让人只窥一瞥的故事，尤其是以"颂歌世界"为题但从未单独结集的一批诗，有一种令人战栗的神秘。

1983年是朦胧诗人纷纷转向的一年：江河、杨炼转向寻根，北岛转向哲理的深沉……顾城的转向却从未有人提起。实际上顾城八十年代中期的作品是真正意义上的朦胧诗，尤其是名为"颂歌世界"的那一组诗。除此外，所谓朦胧诗，只是一个方便的伞形称呼。

▼▼
九

1987年顾城应邀出国，在欧洲各国游历近半年之久返京，不久又去国远游，定居新西兰，次年迁居奥兰福海湾中的瓦西基岛。从这时起，顾城的诗风忽然又往回变，回向孩童心绪，稚儿言语，浅淡心境。

我这分析并非绝对，1990年的集子《水银》尚有一些诗似为"颂歌世界"的遗迹，但风格的变化是明显的。请看这二首，即可见八十年代中期之后风格之剧变：

狼群

那些容易打开的罐子

里边有光

内壁有光的痕迹

忽明忽暗的走廊

有人披着头发

鸟

村子里鸟不多了

是不多了

出来走走

村里有

村外也有

前一首的底蕴是智性的,虽然语言形象而感性。深意作浅语,只靠"道能为一",隐约中似乎有个故事,只给出一两个镜头,读之令人悚然而惧。后一首,几乎是取消内涵、削平深度的范例,真所谓"常德不离,复归于婴儿"[①]。

顾城最后几年的诗充满了象声词、非文之词、前语言。对这样一种"回归童年",顾城只能用玄说自辩。最后几年也是他一生最热衷于谈"诗学"的几年。

---

① 《老子·四十八章》。

十

"自然",是顾城的上帝。他有个独特的解释:"'自'是本体,'然'是哲学态度。"顾城的"自然哲学"是西方哲人说的那种本体论,是"同一的,超越有无之上的……最初最终的和谐"。[①]

诗学不一定需要本体论的支持?为什么顾城要找这样一个本体?恰是因为顾城的诗学拒绝讨论方法论,以无法为法。在《道德经》中,"自然"虽然是一个最高存在,它的提出却是作为方法论的指归而出现的:"人法地,地法天,天法道,道法自然。""自然"是人心努力皈依的方向,而并非其本态。

日后的禅学家、理学家,虽纷纷宣扬本心皆佛、本心即道,但都认为要去蔽障、除伪饰,需要修炼或修养。在诗中,取得"自然",则靠锤炼。总之,它是过程的目标,而非起点。

顾城的诗学是不需要方法或进程的。"无依无傍,无牵无挂,无遮无拦,乃至无心,合乎自然。"[②]"艺术美丑都是自然生成的。"[③]

作为美学原则,这种"自然美学"实在是过于简单化的说法。

---

① 1993年7月法兰克福大学"世界文化哲学讨论会"发言。
② 1993年7月法兰克福大学"世界文化哲学讨论会"发言。
③ 《给编者的信》,《今天》1992年第3期,第250页。

十一

从"自然哲学"高度,顾城可以重新肯定他早年的命题:"诗的语言是自然的语言。"① 像燕子飞来飞去,像乡下的猪叫,就是不像城里人说话"太有条有理"。城里的文学批评家更招厌,"说树是怎么晃了绿了,就不去感觉风","花果山变成了炼丹炉"。"太专业","考状元"。②

可以想象听顾城连篇累牍说这类话时,我这种"做理论"的人会是什么反应。幸好我尚有观察者的心境。

不过"城里"诗人写的诗呢?诗不可能是自然的语言,语言本身就是非自然,"可言"是破坏自然之道的第一罪魁。顾城对这个悖论倒也明白。"我在城里十几年的生活,非常可怜,就像被针扎住的标本,手脚无可奈何地舞动。就是说,我勉强地想做一个诗人。"③

写诗本身是个不"自然"的行为。顾城主张"给文字以自由,让它们虫子般爬"④。其实文字并不比虫子自由,但是顾城的"童心体诗歌"将在中国文学史上占有独特的一页,而且是永远地占有这一页,我怀疑有人能后起而代之。为此地位,他是付出了代价的。

---

① 《青年诗人谈诗》,北京大学"五四文学社"出版,交流材料,第49页。
② 《给编者的信》,《今天》1992年第3期,第250页。
③ 1986年6月"新潮诗讨论会上的发言",《北京作协通讯》1986年第2期。
④ 1992年6月伦敦大学"中国当代诗歌国际讨论会"发言。

十二

1987年,顾城不无骄傲地画出他离开朦胧诗的轨迹:"他们中有些人重新归于文化,有人却留于文化之外的自然。"后一个"有人"是单数。顾城应当说,"有人回归文化外的自然",如果我们承认他的确是从"童心诗人"出发的。

朦胧诗从来不是"非文化"的,谈不上"归"于文化。顾城也不是一直留在"文化之外"。在1984年他尚在读惠特曼时,"痛苦的电流熔化了铅皮",自豪地说在他的呼吸中,"那横贯先秦、西汉、魏晋、唐宋的万里诗风,始终吹着"[①]。

这是一个向"自然"的回归,回归点在1987年。为什么是1987年?那是他离开中国的一年。从到海外开始,他的"自然美学"变得极端而怪异:他把朦胧诗的兴起看作"用爆炸击退文化浪潮",而哀叹"在刚得到水的时候,有面临(被文化)没顶之灾"。[②]作为诗人的个人感想,无所谓是否确切。作为顶真而且别无选择的人生哲学,就会引向各种"非文化"的作品与作为,两者都很危险。

正当顾城处于创作最高峰时,他要转回去。别人的思辨可厌,自己的思辨更可怕。"为道者所要做的事,不是要增加知识,而是要减少概念。"[③]既然诗的本源与生俱来,不得而知,甚至不需要道

[①] 《谈话录》,《黑眼睛》附录,人民文学出版社,1986年,第203—205页。
[②] 1987年12月10日,《在"中国当代文学与现代主义研讨会"上的评述纪要》。
[③] 1993年7月法兰克福大学"世界文化哲学讨论会"发言。

家和佛教所提倡的修炼，如果自然就在本心，当然文化只能离开本心越来越远。

十三

顾城的"哲理"与别人不同，他提出与"无为"相对的"无不为"，作为直达"自然"本心之路。最后几年顾城每有机会就会谈一番"无不为"。

早先顾城说"无不为"是指诗歌想象的自由。庄子式的想象，在他看来是早已取得的妙境，既是"好多年前的事"，又是"好多在诗中幻想经历的事"。最后几年顾城说的"无不为"，却成了一种实践的非理性，一种无原则的伦理。"我道即天道"，既然我生而自然，我做什么都是替天行道。

本来对文化充满恐惧，现在有了反击的武器。"齐物者齐天冥冥之中忽然发展为无法者无天。"他有两个榜样，时时津津乐道。一是孙悟空，顾城自称属猴，七十二变无不可；二是毛泽东。

可是在新西兰的荒岛上，如何实践"无不为"？

或许正是落到荒岛谋生，没有多少选择，才可以"无不为"。

《老子》中明显把"无为"作为"无不为"的条件，前者为实践原则，后者是其效果评价。在荒岛上已被迫"无为"，"无不为"就成了一个心理屏障。这很容易理解：在似乎无所不能时（例如在国内被崇拜者包围时），顾城这样性格的人，恐怕首先想想如何"无为"以静心。但是，国外孤独。所谓"中国文学的国际会议"大多是欧美文人偶一为之,听异域奇谈,没有什么对话可言。

荒岛隐居更孤独,走了一个英儿,就不会有第二个。此时,"无不为"的魔影就会越走越近。

十四

那晚,在柏林库达姆大街西端幽静的寓所,顾城聊了几个小时,突然转过话题:"我有时真忍不住,想放火!想杀人!"诗人酒后狂言(顾城不喝酒,但独处久后,竟然有与同行自由自在神聊机会,不免"言醉")。但看他的眼神,我明白他的确有股抑制不住的狂躁。

"真人一切无不可为。中国的真人,换一个角度也可被视作魔鬼。"[①]

如果人心都有真情,那么人心都有魔鬼。而以人心为自然者,也就是魔鬼崇拜者。

在一个实在的西方世界,哪怕是隐士居住的岛上,也要设法赚钱谋生,诗卖不了钱;要学开车,不然只能步行;要学外语,不然税单支票都无法对付。如果母语都不自然,外语绝对更不自然。1988年起,顾城定居国外已经两年,却拒绝继续学英语,就是这种对强迫"异化"的破坏式的反抗,一种绝望的抗议。

[①] 1993年7月法兰克福大学"世界文化哲学讨论会"发言。

他在诗中写道:"我把刀给你们,你们这些杀害我的人。"①
这个对抗太尖锐。他总有一天会失手。

十五

他似乎很早就为不可避免的结局做准备。他的诗中,"死"是一个贯穿主题,而且"死"与"童心"互相渗合。儿童期之可爱,就在于它不会堕落为成人,它向夭亡前进。万物有灵,死亡是转入更新鲜的生命的升华。

"生存与否不是哲学问题。"②顾城拒绝做哈姆雷特,他是中国式的真人,死亡对他来说是美丽的:闭上眼世界就不复存在;进入梦,无为就转成无比为。死亡解决了一切生之悖论。

> 凶手
> 爱
> 把鲜艳的死亡带来。③

"爱"单列一行,语义歧出,可谓自然而妙,谁知竟成语!
他一直在预习死亡。他没想到的是,生之悖论,世俗强有力

---

① 《水银》,1990年波鸿版,第35页。
② 1993年7月法兰克福大学"世界文化哲学讨论会"发言。
③ 《水银》,1990年波鸿版,第35页。

的复杂性,一直紧追着他,一步没放过他,最后给他一个最狂躁的死。

太史公云:"非死者难也,处死者难。"

十六

这篇文字一直避免说谢烨,是因为谢烨和我们一样正常而不"自然":她是一个热情的好朋友,一个有才气的女诗人,一个慈爱的母亲,一个操劳一切的妻子。谢烨极聪明,什么都一学就会,既诚恳又有心计,既善于持家又善于与人周旋,既倾慕顾城之才又明白嫁非所人——总之,她是"非顾城"的一切。

她是一个能维护自己利益追求幸福的女人。是谢烨推动顾城有所为。没有谢烨,顾城恐怕宁愿述而不作,诗成即弃。顾城坚持任何会议必须同时请谢烨,恐怕不仅是"带路""翻译"。不是谢烨有意,顾城怕也无心绪。

现在有人说从"英儿"其事,到《英儿》小说写成出版,都是谢烨的金蝉脱壳计;十八个月的周游世界,是谢烨逃离小岛的成功尝试。

陈若曦说,看谢烨对顾城无微不至的照顾,真是一对"金童玉女"。

二者可能都是真的,作为外人我们无法判断。我可是亲眼见过,顾城滔滔不绝说到什么时,谢烨突然沉下脸:"离就离,什么可稀罕的?"说实话,我总觉得女人最可怕的是敢于当客人面向丈夫甩脸。但谁都有权做"真人"。

十七

这是个神仙也得发愁的局面：作为诗人，强迫自己不信任语言；作为文化人，满怀与文化对抗的情绪；不屑世俗者，不得不处理包括儿女情的世间杂事；鄙弃名利者，不得不接受奖金周游欧美繁华世界；循世归隐者，迟疑踌躇不归荒岛山居；女儿神性的信徒，不得不对付追求尘世俗福的女人们；本来用"正本心"的地方，成了无法化解悲剧的绝地；力主清心纯本者，落入炉火的吞噬。

这一连串可怕的悖论，螺旋般绞在一起，越旋越紧，像绞索。最后的破灭性解决，已经注定。

十八

这不是中国古典哲学、道家或佛家所本有的困境。

悖论是存在的，但各学派自有一套解决的办法。佛家的体用说，分隔彼岸与此岸，以"悟"为超越之桥，以出家或静修为隔离之法；而禅宗"即心为佛"式的悟，降低要求，把超越的迫性推迟了。

《老子》贵"知足"，要求"安其居，乐其俗"；《庄子》主张作适当迁就,"知其不可奈何,而安之若命",而且对人生各种难事必须"无情"到"不以好恶内伤其身"。①

可以说,所有这些方式,都是区分思辨哲学(包括诗学)与实践哲学。思辨哲学是精神的、个体的、自省的、不计利害的。它可以自由到"出入六合,游乎独来,是谓独有,独有之人,是谓至贵"。要保持这种自由,就绝对不能用这种"自然而然"来指导实践。

顾城不区分二者。诗是他的唯一生命方式、唯一逻辑、唯一人际关系处理原则,这使他成为中国当代文学史上少见的纯粹诗人——以诗学为理论哲学的人。

他明白这代价。他一直在抒写死亡、歌颂死亡,就是在想象中释放积储的危险。他感觉到恐怕只能用死完成他的诗,却没有想到用横死提前结束两个人的生命。然而,在最后一刻,他没有能够逃脱,现实抓住了他的神经,血腥地点爆了死亡诗学。

远远地,是谁在说:夫吹万不同,而使其自己也。咸其自取,怒者其谁耶?②

(1993年)

---

① 《庄子·德充符》。
② 《庄子·齐物论》。

静静的海流：海外中国诗人

有没有"海外中国诗"这个派别？至今无人谈其有，也无人说其无。那么，我们在什么意义上可以谈论"海外中国诗"呢？正是在缺失的意义上，不在场的意义上。应有而竟然无，或是竟然无人知其有无，这就是一个有意味的空白，一个无法证伪的存在。

九十年代以来中国诗歌界的一次半争论，一次是"知识分子写作"与"民间写作"的诗歌界"大分裂"，半次是与诗歌沾边的"下半身写作"。这些争论中都没有海外诗人的影子飘动，没有他们的声音起伏。斗得不可开交的任何一派，都没有想到拉海外诗人为奥援，哪一派的辩术师，也都没有引海外诗人作品为例证。反过来，这一个半辩论，在海外的文艺刊物上波澜不兴。倒不是诗人一出国，声音就传不到国内——互联网早就使我们每个人成为邻居，而让邻居咫尺天涯——而是海外诗人不再是国内话语游戏圈上场的一方。

海外诗人，作为一个"流派"的存在，正是由于过于明显地不出场，不参与，而且可能无资格参与——他们的声音被按上了哑音键，既然他们的存在是一个不在场，我们如何感知，如何评论这个不在场呢？

> 我和声调之间有一个死结
> 风一如既往越过我的身体
> 风的中央露出巨大的空白
> 这也是一种征兆
>
> ——马兰《雨水和风》

不在场恰恰是解释的先决条件：一个充满喧哗的语义场，反而障蔽可能的意指过程。巨大的空白，不但是一种征兆，而且是意图性汇合的条件。因此，伽达默尔视为暴政的"阐释累积"自我取消，诗人的意图在这里可以自由飞翔，问题只在于我们能否与之相遇：语境融合的理想境地当然不可能，但是语言主体无法界定的空洞性，给自己画下了边界。

有人会说，情况并非完全如此："知识分子写作"的主力中有曾寓居美国的欧阳江河，曾留学英国的王家新，"下半身"诗歌的女豪杰尹丽川曾负笈法国。实际上九十年代中期后，许多人曾经留学，一度放洋。例如朱文、于坚、翟永明、蔡天新、陈东东，以及其他许多人。本文谈海外诗人，不是这些漂流来的，而是把生存基地放在海外的人，一切差异由此而起。

九十年代中期，我和几个朋友难得一聚，少不得以文坛流言蜚语下酒。算算中国能以"诗人"视之的人物，移居海外者，竟有半百之数，而且不少在中国诗坛八十年代曾领风骚。也就是说，几乎半本当代中国诗歌"史"写到了国外。现在的情况当然有所不同,新一代诗人成长起来,诗人有出有进,鉴于十年来国内诗人队伍不见得壮大了多少,滞留海外的诗人比例依然不少。

从九十年代初起,我发心收集海外诗,开始是为了编《海外中国作家选集:诗歌卷》。那是在伊美儿(E-mail)时代之前,仅取得作者允许,就花了我们无数传真功夫,百余封书信的耐心。但是成稿后,穿越九个出版社编辑部抽屉,历经六年,各出版社一致的意见是"拿掉《诗歌卷》才能考虑"。最终我们只好升白旗投降,《诗歌卷》抽下。工人出版社于2001年出版我编的《海外中国作家选集》四卷本,只有小说与散文。诗本命薄,海外诗更是市场经济的弃儿。

于是该卷诗歌只能藏诸密室以待后人。从那以后,又过去五年,今日偶然翻到已经开始发黄的旧纸片,我就有了以下听来奇怪,却或许无妨一说的想法。

写诗是一种恶习,难戒,危险,或许是比毒嗜更危险:在海外写中文诗不仅无利可图无名可得,白费时间白耗金钱,甚至可能破坏一个人的生存竞争能力,极端者导致疯狂,危害自身与他人。

除非早已染上此癖的瘾君子,不可能在海外写中文诗。

我所知道的这些海外诗人,在编选《诗歌卷》时大多在四十上下。又是二十多年过去,现在大部分人已到了耳顺之年。在此说说诗人的天命,恐怕不会冒犯任何人。

这让我又想到马兰的妙句,"云朵从后背飞出／是多年前的轻功"。

翻过来说,年龄再大一些,也不太可能到国外来做汉语诗人,写诗不能作稻粱之谋,反而要另找谋生之道来维持诗人生涯。海外诗人大多数另有职业：做教师的特别多：北岛、杨小滨、雪迪、陈建华、沈睿；当编辑的也不少：孟明、马兰；欧阳昱做职业翻译；娜斯、坚妮做记者；孟明、京不特改攻哲学；吕德安画画。

也有不少人提起"另一支笔"：金海曙写剧本；北岛、杨炼写散文；川沙、京不特写长篇；多多、胡冬写短篇。用另一支笔谋生，只有卖给核心汉语圈。于是我们看到不少海外诗人开始"两栖"，起先有严力、石涛，后来是多多、宋琳、张枣。严力2004年的诗句"灵魂飞远了，身体转了回来。家，是物质的窝"，倒是提供了一个坦白的解释。

当然，海外诗人也有人选择不必考虑谋生的路：做隐士，做流浪汉，做吉普赛，做嬉皮士。顾城领了个头，可惜领头羊命运不佳。这条浪漫潇洒的路，只有留给老外诗人。谁也拦不住诗人完全搁笔，《今天》的最早成员之一江河，寓居纽约后，就此放弃写作。这也是一种透彻的选择。诗歌史上的失踪者，多于任何历史。这种人的比例，在海外不是太大，而是太小。只是，在国内，大家偶尔还知道，哪位前诗人在经商，在收集音乐CD，在做全职母亲；在海外，消失就是消失，从诗歌界一丝不苟地蒸发。

不是说中国人太实际——八十年代在中国我们见多了"诗怪"，今天在网上也是一怪接一怪。但是在海外的中国人没有这样潇洒的心理条件。中国人的生活方式与西方人相比，总是过于具体，哪怕在中国时敢走边缘的边缘人，到国外就缺少这份玩惊险的能力。

当然，海外其他文学体裁的作者，情况也大抵类似。海外有二三个能借写作谋生的中文小说家，有一个能靠戏剧谋生的高行健，有些散文作家则能给众多的华人报纸写专栏。但是，绝对没有

"专业"中文诗人。发表诗不仅不能期望稿费，怕反要掏钱——海外一些中文诗刊，大多是同人募捐集资办的。

瘾发难忍，无可再忍，非写不可时才写的诗，是否会特殊一些？我认为是相当特殊的，所以我才会花力气多年编一本无人愿出的诗选集。

断肠春色在天涯。家有老母倚门而盼，他们却顽固地在世界各地流浪。他们写的文字，形状奇特，发音怪异，行人侧目。他们是异乡人，远离了文化的泊锚地。

怀乡是这批诗人的压倒主题，剪不断的梦魇，无所不在的诅咒。自然，痛苦出诗人，失恋生妙句，这批诗人最好的诗——也许是今后世代唯一会记得的句子——是他们的怀乡诗。

北岛不断在赋写哀江南。他让感伤躲在意象后面："回首处 / 谁没有家 / 窗户为何高悬"（《明镜》）。但是家乡之梦一样纠缠不休："在光的紧急出口之外 / 他的签证已经过期"（《出口》）；雪迪的诗句哀伤得明白，"死人每个夜晚，回来一次 / 带着一束花，衣襟上别着地址 / ……从此，只在睡眠中 / 访问亲人。每个夜晚 / 回去一次"（《土地》）；菲野也是恶梦连连，"茫茫黑夜中，记忆的大火熊熊燃烧"。

海外诗人在海外建立的算是什么样的家呢？既然在那里他的自我注定是碎裂的，家园的意义何在？海外诗人的作品中恐怕是最早放弃宏大叙事，甚至最早丢开深度意义的幻想。胡冬笔下的家是很可怕的蛮夷："是手的属性，让我拾起栗子 / 投入我们火燎的穴居"（《秋日断章》）。

与庾信、奥维德等放逐诗人不同的是，移居海外是这些诗人们自己选择的，怀乡也是主体主动的意向，于是我们看到主体处于自我意志的分解,或许更加痛苦的碎裂。

既然人格的分裂不可避免,那些坚称自己在呕心沥血倾吐衷肠无一字不是真血泪的诗人,怕只是伪诗人。诗人的自我没有如此了不起,可以逼读者把自我出让。

尤其海外诗人,无法自称不食人间烟火,无法藐视社会自命清高:这样做,可笑程度远比在国内为高。真正的诗人干脆把面具扔了,把灵魂的填塞物倒空,然后,自我才会发出各种语言,像风吹过废水管,发出笛声般的音乐。

承认人格分裂可能挽救海外诗人免于精神崩溃,但在写诗的那一刻,他却更加孤独。天上地下,唯我独尊,因为只剩下他与自我对视:一切喝彩、评奖、追星、逐月,都已经离他远去,抚慰伤痛的只有自己的号叫。离相离名,佛眼不见,关在孤独之箱中的诗人,绝望地拨弄着锁的号码。

张枣《春秋来信》第一行就点明了这种主体碎裂切切实实的病因,"这个时辰的背面,才是我的家"。孟明说得更具体,"母亲喊你,而风从沙丘吹来,你戴上草帽就走了"。

显然,这种精神分裂,远不是德勒兹等西方哲人诗意赞美的境界,那种拒绝疆界的游牧族在几千座高原上的驰骋。距离,在海外诗人心中是足以致人死命的魔咒。"双手伸进空间,像伸进一副镣铐",宋琳称这个空间为"恰当的死角"(《写作狂》)。

地理变成一个诗学的困惑,一个无法解释的主题:"我们游遍四方 / 总是从下一棵树出发 / 返回,为了命名 / 那路上的忧伤"(北岛《下一棵树》)。

流浪的诗人,不自今日始。应当说,安居的诗人世所罕见,海外诗人的"流浪"本应当是诗人本色,没有什么可抱怨的。但是流浪诗人，至少有语言作为遮蔽世事风雨的避难所。语言的诗性使用造成一个暂时的真实。坚实的变化和生成，使诗足以切开感觉。它像雨，它的降落就是它的一切。

一旦这个虚拟的人格不足以抵挡异乡生活坚坚实实的异己性。雪迪又用他的坦诚描述来摧毁一切可能的虚构，"你在中国，毫不犹豫／与旧日的情人们分手／……总是在异乡。周末／怀着犯罪一样的心情／抱着一个牛皮纸的口袋／独自穿过，寂静的／充满了黑夜的街道"（《异乡的单身生活》）。

社会视诗人为怪物，用中文写诗更是与梦游无异。诗人不是唯一做白日梦的人，还有疯子、酒鬼、懒汉、儿童、弥留者与诗人为伍。只是诗人的白日梦做得比他们都认真，形诸言词之后更为可怕：流星是在二半分的子宫中掀起巨潮，深湖中的黑雾取得肉体的弹性，剪刀的温情、药瓶的疏漏、路名的自我意识……

应当说，语言不是白日梦的良好载体：想象的火焰总在把语言燃成灰烬，而语言却强迫梦沿着文化的叶脉上升。因此，人格分裂对诗人来说不可避免。对海外诗人来说，人格只能四分五裂，如果他想活下去，避开监狱或棺材的引诱的话。我们都知道，并不是每个海外诗人都躲得开这些致命的诱惑。

但是汉语，这诗人的最后屏障，都有被撤去的危险。汉语已经成为累赘。北岛已经只能"对着镜子说中文"（《乡音》）；张耳感觉更惨，"茶碗玉碎，完成茶壶罪孽的永生"（《做事只有一个》）；马兰觉得语言沉重不堪，"我是世代相传／四年不变的一张蛇皮"（《下雨》）；而李笠的愤怒一干二脆，"这片土地需要你／就像欧洲动物园"（《白桦语言里的竹子》）。

距离的困惑不仅是地图上的比例。在世纪末令人目眩的媚俗时髦狂潮中,诗无立锥之地。语言在大众文化冲刷下,沦为广告用语、招牌用语、红包用语、麻将用语,"艺术"语言则更降到贺卡诗、明信片诗的肉麻水准。若说这是世界通例,汉语于今为烈,后来居上。

我们只有寄希望于诗的语言治疗能力,寄希望于批判精神这唯一的上帝,相信无情的灵魂自审与坚韧的语言磨炼,是拯救汉语文化的必须。相对于统治全世界的商业化、功利化、庸俗化,诗只有在流浪中独行于岸边,如人到家,毋须问路。

于是我们看到一幅惊人的"语言逃亡"图景:李笠改用瑞典语写诗,孟明用法语,京不特用丹麦语,张耳、张真、欧阳昱、王屏用英语,以写英语小说成名的哈金也用英语写诗。从文化中国的疆界着眼,这是极有意义的拓展;从世界诗歌这门艺术的利益来说,也绝对不是坏事;但就现代汉语诗的发展而言,总有一天我们会懊悔没有留着住这批有才华的诗人。

至此为止,我的讨论只是一片哀鸣,但是,难道诗的营养皿上涂的不是痛苦?的确,像暗黑的星落入太空,海外中文诗人是孤独的。但远离读者也给诗更大的自由度。所谓后现代时期,将是诗人最孤独的一个世纪。只有诗人的坚韧,才能推挡文化总体俗化之排山倒海的压碾。不因为别的,只因为苍凉是宇宙的本来状态,整个世界只是一丁点儿微尘,在初始大爆炸的余波中翻滚旋转。

那么,海外诗人的不在场姿态,不是够及了诗的本态,甚至生存的本真?

正因如此,我们有充分的根据说:"海外中国诗",是一个有自身独特艺术追求的诗派,哪怕这些诗人自己并不认为属于某个诗派,哪怕每个海外诗人会对"有所追求"一笑置之。

浪迹海外并非一个诗学选择，欧美诗坛流派的错综复杂也不可能给海外诗人一致的影响，实际上海外诗人在国内早就形成自己成熟的路子，每个人有自己的风格标记，出国不可能使他们改弦易辙。尽管如此，对比国内诗坛的纷纭噪杂，我依然发现海外诗人有相当多共同的诗学特征，足以成为一个应当单独处理的派别。

这个诗派对各种各样的为新奇而求新奇不感兴趣，他们的诗行不像"知识分子写作"诗人们那样质地紧密，象征繁复，他们几乎从不引用西方哲人或诗人。离这些诗圣的灵台太近，反而使他们不必怀着过分的敬意。也许与卡夫卡、荷尔德林对话的张枣是唯一的例外。

另一方面，他们也不象"民间写作"诗人那样，故作平浅。他们似乎都不会玩"取消深度"游戏，因为他们早就没有夸耀深度的资格。在异国语言的包围中，中文本来就是平浅的。用语言平浅刮取生活平浅，自恋程度就太高了一些。

从某种程度说，他们的创作几乎是保守的，它们沿着自己的脉络继续成长。抒情的多多曾经被杨小滨称作"宏大抒情"，在海外，或许他的抒情气质更沁入骨髓：

> 看过了冬天的海，血管中流的一定不再是血
> 所以做爱时一定要望到大海
> 一定的你们还在等着
> 等待海风再次朝向你们
>
> ——《看海》

而惯用象征的杨炼更发展了他的宏大逼人的象征：

> 蓝总是更高的　当你的厌倦选中了
> 海　当一个人以眺望迫使海
> 倍加荒凉
>
> ——《大海停止之处》

北岛，这个当年朦胧诗的领袖，顽强地走自己的路。文本已引的几段诗足以显示他现在已经不朦胧的诗风，不过我们还可以随手引几行他的近作，作为杨小滨称作"断置"（parataxis）风格的例证：

> 快追上那辆死亡马车吧
> 一条春天窃贼的小路
> 查访群山的财富
> 河流环绕歌的忧伤
>
> ——《给父亲》

"海外诗派"个人风格极为强劲，拒绝合一，拒绝随流。上面引的诗句，都看得出个人的签名。如果一定要用简单化的定义概括，可以说，他们既不故作艰深，也不故作浅语，文化姿态、时兴潮流都与他们无关，并不是因为他们比国内诗人高明高尚高姿态，而是因为他们没有机会不断玩出新花样。

我说过：如果在国内尚未开始"诗人生涯"，在绝对非诗的中国人海外生存方式中，不太可能自我放纵到想做诗人的程度。

但是，青春就是冒险，或许会有人既到海外旅居，又到诗歌荒漠中游历。我仔细检查海外网络，果真发现有一批海外学子，放纵到让自己变成了诗人。奇妙的是：海外的青年诗人，比起国内网络一代，似乎成熟多了，也认真多了。国内的"七十年代人"，以没头脑地追求享乐刺激为时尚，风风火火的网络世界给了他们打扮成反叛少年的理由。海外文学，一样有相当多七十年代出生的新作家，他们的文化姿态与国内新生代很不相同，没有炫耀四化——生活狂欢化、历史瞬间化、文学浅薄化、风格粗劣化——那种浅薄的叛逆冲动。《橄榄树》的作者中，有不少是迷恋网络的女孩子，如针儿、苍蝇，名字网味十足，语言风格却相当精美。

田晓菲是海外著名的女才子，她的《金瓶梅》研究令人击节赞叹。诗依然是她无法忘却的故土，回到诗中，童年一样有恐怖："还有那个黑暗的壁橱，曾经收容我，为了得到呼叫和寻找／在那里我养成了等待的习惯，直到今天。"（《回乡》）

当然，这一代年轻人有他们的特殊记号，他们调侃的笑声不考虑别人的耳朵或面子，他们的自我讽嘲更不留情面。

玛雅的《朱丽叶千禧年情诗（网络版）》是一首妙作。这批生活在网络上的诗人，自我讽嘲极有特色。"来来来，罗密欧，今儿晚上咱约会在ICQ你灿烂的微笑／我已从网上下载深夜在微软的窗上发伊哥给你"。赛博空间的虚拟爱情，读来发噱，却听得出缺场的辛酸。

在本文结束前，我要特别介绍的是耶鲁大学的王敖博士。这位北大的摇滚歌手，到了国外，在爵士的即兴展开中找到当代诗的形式感——寓有序与无序中的方式。他那种精致妙而放任的形式感，在当代诗人中很少见到。他的短诗让人想起李商隐《无题》的韵致，例如这首《园》：

无数新生的圆
我路过，观察之后，爬上房顶，继续往前走，太阳落山
空气中闪着冷光，我突然用四只手转动自己，上升到静止中

而这首《绝句》，诗风开阔，想企及宇宙混乱中的秩序。王敖的典型风格是既嘲弄又赞美形式感，像爵士乐那样表面任意即兴，逗弄地逃离又靠近旋律：

为什么，星象大师，你看着我的
眼珠，仿佛那是世界的轮中轮，为什么

人生有缺憾，绝句有生命，而伟大的木匠
属于伟大的钉子；为什么，给我一个残忍的答案？

王敖的短诗迷人，其实他自己醉心于写长诗，《一个无政府主义者的变形记》是他经营了几年的长作，《藏枪记》《长征》是他一再处理重大题材的努力，可惜在此短文中，哪怕引用片断，也无法让读者窥见其气势。

一位在海外攻读中国古典诗的学子，加上一位摇滚与爵士发烧友，可能什么也不等于。但是再加上一位在孤寂中发掘诗艺的青年诗人，就大不相同了。我们有充分理由相信王敖的特殊的知识结构，他对多种艺术的理解与实践，以及，恐怕是最重要的，他青春本质的诗性心态，会在中国诗坛的芜杂丛林中开出一条新路。

最起码地说，这绝对不像国内网络上不多见的青年诗人，一味"酷毙"，万事一痞了之，既然诗歌艺术与名与利都不相干，国内

写诗的青年人大多认为太当真是可笑的。

那么好，请看，这里有像十八世纪那样认真写诗的年轻人，诗艺却是顶尖的二十一世纪。

写到这里，我有理由把中国中国诗坛划成三个流派，"京派""地方派""海外派"。那么这个"海外派"恐怕最老派，最保守，也最坚持作为艺术的诗。

谁知道呢，那些编辑女士先生，异口同声拒绝出版我编的《海外中国诗选》，恐怕真不是简单的生意经，而是出于艺术的敏感——在一个游戏时代，就这批诗人对艺术依然顶真。

（2010年）

艺术"虚而非伪"：
串读《管锥编》说"艺术真实"诸论卷

▼
一

不少人遗憾《管锥编》论说过于简短，许多论题未能深入，这只是假象。《管锥编》的文字，必须串起来读。例如此书前后约有七篇文字，均讨论文学艺术的"虚而非伪"。钱先生也提醒我们前后参照着读：第三卷《全后汉文卷九二》篇中，提醒我们参照《太平广记》卷论卷四五九《舒州人》；《太平广记》一九六中，让我们"参观前论卷二四五《张裕》"。我前面的这套北京三联书店2007年重版本《管锥编》又对这几条作了增补。一旦把这些文字合起来，就是一篇讨论符号学中一个最困难问题，即艺术符号"述真"（veridiction）问题。

《管锥编》成书于"文化大革命"动乱年代，写法不得不特殊一些。以上关于文学表意"虚而非伪"的各篇，是中国学界第一次推介符号学，"文化大革命"前语言学界只是简略批判过索绪尔，中国学界尚未注意到皮尔斯。钱先生一贯风格，对国外论家只是三言两语带用，对焦中国典籍，一击透要害。如此串读，就能看出钱先生如何精心围攻艺术最困难的问题，即"虚实"关系。

艺术以"虚"为框架，以真实"非伪"为核心，此说论者甚多（刘勰的"夸饰"论，维柯等人的"诗歌真理"说）。但是钱先生从不同侧面解说中外古今许多例子，推出艺术表意的一连串虚实悖论：不是艺术表现悖论，而是艺术悖论式地表现；艺术是一种真实的谎言，是自我否定中蕴含着肯定；艺术所肯定的东西，依赖否定才成立。应当说，这个系列"论卷"，是钱先生对艺术符号学的重大贡献。

此系列的第一篇，是《管锥编》第一卷中的《毛诗正义·河广》论卷。"谁谓河广？曾不容刀"，《文心雕龙·夸饰》已经评说过"文辞所被，夸饰恒存。……辞虽已甚，其义无害也"，钱先生指出《文心雕龙》此篇没有说明夸饰的原因，不能让人满意。夸张本是艺术中最常见的，需要回答的问题，是为什么文学艺术会"语之虚实与语之诚伪，相连而不相等，一而二焉"。[1]因此，钱先生洋洋洒洒举了许多例子，说明"言之虚者也，非言之伪者也，叩之物而不实者也，非本之心之不诚者也"。因此，艺术的特点是表意过程分化，"文词有虚而非伪，诚而不实者"。"虚"与"非伪"，"不实"

---

[1] 《管锥编》第一卷，《毛诗正义·河广》，北京：三联书店，2007年第二版，第166页。顺便说一句：《管锥编》对《文心雕龙》不满的地方有多处，往往是因为描述现象多，探求原因少。

与"诚",构成了艺术表意的两个基本层次,互为条件,互相配合。艺术表意必然是"虚"与"非伪"的某种结合方式,两者不可能缺其一。

这两层如何配合?符号表意本来就不可能完全指实,"形下之迹虽不足比伦老子所谓'道',而未尝不可借以效韩非之'喻老'"。①此种原因倒是《老子》自己点明的"夫唯不可识,故强为之容"。任何表意多少都是强不可说为之说。艺术只是把表意活动固有的分裂加剧了,这种分裂不是如一般教材所说的"外虚而内实",形式虚而内容实,而是表意本身的分化。

在陆机《文赋》论卷中,钱先生直接引皮尔斯符号学,以及瑞恰慈语义学,来解释其中的意义三角关系。他指出现代符号学这个"表达意旨"过程,实际上墨子(《小取》《经说》)、刘勰(《文心雕龙》)、陆机(《文赋》)、陆贽(《翰苑集》)等都已经论及,只是用词稍有不同。可以把钱先生的看法画成这样一张简表:

钱锺书:	符号	事物	思想或提示
皮尔斯:	Sign	object	interpretant
瑞恰慈:	Symbol	referent	thought of reference
墨子:	名	实	举
刘勰:	辞	事	情
陆机:	文	物	意
陆贽:	言	事	心
孟子:	文	辞	志

---

① 《管锥编》第二卷,《老子王弼注·十四章》,第670页。

钱先生指出："'思想'或'提示'、'举'与'意'也。"①墨子与陆机的用词比较准确，陆贽的"心"，与瑞恰慈一样，有强烈的心理主义（psychologism）倾向，刘勰的"情"也与瑞恰慈一样归之于情感。②而墨子的"举"，极为贴切皮尔斯的符号过程："以名举实"，引发或指向"符号的效果"（effect）。③至于第二项，object，钱先生沿用墨子之名"实"，译为"事物"，比现在学界的译法"客体"，准确多了。译成"客体"，不知是独立于思想客观存在的物理"客体"，还是指与主体相对的思想"客体"，或是认为二者本来就合一，有意无意混淆两者，造成很多混乱。"事物"，则可事可物。关于孟子的讨论，略有不同，下面有细谈。

艺术，则颠覆这个三角关系的平衡：艺术表意的特点是"文—物—意"三者之间的不称不逮。文在，但是文不足；意在，但是意不称；相对于第二项"事物"出现文不足与意不称的对象，正是因为"表达意旨"（semiosis）过程越过了"所指之事物"，指向"思想或提示"，这才使艺术的文特别自由，而意义特别丰富。钱先生借《史记·商君列传》建议称之为"貌言"。④因为它们有意牺牲直指，跳过了指称指向意义，因此艺术的意义也就成了脱离指称的意

---

① 《管锥编》第三卷，《全晋文卷九七》，第1864页。
② 瑞恰慈说："艺术与科学的不同……在于其陈述的目的是用它所指称的东西产生一种感情或态度。" I. A. Richards, *Principles of Literary Criticism,* London: Kegan Paul, Trench, Trubner, 1924, p. 267.
③ Charles Sanders Peirce, *Collected Papers,* Cambridge, Mass.: Harvard University Press. 1931–1958, Vol. 5, p.484. Quoted in （ed） Winfried Noth, *Handbook of Semiotics,* Bloomington & Indianapolis: Indiana University Press, 1990, p. 42.
④ 《管锥编》第一卷，第166页。

义，在艺术表意中，指称的事物多少只是一个虚假姿势，一个不得不存而不论的功能。

瑞恰慈称这样的"诗歌语言"为"non-referential pseudo-statement"（钱先生译此语为"羌无实指之假充陈述"），认为与英伽登（Roman Ingarten）的"貌似断语"（Quasi-Urteile），奥赫曼（Richard Ohmann）的"quasi-speechact"相类。①不过《关尹子》关于"无实指"的说法，比这几位国外学者的说法更为生动："知物之伪者，不必去物；譬如见土牛木马，虽情存牛马之名，而心忘牛马之名。"②

因此，艺术让接受者不能"尽信之"，又不能"尽不信之"。③钱先生认为刘勰等人不明白艺术"虚言"的因由，是没有看懂《孟子》关于"志"和"辞"的讨论。我觉得钱先生想必是指《孟子·万章》："故说诗者，不以文害辞，不以辞害志。以意逆志，是谓得之。"现在一般的解释是"不要拘于文字而误解词句，也不要拘于词句而误解原意"，如此解，实际上"文"与"辞"重复，说不通。另一种说法是"文"指书面文本，即"辞"。"辞"字从舌，原指口头言语。这样听起来孟子是在讨论西方当代哲学关注的书写与口语断裂问题，显然不是这么一回事。④

根据钱先生这篇文字的贯穿想法，我认为孟子说的"文"可以理解为文采，包括"夸饰""华言""虚"，而"辞"是实在地进

---

① 《管锥编》第一卷，第168页。
② 《管锥编》第一卷，第167页。
③ 《管锥编》第一卷，第167页。
④ 景德详，《德国近代史中的断裂与延续》，《中国社会科学院院报》2004年2月17日。

行意指的语言文字，以及我们说的"科学/实用"用语。《荀子·正名》："辞也者，兼异实之名，以论一意也。"注："说事之言辞。""志"是意义，所以解释者"以意逆志"，以得出意义为目标，而不是回到可能不对应的"文"与"辞"。我个人觉得在钱先生心中，孟子说的"文""辞""志"，大致对应于他在本节反复申说的"三方联系"（tri-relative）。只有按照《毛诗正义·河广》论卷的主旨来理解，钱先生收结这一节的话，才让人明白，"孟子含而未申之意，遂尔昭然"。①

艺术的这个"跳过指称"本质，很多人理解，但是没有人解释得如钱锺书先生那么清楚。不少符号学家认为艺术意义的本质是没有所指的能指：巴尔特说，文学是"在比赛中击败所指，击败规律，击败父亲"；科尔迪说，艺术是"有预谋地杀害所指"。这些话很痛快，但是艺术的意义完全被取消了，就只剩下孤零零的形式？另一些人认为艺术的意义只是不得已的骗局。艾略特有妙语：诗的意义的主要用途，如小偷对付看家狗的一片好肉，用之可以潜入室内。②兰色姆的比喻可能更让人解颐：诗的"构架"（structure）即"逻辑上连贯的意义"，能起的作用，只是对诗本质性的"肌质"（texture）挡路，因为诗之美就在于跳过构架意义，进行障碍赛跑。③

所有这些"否定所指"论者，实际上没有看到，艺术是有意

---

① 《管锥编》第一卷，第168页。
② T. S. Eliot, *Selected Essays 1917–1932*, 1933, London: Faber & Faber, p.125.
③ John Crowe Ransom, "Criticism as Pure Speculation", in (ed) Morton D Zabel: *Literary Opinions in America*, p.194.

义的，只是多少"跳过了"意义的实指部分，直接进入钱先生说的"提示"，因此在这里索绪尔的两分法很不方便，必须用皮尔斯的三分式。反过来这也就解释了：为什么何文焕在《历代诗话索考》一文中说"解诗不可泥……而断无不可解之理"，艺术总是可以解释出意义的。为什么徐冰的装置艺术《天书》印出三千汉字，没有一个字有意义，但是这个艺术作品意义无穷[1]；为什么"香稻啄余鹦鹉粒"是通顺的诗句？因为诗歌的意义压力，使其混乱的词序重构到可理解的程度[2]，乔姆斯基在1957年造出"不可能有意义"的句子，用来挑战语法概率论模式"无色的绿思狂暴地沉睡"（Colorless green ideas sleep furiously.）[3]，但赵元任在他的名文《从胡说中寻找意义》（"Making Sense out of Nonsense"）中证明：在释义压力下它必须有意义。[4] 卡罗尔《爱丽丝镜中奇遇记》中，爱丽丝在国王房间中发现的那首胡诌诗（"Twas brillig, and the slithy toves"）整篇音韵铿锵煞有介事，却无一有意义的词，R. P. 布莱克穆尔盛赞此诗是

---

[1] 讨论《天书》意义的学术论文多达七十多篇。徐冰自己对《天书》的解说很有力地证明了意义的确是阐释压力的产物："当你认真地假戏真做到了一定程度时……当那书做得很漂亮，就像圣书那样，这么漂亮，这么郑重其事的书，怎么可能读不出内容？……刚一进展厅，他（参观者）会以为这些字都是错的，但时间长了，当他发现到处都是错字的时候，这时他就会有一种倒错感，他会对自己有所怀疑"。（徐冰，《让知识分子不舒服》，《南方周末》2002年11月29日）。

[2] 《管锥编》第一卷，第249—251页讨论了许多例子，讨论verbal contortion and dislocation，说明诗中"不通欠顺"的句子，从《诗经》起就很多。

[3] Noam Chomsky, *Syntactic Structures*, The Hague & Paris: Mouton, 1957. p. 15.

[4] Yuen Ren Chao, "Making Sense out of Nonsense", *The Sesquipedalian*, Vol 7, no. 32（June 12, 1997）.

"艺术中成为达达主义和超现实主义的整个运动的先驱"。[①]托多洛夫也认为："自创语言永远是有根据的，自创词语者的新词，或是语言的，或是反语言的，但永远不会是非语言的。"[②]艺术永远有意义：越是"虚"，只要解释着不"泥"，离开指称"事物"越远，就越有意义。

二

除了上面说的把指称事物推入"虚"境，艺术尚可有其他两种虚实配置方式。《管锥编》第二卷《离骚》论卷洋洋万余言，用相当多篇幅讨论了一个诗学原理"事奇而理固有"。钱先生指出，《楚辞》多有"岨峿不安"之处，艺术中本来就不可能没有不合理部分。钱先生比之于三段论（syllogism），艺术的不经无稽，可以在框架中，可以"比于大前提，然离奇荒诞之情节亦须贯串谐合，诞而成理，奇而有法。如既具此大前提，则小前提与结论必本之因之，循规矩以作推演"。[③]钱先生举的例子是《西游记》中二郎神与孙悟空斗法，孙悟空与牛魔王斗法，你变一兽，我变另一兽克你：变是荒诞不经，一物降一物却是顺条有理。《管锥编》初版后，钱

---

① R. P. Blackmur, *Language as Gesture: Essays in Poetry,* New York: Harcourt, 1952, p. 41.
② 托多洛夫：《象征理论》，商务印书馆，2004年，第364页。
③ 《管锥编》第二卷，《楚辞洪兴祖补注》之二，《离骚》，第905页。

先生意犹未尽，再版中对此条增补了不少例子。从格林童话到西方民谣，到卡尔维诺，到《古今小说》，到《贤愚经》：看来各民族都喜说魔术，而斗法之道，弱强分明，如出一辙。

钱先生的结论，引自《平妖传》"不来由客，来时由主"：想象进入艺术文本，就不得不进入一定的道理：任何艺术想象只能一部分离谱，一部分经验；一部分虚，一部分实。从虚开始，据实展开，然后结论才让人觉得有趣而信服。我觉得这个规律可以进一步扩展：任何艺术表意，无理之中必然包括有理部分；甚至任何幻觉梦想，超经验之中必然包含经验材料部分。荣格推进弗洛伊德关于梦的分析，认为"梦必然抽取'经验材料层'（layer of experiential material）来平衡自我的偏向"。任何想象，都必须包含经验材料，虚构往往是框架，而以经验材料充实之。

任何艺术，任何想象，都在符号的形象性（iconicity）中运动，文学虽然是规约符号即语言组成，但是艺术语言文本组成了二级相似符号，即语象（verbal icon）。所有的像似都是以经验为基础的，都是锚定在经验材料上的。因此，像似符号的基础元素是在理的，即所谓"有理据"（motivated）。

经验的"在理"，与想象的汪洋恣肆，成了优秀艺术召唤的两极。《离骚》中"为余驾飞龙兮"，隔几行说到在流沙赤水，却不得不"麾蛟龙使梁津兮"。钱先生嘲弄道，既然是乘坐有翼之飞龙："乃竟不能飞度流沙赤水而有待于津梁耶？有翼能飞之龙讵不如无翼之蛟龙耶？"①钱先生批评此类文字"文中之情节不贯，犹思辨

---

① 《管锥编》第二卷，《楚辞洪兴祖补注》之二，《离骚》，第903页。

之堕自相矛盾"。[①]远不如孙悟空的自圆理由十足:为什么行者如此神通,却不能带唐僧腾云驾雾,而要一步一步走西天,是因为唐僧"凡夫难脱红尘"。

顺便说一句,钱先生对民间智慧极为尊敬,《管锥编》中引神话、童话、民歌、儿歌、民间戏曲,处处可见,全书所引难得见到的几条现代中国的材料,是胡同儿歌,是儿童牙牙学语[②];而往往对名篇颇为苛刻,颇有云长"善待士卒而骄于士大夫"之风。这倒不是一种文化姿态,而是因为民间文本,似乎是无意识生成,却更能揭示人类思维的基本方式。

三

虚与实的第三种配置方式,落实在符号接受者身上:上面说的是虚实配置,在艺术文本的特殊表意方式中,最后却必须实现于艺术文本的接收之中:艺术是假戏假看,但是艺术的特殊的文化规则,在假戏假看中镶嵌了一个真戏真看。《管锥编》第三卷论陈琳《为曹洪与魏太子书》,讨论了该信中一个非常奇特的段落,"亦欲令陈琳作报,琳顷多事,不能得为。念欲远以为欢,故自竭老夫之思"。曹洪明知道太子曹丕不会相信他这个武夫会写文词如此漂亮的信,偏偏让陈琳写上:"这次不让陈琳写,我自己来出丑,让

---

① 《管锥编》第二卷,《楚辞洪兴祖补注》之二,《离骚》,第905页。
② 例如《管锥编》第一卷,《毛诗正义·伐檀》论卷,第196页。

你开心一番吧。"钱先生认为这是,"欲盖弥彰,文之俳也"。[1]

按钱先生的理解,这是一场默契的游戏:对方(魏太子曹丕)会知道他不是在弄虚作假,而是明白他说话有意思,弄巧而不成拙,曹丕也会觉得自己够得上与陈琳比一番聪明。所以这是双方的共谋,是假话假听(曹丕不会笨到去戳穿他的"谎言")中的真话真听(曹丕会觉得这族叔与他的书记真能逗人)。有今日论者认为钱锺书的意思是"既然是先人未言之而著作者'代为之词',当然也就无'诚'可言"。[2]显然这里不涉及说修辞诚信问题,钱锺书先生对这种表意方式的分析,远远超出修辞之外,而进入了元表现层次,即文本本身指向了应该采取的解读方式。[3]

这一层虚实关系,已经够复杂了。钱先生进一步指出这是讲述虚构故事的必然框架:"告人以不可信之事,而先关其口曰'说来恐君不信'",而且这个构造有更普遍的意义,"此复后世小说家伎俩"。[4]在讨论《太平广记》时,钱先生引罗马修辞家昆提兰(Quintillan)"作者自示为明知故作而非不知乱道(non falli iudicium),则无不理顺言宜(nihil non tuto dici potest)"。[5]

陈琳此信不是虚构的小说戏剧,但是这个表意方式实际上是文学艺术借以立足的基本模式,再复杂,本文也不得不做细细推论:艺术符号表意的各方都知道是一场表演,发送者是做戏,文本摆明

---

[1] 《管锥编》第三卷,《全后汉文卷九二》,第1650页。
[2] 高万云:《钱锺书修辞学思想演绎》,山东文艺出版社,2006年。
[3] 关于修辞诚信与元表现关系的详细讨论,请参见赵毅衡《诚信与谎言之外:符号述真的"接受原则"》,《文艺研究》2010年第1期。
[4] 《管锥编》第三卷,《全后汉文卷九二》,第1651页。
[5] 《管锥编》第二卷,《太平广记卷二四五》,第1167—1168页。

是戏，接收者假戏假看。发送者也知道对方没有要求他有表现"事实性"的诚信，他反而可以自由地作假；发出的符号文本是一种虚构，不必对事实性负责；接收者看到文本之假，也明白他不必当真，他在文本中欣赏发送者"作假"的技巧（作家的生花妙笔、演员的唱功、画家的笔法）。此时"修辞"不必立其诚，而是以巧悦人，从而让读者参与这个作伪表演。

就拿戏剧来说，舞台与表演（服装、唱腔等），摆明是假戏假演，这样虚晃一枪：一方面承认为假，一方面假戏还望真做真看。钱先生引莎士比亚《第十二夜》"If this were play'd upon a stage, I could condemn it as an impossible fiction"。[①]钱先生指出这是戏中人模仿观众"一若场外旁观之论断长"，即以接受者可能的立场，先行说明戏为假，舞台上本来是虚构假戏，这样一说观众反而不能假看，不能以"假戏"为拒绝的托词，而必须真戏真看：虽然框架是一个虚构的世界，这个世界里却镶嵌着一个可信任的正解表意模式，迫使观众做一个真戏真看。

如果做不到这一点，所有这些虚而非伪的表意，就没有达到以虚引实的目的，如钱先生引李贽评《琵琶记》："太戏！不像！……戏则戏矣，倒须似真，若真者反不妨似戏也。"[②]各种虚构文本之假中含真，是文化形成的解读规范。

把这种解读规范应用得最彻底的是小说：小说另外设立一个叙述者，让叙述者对讲的故事负责，让受述者认同叙述者的故事，这

---

① 《管锥编》第二卷，第1345页
② 《管锥编》第二卷，第1345页，钱锺书先生引自《游居柿录》卷六，认为是叶文通托名李贽评点《琵琶记》。

样作者和读者都可以抽身退出,站到假戏假看的框架上,不去追究故事的真假。

例如纳博科夫虚构了《洛丽塔》,但是在这个虚构世界里,有一个"说真话"的叙述者亨伯特教授,此角色按他心中的"事实"写出一本忏悔,给监狱长雷博士看。这些事实是否真的是客观事实?不是,原因倒不是因为亨伯特教授的忏悔只是主观真相,而是因为"事实"只存在于这个虚构的世界中。只有在这个虚构裹起来的世界里,亨伯特教授的忏悔才不是撒谎。"真实"到如此程度,典狱长雷博士可以给予道德判断,说"有养育下一代责任者读之有益"。因此,这是一个虚构所包含的"真相"传达。

可以说,所有的艺术都是这种表意类型。哪怕是荒唐无稽的虚构,例如《格列佛游记》,都是这样一种双层格局:关于大人国、小人国、慧马国的无稽故事,斯威夫特是说假,格列佛是说真。读斯威夫特小说的读者不会当真,但听格列佛讲故事的"叙述接收者",必须相信格列佛说的是真话。

这也适用于非艺术的虚构,或者用其他虚构框架标记(例如画廊、舞台、打扮、电影的屏幕片头),甚至不明言地设置必要语境。张爱玲说:"我有时候告诉别人一个故事的轮廓,人家听不出好处来,我总是辩护似地加上一句:'这是真事。'"[1]张爱玲说这话带着歉意,她的确是在虚构,但是她可以自辩说:在她的虚构世界里,故事是真事。张爱玲设立框架的做法,与钱锺书先生引用的鲁辛(Lucianus Samosatensis)、但丁(Gabriel Dante)、薄伽丘

---

[1] 张爱玲,《〈赤地之恋〉序》,转引自周建漳《虚实与真假》,《学术研究》2009年3期。

（Giovanni Boccaccio）、卡罗尔（Lewis Carroll）[①]如出一辙，只是正说反说的不同而已。酒后茶余，说者可以声明（或是语气上声明）"我来讲一段故事""我来吹一段牛"，听者如果愿意听下去，就必须搁置对虚假的挑战，因为说者已经"献疑于先"，预先说好下面说的非真实，你爱听不听。所有的艺术都必须明白或隐含地设置这个"自首"框架：

> 戏剧是让观众看到演出为虚，而后相信剧情之真；
>
> 影视是让观众看到方框平面印象为虚，而后相信剧情之真；
>
> 评书是让听众看到演唱为虚，而后相信故事之真；
>
> 舞蹈是让听众看到以舞代步为虚，而后相信情事之真；
>
> 诗歌是让读者看到以夸大语言为虚，而后相信情感与意义之真；
>
> 电子游戏是让玩者看到以游戏角色为虚，而后相信投入的场景之真；
>
> 体育比赛如摔跤拳击，让观众知道格斗非真，从而认真地投入输赢。

此时发送者的意思就是：我来假扮一个人格，你听着不必当真，因为你也可以分裂出一个人格。然后他怎么说都无不诚信之嫌，因为用另一重人格，与对方的另一重人格进行意义传达。

虚与实之间纠缠最为复杂、人格分裂最为倒错的，恐怕是所谓

---

① 《管锥编》第二卷，《太平广记卷四五九》，第1343—1344页。

踢假球：一般观众看到的足球，是一场虚而非伪的抢斗争夺。因为这场抢斗是按大家同意的一套文化的体育规定性进行的，包括足球比赛规则，联赛的地位升降规则，甚至赌球的规则。既然大家接受这一套假中之真，让他们全身心地投入输赢，为之悲伤或欢庆。但是参与赌假球者（不是一般赌球者），买通了后卫与守门员的人，他们要看的是这些球员能否在适当的时候巧妙地放水。①

因此，如果放水做得太笨，连观众都看出来了，大家都会很愤怒，但是愤怒原因不同：一般观众愤怒，是因为踢球争斗这假戏应当真做，他们就是来看真做的。虚必须非伪，意外之内必须顺条有理，伪就让大家觉得受骗；而参与制造假球的人也会愤怒，因为真戏应当真做：他们看的不是假中之真，他们取消了体育比赛的虚拟框架，把假中之假变成了真中之真。也可以反过来说：实赌就必须实做，此时体育不再是艺术，才成就真实性。

以上案例似乎非常特殊，此表意格局却极其常见，各种把艺术看作"现实的反映"的立场，把艺术的实际部分上升为主要成分的观念，各种"现实主义"，各种把艺术的"兴观群怨"或"多识于鸟兽草木之名"的实际用途看作主要功能的学说，要求演员"化身成角色"的斯坦尼斯拉夫斯基体系，实际上都是取消了艺术的虚拟框架前提，都是把假中假变成真中真。

这不是指责哪个学派，任何人都可能忘掉艺术的虚假框架而不小心跌进"逼真性"里面。福楼拜写《包法利夫人》，写到艾玛之死而大哭。或有人劝他不如让艾玛活下去，福楼拜说："不，她不

---

① 这个例子是四川大学符号学讲课2009班魏伟博士在作业中提供的，特此致谢。

得不死，她必须死。"这算是暂时跌进去当真一会儿又爬了出来，他作为作者重新站在故事之外。正如我们任何人看书看戏，也会一时忘记自己是读者而为戏中人垂泪。

一旦虚拟框架完全消失，会有严重后果：解放战争时演出《白毛女》，士兵开枪打死扮演黄世仁的演员；1994年哥伦比亚参加足球世界杯，后卫埃斯科巴不幸乌龙球打进自家家门，被爱国球迷暗杀。2008赛季阿森纳在欧冠半决赛次回合主场负于曼联，一位肯尼亚的阿森纳球迷在他家中身穿阿森纳球衣自缢。

如果我们把艺术活动的参与者（演员、运动员）也作为一种接收者，那么把艺术符号游戏"玩真"的人，数量就大得多。1997年，泰森在同霍利菲尔德的拳王挑战赛中咬掉了对方一块右耳，是众所周知的例子；曼联队长基恩（Roy Keane）在自传中公开说出曾在2001年对曼城的赛事中，有意踩断对方后卫哈特兰的腿。可以说，这或许是艺术期盼出现的局面：一旦分裂出一个人格，接受者就必须当真，不然就缺乏投入的热情，也失去忘乎所以的享受。

在艺术欣赏中跟着"逼真性"走，艺术就不再是一种游戏，不再能取得陈琳信件式的迷人效果，"明知人识己语之不诚，而仍阳示以修词立诚；己虽弄巧而人不为愚，则适成己之拙而愈形人之智"。在一个"虚"的框架内，默契的双方之间，依然可以玩实的交流游戏，就像曹丕读陈琳信。此时的关键点已经不在文本的虚实配置，而在接受态度的"虚实默契"。如果曹丕真看出陈琳的把戏，而依然能欣赏这个悖论，可以称为假戏假看内的真戏真看者。

作者与读者之间的默契达到钱锺书先生描述的"莫逆相视，同声一笑"①境界,才是真正的艺术境界。陈琳此信作为信札艺术,后世广为流传,有文学史家指责为"词浮于意"。②陈琳如果写此信有实际目的,词必须达意;陈琳在玩艺术,那就必然"词浮于意":从艺术游戏的要求来看,陈琳作为作者,曹洪作为演员,曹丕作为观众,都领会了艺术符号表意复杂层次上的"虚而非伪",相当合格。

---

① 《管锥编》第三卷,《全后汉文卷九二》,第1650页。
② 郭英德、过常宝等:《中国古代文学史》上册,四川人民出版社,2003年,第89页。

外国文学评论

父辈的朋友：新批评派

为什么新批评派值得研究？这个问题不需要回答：任何在理论史上起了作用的派别都必须一再重新审视。最近美国有几本文集，新一代的批评家感叹，"讨论具体作品时，我们仍然像个新批评派"，"新批评派仍然像哈姆雷特父亲的鬼魂，依然在指挥我们"。从研究的意义上说，没有任何学派是会过时的。

对我，对每个文学学生，研究新批评是一个必要的阶段性工作。我们面对的知识集合，就是历史投射在今日的影子：我们无法跳过历史的演变而直接掌握今日，就像不可能不读弗洛伊德直接读拉康。要了解现代文论，无法不读形式论，而要想了解现代形式论，就绕不开新批评。

问题是为什么新批评派更值得我们重视。还有别的几个理由让我们中国批评家更加必须重视新批评派。第一个理由是，这个理论派别与中国现代文论特别有缘。我的学术领域之一是中西文学关系史，当年我选中新批评做研究课题，是由于新批评与中国现代文论史的诸多关联。

新批评与中国现代学术的关系,实际上是一个非常重要、至今没有得到充分研究的课题:瑞恰慈数次留在中国执教,对中国情有独钟;燕卜荪在西南联大与中国师生共同坚持抗战,戎马倥偬中,靠记忆背出莎剧,作为英语系教材,成为中国教育史上的一则传奇。穆旦、巫宁坤、郑敏等人四十年代末在芝加哥大学直接师从芝加哥学派的克兰(R. S. Crane)、奥格登(Richard Ogden)等人,他们算是新批评核心耶鲁学派的论战对象(现在看来他们同多于异),中国学生也不得不熟悉导师的对手。1948年燕卜荪从北京去美国肯庸学院赴兰色姆召开的会议,今天的家常便饭,当时恐怕创造了几个记录:这是新批评唯一的一次国际集会,"文学理论"竟然重要到召开"国际会议",现在是家常便饭,当时是匪夷所思;二是远道从中国乘飞机赴会,煞风景的是燕卜荪夫妇不得不用整整一麻袋"金圆卷"去买机票。

新批评是中国知识分子从二三十年代就心向往之的课题。中国的介绍,几乎与新批评的发展同步:卞之琳、钱锺书、吴世昌、曹葆华、袁可嘉等先生先后卷入对新批评的介绍,而且这些前辈七十年代末都在社科院。卞先生解嘲说:"三十年代初瑞恰慈在清华开'现代文学理论',我也去听了,一点也没有听懂。"他是要我去完成他们那一代人想做而时代不允许他们做的事。

后来我读到1964年出版的那本《现代资产阶级文艺理论论文选》,其中第一篇就是卞先生翻译的艾略特《传统与个人才能》,那是无人能重做的定译,这本书中还有杨周翰先生译瑞恰慈,张若谷先生译兰色姆,麦任曾先生译燕卜荪,袁可嘉先生译布鲁克斯,几乎是借"批判资产阶级"的名义下一场与老友老同事的聚餐会。

八十年代中期，我借编《新批评文集》的机会让他们又集合在一起，虽然到那时除了韦勒克和燕卜荪，大部分新批评派已经退出人生舞台：1978年6月瑞恰慈在青岛讲堂上倒下，陷入昏迷再没有醒来。

研究新批评，还有一个原因，今天的学子听来或许匪夷所思：七十年代末，新批评已经"过时"。那时，连结构主义也正在"过时"，形式论已经可以一言蔽之：转向了。这个局面，恰是当年卞之琳先生指导我研究形式论的动机，也是我们今日重访新批评的价值所在：可以通读一个学派的全部文献而不怕遗漏，可以从头起沿着现代形式文论的脉络走一遭。那时候中国学界没有追赶新潮的狂躁：既然一辈子做学问来日方长，何不悠游源头，再顺流而下？把一个个派别的来龙去脉，优点缺点，都研究清楚。

记得1980年见到钱锺书先生，他问我在做什么题目，我说在细读新批评。他马上问："也读威姆塞特？"我说是的。"那么读了Day of the Leopards？"我说读了，先生眉开眼笑。《豹的日子》是威姆塞特去世后1976年出版的文集，是他一生最才气纵横的文字。当时中国进西书不易，虽隔了四年，绝对算新作。钱先生读西方理论之及时，至今很少有钱学家注意，普遍认为《管锥编》的作者喜欢引中西古人。无独有偶，耶鲁解构主义的主将之一哈特曼（Geoffrey Hartman）在著名的文化批评杂志Boundary 2上发表的一篇访问记，深情地回忆他刚到耶鲁见威姆塞特，剧谈《豹的日子》。好书的确就是好书，岁月只能让它变得更好。

在日丹诺夫式的"社会主义现实主义"理论的粗暴统治的半个世纪中，中国知识分子心中还记得另一个传统。这个多年的潜流，是我们不应忽视的传统。

所有重要的"过时"学派一样，新批评作出了今天的文学批评家无法跳过的重大贡献。如今写文学评论，无法不使用新批评留下的一些基本的分析路线，例如张力、复义、反讽、悖论等。新批评还有一个好处，它与作品结合得很紧，主要的新批评派人物大多以创作鸣于世（艾略特之诗人地位不用介绍了；燕卜荪被视为英国现代诗歌奇才；兰色姆、退特等都是美国现代诗选本不可或缺之人；沃伦的小说极受欢迎，名著《国王的全班人马》两次被拍成电影并得到奥斯卡奖），因此很少做架空之论，其批评方法简便清晰，具有强烈的可操作性，哪怕不引用新批评派原作，也可以不露痕迹地运用新批评的观点与方法。

　　"超越"了新批评的诸家，不得不具体分析作品时，用的依然是新批评开创的细读。雅各布森与列维-斯特劳斯分析波德莱尔的十四行诗《猫》，一首诗读出几十页的分析；巴尔特读巴尔扎克中篇小说《萨拉辛》，读成一本更长的书；S. M.吉尔伯特和苏珊·库巴《阁楼上的疯女人》细读《简爱》，从对一个"次要人物"的反讽处理，引出全新的女性主义文学观。"后经典新叙述学"的代表人物费伦分析石黑一雄的小说《长日将尽》，从极细致的细读中抽丝剥茧地引出论辩。我先后在一些国家指导文学博士生写论文，我再三强调的基本原则是"先细读作品再进入理论，无论你的理论是后殖民还是后现代"。我发现其他教授指导学生，可能措辞有所不同，用的却也是这条原则。

　　七十年代末八十年代初我在社科院读硕士。那时精力比现在好，心气比现在高，做学问讲究一个"彻底"，也有做苦功夫的劲头。当时我的原则是：凡是做一个题目，落笔之前必须通读全部必须读的文献；一旦书成，要准备后来人提出新的更高明的见解，但是至少在资料详备上不会轻易过时。

　　1978年，我到社科院跟着卞之琳先生读莎士比亚，每过一个月左右到先生干面胡同的书房里，按先生的布置，写一些读莎笔记呈交先生，他说可以才写成文交给刊物。记得是第二年，卞先生突然说："我看你的兴趣在理论。"我听了有点吃惊：七十年代末的青年学子，避"理论"唯恐不及，觉得尽是一些"理论家"在吵闹不休，争论上纲上线互指祸国殃民，说的都是一些近乎弱智的废话，有出息的学生应当读出作品灵气，写出优雅文字。卞先生怎么会发现我"兴趣在理论"？

　　回想起来，应当说先生眼光极准：我的确是太喜欢在品赏文字说出一个名堂。当时先生不等我结束犹疑，直截了当地说："你就从新批评做起，一步步做到当今的形式论。"

说布斯：读《修辞的复兴》

韦恩·布斯（Wayne Booth）2005年去世，享年八十五。消息传来时学界颇感突然，虽然都知道布斯高龄，但是他一直活跃：八十四岁时还在芝加哥大学给本科生开课，还在叙述学界发表论文《隐含作者的复活：为何要操心？》，像一个青年学者一样激动地辩论。《布斯选布斯》（*The Essential Wayne Booth by Wayne Booth*），也是布斯自己所编，甚至给每篇文章加了回顾性的"编者按"。这样一位学者，没有准备离开我们，的确也没有离开我们。不是说我们记着他，而是他记着我们：他给学术界留下的不是定论，不是已经无话可说的"真理"，而是至今让人论辩不休的课题。

布斯留给我们的最重要学术遗产，是"隐含作者"和"叙述可靠性"这两个概念。围绕这两个问题，至今已经有汗牛充栋的文献，中国的叙述学者和学生也感到这两个命题的吸引力和开放性，每年有不少论文加入这场几乎半个世纪的论争。这两个概念是对小说质的理解,卷入价值、身份、主体性等一系列复杂问题。我本人甚至认为:远远不限于小说,任何符号表意,都无法躲避隐含作者这个问题,一个点头,一首歌,一栋大楼,一届奥运会,都会有这个问题。如果布斯愿意听听,我现在就想与他说说。

这本书的选目既然是布斯本人参与选定,取舍问题就值得我们深思了。布斯明显地把选文集中在修辞问题上:十七篇选文,八篇标题中就列出"修辞"二字,其余也都与修辞有关,可能是因为这是布斯的思想中最不太为人理解的部分。布斯一生写了四本直接讨论修辞的书:1961年的成名作《小说修辞》、1974年《反讽修辞》、同一年出版的《现代教条与同意修辞》、2004年的《修辞的修辞:有效沟通之探索》。从这本书的选文来看,他围绕这个课题还发表了许多单篇论文和演讲:他一有机会就讲修辞,看来他把推进修辞学作为一生事业。

但是,布斯心目中的修辞学与我们知道的修辞很不相同。一般理解的修辞学是"加强言辞或文句说服能力或艺术效果的手法",无论在东方或是西方,修辞学都是最古老的学问,欧洲古典时期、中世纪,都有不少学者倾全力于此,以至于现代有些学者认为这门学科已经说尽了。布斯不无讽刺地写道:他的书《小说修辞》刚出版时,人们觉得书的标题太枯燥乏味,"销路肯定不会好"(第45页)。

在现代,修辞学很明确地属于语言学范围,由于其实用性,一直在大学语言学教学中占有一席地位,但是正如布斯指出:修辞艺术一直繁荣,修辞学却停滞不前(第51页)。布斯不是语言学家,他要让修辞学复兴,是因为在他心目中修辞学是另一回事。他一再强调:修辞学不再是传授从别处得来的知识,不是"劝使"人们相信在别处发现的真理，修辞本身就是思考的一种形式（本书《修辞立场》一文编者按，第39页）。他的意思是，修辞不是说话的修饰，而是思想的根本形式：人用不着对自己修饰语句，但是人必须理解自己，因此，修辞是自我的存在方式。

在这个基础上进一步，布斯再三强调修辞是人与人的"沟通方式"，因此直接影响到人际关系的道德。

那是在1968年，欧美校园抗议运动风起云涌，芝加哥大学校园被学生占领达两周之久，教学大楼被涂上大字"心灵生活滚他妈的！"（Fuck the Life of Mind）。布斯在芝加哥大学担任本科部院长，面对慷慨激昂的学生，面对恼羞成怒的校方，他认为这是典型的"沟通失败"。他认为一个大学，既要有道德理性，也要有对任何确定性的怀疑。因此，修辞实际上应当指导社会行为。我认为，沟通就是《易传》中说的"修辞立于诚"的真正命意所在。

如何取得这样一种沟通呢？这就触及布斯修辞学的一个中心问题——反讽。他在《小说修辞》中就提出不可靠叙述的极品是"反讽叙述"。在本书的《反讽帝国》一文中，他又提出反讽具有"凝聚力"，因为在反讽中，"我们比任何时候都更加接近两个心灵的认同"。

反讽是思想成熟的标志，林达·赫琴（Linda Hutchen）明白宣称："在后现代主义这里，反讽处于支配地位。"德曼（Paul de Man）认为反讽能解构"文本品格"，因此是解构主义的必要成分。美国新实用主义哲学家罗蒂（Richard Rorty）提出"反讽主义"（ironism）以反对传统的形而上学。"反讽主义"承认欲望和信仰不可能超越时代，是被历史捆束住的。罗蒂怀疑语言能否穿透表象看到本质，一个社会关于"人性""正义"等抽象的理想，看法无法统一，只能协调处置，而矛盾的协调本身即是反讽的题中应有之意：反讽才是现代社会最合适的文化状态。但是他认为这样的"反讽和谐"只有在纳博科夫、普鲁斯特、亨利·詹姆斯的小说艺术中才能取得。也就是说，一个"反讽主义社会"只有靠表意方式的艺术化才能建立。

但是，布斯比他们更进一步，他把反讽放到本体论的位置上，认为反讽是世界的本质："反讽本身就在事物当中，而不只在我们的看法当中。"因此，反讽是世界运行的规律。从"大历史观"来理解反讽，声称"宇宙反讽"是"我最终的研究重点"（第90页）。什么是宇宙反讽呢？就是影响到人类命运的大范围反讽。例如第一次世界大战时英美的动员宣传口号"这是一场结束所有战争的战争"（The War That Ends All Wars），结果这场战争迅速导致第二次世界大战，把二十世纪变成了"极端世纪"（Age of Extremes，历史学家霍布斯鲍姆语）。例如工业化是为人类谋利，结果引发地球污染，臭氧层破坏；例如抗生素提高了人类对抗细菌的能力，结果引发细菌变异，让人类年年惊恐。甚至，面对"9·11"这样善恶过于分明，似乎没有反讽可言的事件，布斯宣称他的"宇宙反讽"要讨论的恰恰就是这样的巨型历史事件。

在布斯看来，反讽不仅是文本风格，不仅是文本间性，而且是主体间性。登汉姆（Robert Denham）教授回忆，布斯有一次应邀演讲，上台声称自己是布斯的兄弟，布斯因病不能来，他来说一番不同意见，把学生和教师都听蒙了，好一阵才回味过来：布斯在模仿苏格拉底玩反讽，却是自己驳斥自己。布斯去世后出版的《我的许多自我》（My Many Selves）再次讨论了反讽作为复合自我的根本建构原则，我很想把布斯的这种追求称作"主体修辞学"（Subjective

Rhetoric）——如果他允许的话。

布斯经常被认为是个道德主义者，但是我觉得他的道德关怀有两点不同于一般道德主义：一是他关心的是道德对整个人类命运的影响，而不只是个人的行为准则；二是他处理的不只是道德的内容，而更关注道德的形式。这第二点可能不太好理解，实际上这是布斯的小说研究、修辞研究与社群关怀的结合部。布斯式的修辞学是从形式分析到道德分析。

这样我们就回到了布斯的学术谱系：布斯进芝加哥大学读书，并且开始任教的四十年代，正是以克兰（R. C. Crane）为首的芝加哥"新亚里士多德学派"，与当时集中到耶鲁大学的新批评派激烈论战之时。两派的确有所不同：新批评坚持凝视文本，芝加哥学派更重视体裁、情节、人物这些作品与世界的关联因素。克兰对布斯的影响至深，布斯成为芝加哥学派的后起之秀，实际上也是这一派学术成就最杰出者，而《小说修辞》也的确体现了芝加哥学派的研究特色。

从今日回顾，论争各派的立场比他们自己觉得的相近得多：布斯一再表示肯尼斯·伯克是他的"反讽修辞"理论的先师（第108页），而伯克与新批评派关系很近；英国"细察学派"也与布斯一样重视道德，与新批评立场对立中有接近。应当说，所有这些派别，包括布斯参与的芝加哥学派，汇合成英美形式论潮流。

从形式到内容讨论修辞，这样的研究就具有可操作性，可以在任何符号表意分析中使用，而不是为特定内容做一次性服务。这就是为什么在这个潮流学派更迭过于迅速的时代，布斯的学理始终保持活力。

四十年代的芝加哥大学英语系，当布斯还在那里时，一批从西南联大硝烟味的课堂上出来的中国学生，穆旦、巫宁坤、郑敏等，来到这个系里学习。这个故事原来就与中国相连。我曾经听巫宁坤教授谈到过他如何设法沟通芝大的克兰与在北大任教的燕卜荪做一场辩论；这次周宪主持译林出版社的这套《名家文学讲坛》，又把我们领到一起。不管我们与布斯的文化立场和学术立场有多少差别，我们能看到和而不同的吸引力，这本身就是反讽修辞的沟通。

（2008年）

这个游戏的名字是人性：读懂艾布拉姆斯

艾布拉姆斯（Howard Meyer Abrams）出生于1912年，今年是98岁老人了。他很可能是文学理论界的第一寿星，或许他已经打破了纪录。当他庆祝百岁大寿时，我想这本书的中文版可以放在庆典上，让老人看到中国学界的祝福。[①]而我们，当我们翻译此书时，而你们，当你们阅读此书时，绝对不会想到这是一位百岁老人的著作：艾布拉姆斯的思想如此睿智，如此机巧，旁征博引时信手拈来，幽人一默时妙语锋利，对批评史的人物言论如数家珍，这样的批评家，永葆青春，老字落不到他头上。

艾布拉姆斯在中国很有名，在全世界都很有名，主要是他1953年那本《镜与灯：浪漫主义文论与批评传统》。很少有一本理论著作隔了大半个世纪，依然被学界当作必读书：不是因为历史文献而

---

① 补记：艾布拉姆斯于2015年去世，享年103岁。文学理论家中少有的百岁人瑞。

必读，是因为解决问题而必读。学生喜欢其清晰，学者尊敬其深刻博学。此书已经有两个版本。

艾布拉姆斯还写了好几本名作，1957年的《文学与相信》（*Literature and Belief*）、1960年的《英国浪漫派诗人》（*English Romantic Poets*）、1970年的奇书《天堂之乳汁：德昆西、克拉伯、弗朗西斯·汤普森、柯勒律治作品中的鸦片幻觉》（*The Milk of Paradise: The Effect of Opium Vision on the Works of DeQuinsey, Crabbe, Francis Thompson, and Coleridge*）、1971年的名作《自然的超自然主义：浪漫主义文学中的传统与革命》（*Natural Supernaturalism: Traditional and Revolution in Romantic Literature*）、1984年的《应和之风：英国浪漫主义论文集》（*The Correspondent Breeze: Essays on English Romanticism*）。他长期在康奈尔大学任教，成为该校的"英语文学1916级终身教授"。美国文学史界元老地位，他的文字被认为是"批评权威的标准"，使他一再被聘为重要教科书《文学术语》《诺顿英语文学选》的编者语各版修订者。

从他的著作来看，他是一个浪漫主义的文学史专家，但是他却是正宗文学理论出身：1930年进入哈佛大学，后得奖学金到英国剑桥师从I. A. 瑞恰慈。瑞恰慈不仅是新批评的奠基人，一直到今天，符号学还在引述他关于意义的论辩。虽然新批评对英国浪漫主义态度最为严酷，他们欣赏的是玄学派，是古典主义，但是据李赋宁先生在《镜与灯》序言里说，是瑞恰慈引导这个纽约来的年轻人进入对浪漫主义的研究。这么看，艾布拉姆斯是带着理论进入文学史研究的。

当今的批评家和文学史家，每人心里都躲着一个理论家，每个人都有自己的方法论，倒是理论家经常在实际批评操作中很笨拙。

但是批评家一旦写理论，往往不够独到，不够深刻。艾布拉姆斯不同，他是理论出身，他的古典理论修养比大部分理论家都高出一筹。因此，当这位文学史家卷入"近年思潮"的论辩时，我们就不得不倾听。艾布拉姆斯与新批评派（The New Criticism）辩论，也算是与自己的老师辩论，与芝加哥学派辩论，是与韦恩·布斯等老朋友辩论。这可能是必须的，不然他就是个没有理论立场的人。艾布拉姆斯与他称为"新新批评"（Newer Criticism）的弗莱、惠尔赖特等人辩论，然后与他称作"新阅读"（Newreading）的解构主义学和读者反应批评辩论，与一时倾倒学界的"新历史主义"（New Historicism）辩论。这位理论界元老好辩？不是，他真切地对各种理论感兴趣，并且认为有必要弄清各派的来龙去脉，他们必然有真知卓见，他们或许有所忽略。

无独有偶，所有这些学派，几乎都有一个"新"字。学人有新一代，这是自然而然的事；学界每几年就有新潮，这却是当代才有的事。艾布拉姆斯与新潮辩论，却是充分尊重对方，承认对方的独特贡献，详细引述对方的观点，因此他的论辩完全可以读作对一系列新思潮的讲解。但是他继之以对这些学派的批评，他的批评言必有据，而且他的看家本领是引述欧美文化的源头人文经典，指出在文学理论史上，甚至在希腊罗马古典时期，某些范式已经确立，所谓新潮理论，的确有新意，但并不是横空出世，而是在旧有模式上翻新，在理论史的背景上前行。

从本书收集的论文来看，艾布拉姆斯有自己的理论体系，他没有给自己的体系一个响亮名称，但是我们可以称作"人文主义"（Humanism）。人文主义在西文中有两个意思，一是"人文精神"，以人为中心的思想：艾布拉姆斯不断地强调人文价值，强调文学艺术"属于人，为了人，关于人"（by, for, and about human beings）。而从新批评开始的西方各种新思潮，恰恰都以破除人性中心为己任，以文本语言为立论的出发点，人的主体性一直是各新潮学派想要拆解的对象。艾布拉姆斯雄辩地证明了不可能脱离"有关人的一切"讨论文学艺术，没有人就没有文学艺术可言。

"人文"（The Humanities）另一个意思是"古希腊拉丁文化研究"，这也正好是艾布拉姆斯立论之基础，我们可以看到本书的开场篇"文学理论的类型与方向"，提出"后世诗歌研究方法惊人繁多，却不过是希腊、罗马原型基础上的展开"。这篇文章似乎与《镜与灯》的开场极端相似，实际上一直把扫描总结的幅度拉到后结构主义盛行的八十年代，《镜与灯》只谈到批评理论界尚处于相对平静状态的四十年代，那时欧美文化的后现代转型还远远没有开始，连新批评都尚未得势。因此，读过《镜与灯》的读者，都无妨读一下这篇文字，哪怕只是欣赏一下艾布拉姆斯这位大批评家驾驭几千年材料的惊人能力。

在西方文论的历史上，有过一个"新人文主义"，那是二十世纪初哈佛大学比较文学教授白璧德（Irving Babbitt）提出的，他的理论出发点是反对以卢梭为代表的浪漫主义思潮，而艾布拉姆斯的人文主义，却是不断回顾浪漫主义对欧美文化史，以及对批评理论史的贡献。我们可以说白璧德的"新人文主义"是消极的、否定的，是对人性的极端不信任，而艾布拉姆斯的人文主义是积极的，是人性的高度发扬，是对人的生命存在的极度关怀。白璧德不遗余力地攻击浪漫主义的精神领袖卢梭；新批评认为雪莱是英国文学中最糟糕的诗人，艾略特指责雪莱开创了"感觉性解体"的恶习；德里达挑出卢梭作品中前后矛盾之处（卢梭"想说的"与"不想说却说出的"），以此说明卢梭落入西方"逻各斯中心主义"固有矛盾的陷阱；而艾布拉姆斯认为任何思想家的写作都有前后不一之处，至多不过是人容易犯的错误（见本书《理解与解构》一文）。

应当说，对浪漫主义文学艺术（尤其是诗歌）的评价是一回事，对浪漫主义开始的人性精神的思想史评价是另一回事。白璧德反对的恰恰就是思想史上的"普罗米修斯精神"，反对人在感情和价值上的主体立场，认为以人为中心必然导致多元论，而艾布拉姆斯在本书所有的篇章中再三强调的就是价值多元：任何一种偏执的立场，都忘了人的生活必然是多元的，多元论是解答所有令人困惑的问题之钥匙。

最后要说一下本书标题 *Doing Things with Texts*: *Essays in Criticism and Critical Theory*，我们翻译成《以文行事：艾布拉姆斯精选集》。稍微熟悉当代思想史的读者，都知道"*Doing Things with Texts*"，是影射语言学家奥斯汀（John L. Austin）1955年在哈佛大学的系列演讲，在他去世后，1962年集成《如何以言行事》（*How to do Things with Words*）一书出版，该书成为言语行为理论（Speech Act Theory）的奠基之作。

这个学派实际上是从维特根斯坦《哲学研究》一书中得到启发。维特根斯坦主张"言也是行"（Words are also deeds），言语是一种行动，词语是行动的结果。奥斯汀的贡献是用具体的言语行为分析，来补充维特根斯坦过于松散、难以分析的"语言游戏"（Sprachspiel）理论。艾布拉姆斯显然赞同维特根斯坦与奥斯汀，因为这个理论与他关于文学"卷入人的世界"立场相符。在德里达与奥斯汀的争论中，艾布拉姆斯站在奥斯汀一边（见本书《理解与解构》一文）。艾布拉姆斯也非常欣赏维特根斯坦的语言游戏论，他甚至在"艺术理论化有何用"的结尾说"这个游戏的名字就是人性"。

艾布拉姆斯此书第四部分标题就叫作"Doing Things with Texts";其中有一篇,标题与奥斯汀书名一样"How to Do Things with Texts",虽然该文完全没有提维特根斯坦或奥斯汀,这点倒是不难理解:标题用这样的措辞,就已经在呼应奥斯汀。既然艾布拉姆斯一而再再而三提醒我们他的书名之来源,而且这个书名的"典故"对于欧美读者再明显不过,我们别无选择,只能跟随中国语言学界对奥斯汀著作的翻译,把书名译为《以文行事》。但是维特根斯坦与奥斯汀在中国影响很大,也许这能使艾布拉姆斯此书在中国获得更广大读者:看这个理论如何在一位文学理论大师那里得到呼应。

(2010年)

读奈保尔《河湾》：谁能为他辩护？

英国人对诺贝尔奖一向不当一回事。每年的布克奖轰动超过诺贝尔奖，得奖书也能短短畅销一阵。我认识一个朋友，姓戈尔丁。我说："你的姓氏了不起。"她不无自豪地回答："当然，《蝇王》么。"我说："诺贝尔奖得主！""诺贝尔奖？"她皱皱眉头，"他得过那个奖吗？"我很不高兴，这位戈尔丁女士对诺贝尔奖的态度未免太傲慢了一些。不过，今年英国两位科学家得到诺贝尔医学奖，电视镜头一闪而过，连名字都没有打出来。

这次奈保尔（V. S. Naipaul）得奖，英国传媒破例地报道了一下：当晚电视有消息，第二天几乎每家报纸都有一篇不大不小的文章，虽然第三天就不再有追踪报道。第四天我到伦敦大学图书馆看了一下，他的书一本没有借走；到书店问，回话说"奈保尔的书一向好卖，现在也不难卖"。亚马逊网上书店一直在出售奈保尔各种初版本，从七十五美元到三百美元，拍卖初版本才十五美元，得奖后好像也没有涨价。

自从1983年奖归戈尔丁,已经有十八年与英国作家无缘;自从1995年爱尔兰诗人希尼之后,已经有六年该奖不归英语作家。看看1980年之前的情况,把文学奖捏着指头算一算,英语作家占了三分之一强。就此而言,近年真是不堪回首。奈保尔得奖,英国传媒破例高兴了一下,是因为可以把奈保尔说成是"英国作家"。

英国文坛一向引以自豪的是"正宗英语":经常听到英国文人嘲弄某个英语国家的作者"写的什么英语"!奈保尔十八岁到英国读大学,不久就开始写作生涯。早期也偶有评论说他的英语不地道,被他用漂亮的英语文章狠狠地嘲弄了一番。现在文坛公认,他的英文之优美,令人赞叹。连艾米斯(Martin Amis)这样的英国文学世家,都认为奈保尔的散文当为极品(perfect)。奈保尔自己承认美国文坛对他有排拒心理,认为他的文字"太英国"。他虽然是印度裔,特里尼达出生,却在英国住了五十年。七十年代初他在英国成名之后,特里尼达政府恭请他回国,他也有意,但不久就打了退堂鼓。这个近七十的老人在英国住了五十年,说成英国作家也不为过。

在文学界,这次的诺贝尔文学奖并不意外:奈保尔早就应该得到这个奖,已经有二十多年他被认为是"后殖民"代表作家,讨论奈保尔的专著早就有十多本。在他近半世纪的创作生涯中,他的十多本小说,外加十多本"旅行考察文学",已经得到英国的几乎全部文学奖,加上其他国家的文学奖。1990年被英国女王册封为爵士。还能给他什么奖呢,除了诺贝尔这个奖中之奖?本来,今年十月中旬,他的新作《半生缘》就要发行,以他的处女作《神秘按摩师》改编的电影就要首映,那么这个诺贝尔奖不过是锦上添花,而且花束是大了一些。

特里尼达是个只有一百万人口的小岛，居民一半是黑人，一半是印度人，还有一些中国人。没有一个人可以自称本地人：全是移民。奈保尔1972年的长篇《游击队员》中的主人公，就是一个半中国血统的拉美革命者。奈保尔的小说一直没有离开他的文化之根。他的主人公大部分是像他自己那样的"无根人"。他的永恒主题是无归宿的漂泊者寻求在异文化中的定位。

十八岁时，奈保尔得到奖学金就读牛津。他曾经说他早期贫穷不堪，只能自杀，不料煤气费没有付足，毒量不够而幸存。我怀疑这是奈保尔笔下层出不穷的幽默之一。实际上他三十不到就成名，一辈子除了当过短期BBC的编辑，一直靠写作谋生。作家中，尤其移民作家中，如此幸运的实在不多。当然奈保尔也以笔耕勤奋著称。

他的早期小说还能用游戏笔墨把无根之疼化解成谐趣。名著如1959年的《米格尔大街》、1962年的《波斯瓦斯先生的房子》，用诙谐的语调描写加勒比移民生活。六十年代初他开始走遍世界的寻根之旅，他自己说："我的出身迫使我探索印度与伊斯兰世界，我的出生迫使我理解南美，以及奴隶的来源非洲，我的出发点就是世界：我的任务是看，看，再看，再想。"但是，作为"返回者"的每次旅行都让他震惊：关于南美他写了三本书，印度三本书，伊斯兰国家写了两本，非洲一本。这近十本"文化旅游记"几乎每一本都引起争议。在他笔下，这些第三世界国家几乎都是"半吊子社会"（Half Made Society），政客弄权一如殖民者，无法为人民提供像样的前途。他对于"归化伊斯兰国家"（指非阿拉伯国家）批评特别尖刻。1978年他出版《在信徒中间》，是旅行伊朗、阿富汗、巴基斯坦、马来西亚四国后写的"文化考察"。十七年后，1995年他再度旅行四国寻找前踪，写出《超出信仰》，结论却相同："改宗伊斯兰者别无选择，只能否认改宗前自己的历史。"为此，奈保尔得奖，英国电视台特地说明他是一位"有争议作家"，并请了英国伊斯兰联合会的代表发表意见，这位代表声称瑞典文学院给奈保尔文学奖，"完全出于政治动机"。

但是奈保尔对西方社会的评价一样毫不容情：他认为英国工党有意让文化"往下笨"（Dumbing Down），布莱尔"海盗般推行平民文化"；他指责英国著名的反殖民主义自由派作家、《印度之旅》的作者福斯特，"只认识他想引诱的印度小花匠"；牛津大学给他名誉学位，他说"学位没意思，当年我就没当一件事"。语调傲慢成为他文风的一个特色：对任何西方人东方人崇敬的事和人，他都有一番刻骨的嘲弄。他的书的评者，也投桃报李，一样不假以颜色。英国著名左翼报纸《卫报》评论他的新作《半生缘》，一言毙之："怪诞不堪。"那年布克奖就没有让《半生缘》入围，布克奖还在评议中，诺贝尔奖消息传来，那年的布克奖评奖主持者，记者责问前保守党教育部长贝克，贝克说："我本人非常钦佩这本杰作。"毕竟是前政客，回答这种难题几乎无懈可击。

奈保尔的后期作品一洗早年的轻松笔调。他的作品，他对世界的看法过于阴暗：他说他的身份"背景地区""都是地球上的'康拉德式'黑暗区"。《半生缘》写一个印度留学生，父亲是个有民主倾向的印度婆罗门贵族子弟，响应甘地号召，娶了一个贱民女子，但是婚姻不幸。这个儿子在英国永远无法处理友谊或爱情此类人际关系，最后只能移居非洲。这个结局很不祥：漂泊着，越来越走进黑暗的中心。

加勒比群岛产生的另一位诺贝尔获奖者，诗人瓦尔科特（Derek Walcott）用谐音称Naipaul为Mr Nightfall（黄昏先生）。的确，奈保尔是一个不折不扣的右派作家，他的代表作之一，1979年的《河湾》，是对非洲毫不遮掩的攻击。

什么叫"右"？一般认为，在国际文化政治上，发展中国家应当自己对"后殖民主义时代"的状况负责任，不应都怪罪前西方殖民国家，就是右翼立场。奈保尔在西方的文化政治体系中一直是右派。他强烈批评发展中国家的社会政治问题，几十年来，从不含糊其词。

西方的文化界、知识界本来是左翼占多数。因为对本国的体制化权力进行批判本是知识分子的题中应有之义。知识分子理应站在弱者一边，揭露并且抵抗掠夺土地的前殖民主义、进行经济侵略的新殖民主义，以及用文化宰制权控制非西方国家的"后殖民主义"。诺贝尔文学奖得主历来是左派占多数，本是正常。无怪乎2001年奈保尔得奖造成轩然大波。

奈保尔最引起争议的，是他的报告文学体长篇"考察游记"：写印度的两本，写拉丁美洲的三本，写"改宗伊斯兰国家"的两本，对这些地区的国家批评相当尖刻。他强劲有力的英文、生动的叙述，加上他从不隐瞒自己意识形态立场的坦率，使他的这些纪实之作比小说更有趣。至少就我看过的几本，的确耐读。

《河湾》虽然是小说，读来却很像他的考察游记：此书实际上是一连串的各种人物素描，只不过这些人的命运在叙述中交织在一起。纪实与虚构交错，本来就是奈保尔作品的特色，这本小说更甚。

小说的第一人称叙述者是在非洲内地开杂货店的商人萨林姆，不是作家奈保尔；此人物是东非海岸民族混居区的穆斯林后代，不是特里尼达民族混居区的印度人的后代；萨林姆开店的地方只说是中非一条大河上，一个相当大的国家的重要市镇，从比利时独立后乱局不断，戴酋长式豹皮帽、手执权杖的总统用各种手法铲除政敌，控制局面，而且推出雄心勃勃的口号"在2000年前成为世界大国"。

不用猜就呼之欲出了：这是曾经改名扎伊尔的刚果（金）和她三十年的主宰者蒙博托。没有说大河就是刚果河，只不过让这部小说更具有普遍意义：象征了整个黑非洲。

小说中的河湾之镇实在是一幅令人窒息的图景：燠热，肮脏，愚昧，破败，植物疯长，杀人是家常便饭，食品难于下咽，人民被统治者随意耍弄，他们善于破坏不会建设，不时就来一阵"毁灭冲动"，连中国农业专家都爱莫能助。经商开店的多是东非海岸过来的阿拉伯裔与印度裔人。

因为没有本地人竞争，做生意利润也来得容易。但是，这个丛林之国，每个人都属于一个部族，互相敌对，更仇视外乡人，哪怕他们能逃得过突发的杀戮，也缠得过强行索贿的各色官员，危险也太多。在小说结尾，他们的店铺全都国有化了。萨林姆靠预先偷藏起来的黄金逃离非洲。

作为商人，萨林姆未免读书太多，太耽于思索，于是更无法忍受这样的生活必须的浑浑噩噩。即使如此，一个地方商人难有奈保尔的国际文化视角。因此，总统在这个地方办了一个大学，把一批黑人青年培养成新一代的官员，一批国外知识分子到这里来教书。

萨林姆的好友因达尔来了，他是东非印度裔，曾就读英国大学，毕业后才发现他在英国很难找到工作。他去印度使馆求一外交界职务，结果自找其辱，印度人认为侨民不可靠，不会效忠母国，于是他只能回到非洲他的"祖土"。但是他与坚持"非洲人的非洲"精神的学生发生理念上的冲突。他不能接受这种"非洲主义",在小说结束之前就逃之夭夭。这个人物的经历,更像奈保尔本人,他与萨林姆二人,合成了奈保尔的主体性。

小说中还有一对白人"非洲学家",对"非洲觉醒"怀着巨大热情的文化人,也许由于奈保尔多年在西方学院饱受批评的积恨,他们是全书被讽刺得最辛辣的人物。自居总统启蒙师的老教授雷蒙德,整日待在书房里编辑总统文集,却一直担心首都那边的人对他是否还感兴趣——总统早就不想让人看到他的"班子"里有个白人。他的妻子耶苇特原以为嫁给了一个有历史意义的事业,失望之余,只能不断寻找外遇得到一点生活乐趣。《河湾》中每个人物都以逃离结束非洲之梦,这二位西方学术界代表的命运是"不知所终"——被忘却,是学者最悲惨的下场。

小说中写得最深刻的,是非洲黑人青年费尔迪南。这个青年肯动脑筋,因此成长就很困难,他得思考许多问题,谁是"我们"?谁是"他们"?非洲究竟是不是在蓬勃兴起?西方是不是在"日渐堕落"?如何铲除殖民主义遗迹?民族文化是否应当全部继承?他从这个大学毕业,感到自己是国家的真正主人。在小说结束时,他成为一个官员,念旧恩放萨林姆逃走。但是告别时他却说:"大家都在等死……一切都失去了意义,所以变得那么狂热。"

如果这只是奈保尔提供的歪曲图象,是"被殖民者采用殖民者的观点",也就是说,纯属偏见,那么这是一本立场太错误的谤书,不值得一读。

问题在于,现实沿着这本书走得更远。这本书出版的1979年,小说中写到的东非中非就开始二十年动荡:乌干达总统阿明驱赶印裔阿裔人,屠杀三十万;然后是索马里内乱不止;此后卢旺达种族大屠杀，死亡达一百万，四百万人流亡；1998年这场大动乱终于波及刚果。蒙博托的统治比奈保尔预料的要长，但是两百万人死于刚果的内乱、政变与暗杀，余波延续至今未息。

能逃跑的外乡人很自然想逃跑。小说的主人公逃向英国，那里有与他毫无感情的未婚妻。小说中并不隐瞒飘泊异乡的亚洲人跑到西方也很惨：在加拿大被人诈去巨款，在英国找不到出路，在美国受到侮辱。奈保尔的小说都有半自传性。《河湾》的这个作者的确有点过于关注怜悯自己的"无根族"同类。（顺便说一句，译本中屡次说到"亚洲人"，在英国，Asians指奈保尔那样的印巴裔人，不包括"远东人"。译成"亚洲人"容易误会。）

我们应当做的是规劝奈保尔："不要眼中漆黑一团。要看到非洲的巨大进步，坚信人民的力量和智慧。"谁能有根有据地说这话呢？如果小商人萨林姆没有从《河湾》中逃跑，恐怕我们也不得不奉劝他逃离现实刚果，至少等局势平稳了再回去。

反过来，又有谁能理直气壮地为奈保尔辩护，说此人对非洲的看法并非完全没有道理？说《河湾》至少说出了部分真相？现今学术界（包括西方学术界）没有一个理论体系支持这样一种辩护。

所以，我也无可奈何地拒绝为奈保尔辩护。

（2002年）

肯明斯：大胆出诗人

1981年底，我到了终年阳光的伯克利加州大学，大学里有品斯基等著名的批评家教授，对岸的旧金山劳伦斯·菲林杰迪还在开他传奇中的"城市之光"书店，湾区不断有诗人啸聚：先后见到罗伯特·布莱、加里·斯奈德、加尔威·金耐尔、M. L. 罗森塔尔等，还有好些已经从我的脑漏勺中消失的名字。我被人介绍为"有意翻译美国诗的中国人"。端着啤酒的话题自然成为"你在翻译谁？"为了避免出现译谁不译谁的难堪，我说"只翻译已经去世的"。那一年，"诗人政客"，参与创办联合国教科文组织并任第一任主席的阿奇博得·麦克利许（Archibald Macleish）去世，一个方便的悲剧，让我可以谎称"只翻译十九世纪出生的诗人"。

这一招很灵，没有人再虎视眈眈，争吵马上集中到该译谁不该译谁。我说在翻译庞德，个个都来问我看中《诗章》哪一部分，庞德的中国字诗学有没有道理，然后诗人们必定为庞德吵起来；我说在翻译桑德堡，个个都斜了眼说算了吧，让我觉得"人民性"在美国诗人中真是无用；当我说在翻译肯明斯时，个个朝我瞪起了眼睛：肯明斯能翻译吗？翻到中文里？

我不敢高声，因为我不知道是否能做得成功。我说：试试吧。还可以。或许行。最后我大声说：就是可以！等着下面的挑战："你翻译这段！""中文？""当然是中文。""这句如何？"他们都能背出这些奇怪的英文，朗朗上口，几乎如儿歌。我也能背得出这些动了不少脑子的"翻译"。

anyone lived in a pretty how town
任何人住在美多一个小城
he sang his didn't he danced his did
他唱他的不唱他跳他的舞跳
all by all and deep by deep
所有加上所有深沉加上深沉
and more by more they dream their sleep
更多加上更多梦见自己睡着

那时美国诗人们没有一个人懂中文，斯奈德五十年代在大学里是读中国文学的，他的中文水平能翻译寒山，却听不懂我的翻译。所以听了我音节奇怪的胡诌，没有人说东道西，所以都相信中文的确能翻译肯明斯的文字游戏。连我自己也相信了，所以我在《美国现代诗选》中一口气译了十三首肯明斯。那本《诗选》选了六十多个诗人，可以说是到当时为止英语之外最厚实的一本美国现代诗选，但篇幅依然有限，选译十首以上的都是"大师"。

但是，美国人必不可少的下一个问题是："中国诗人有这样写诗的吗？"

我只能说"暂时没有，以后会有"。

这让诗人们很高兴，他们拍拍我的肩膀：伙计，好好干。我们等着。

今天我写这几句话，心里却有点伤心：至今还没有中国诗人有胆量写如此"不上规矩"的诗。不管诗歌作为一个艺术形式，已经被读者冷落到何种地步，依然有无数诗人在写诗，不屈不挠前赴后继地，让我在人类文化的惨淡前景上看到一丝希望。

但是，也有不少人问我：如何才能写得伟大，写得深沉，写出生存的无望，写出宇宙的洪荒。我总想让他们看看肯明斯，看看在人人写得规矩时，这位诗人如何在印式、标点、大小写、句法、词法等，在所有的所谓规矩上耍泼：肯明斯像个顽童一样破坏一切能破坏的形式，其结果是造就了诗的形式。

为什么？因为艺术就是挑战规范，就是在形式中突破形式。如果有人一定要给艺术下个定义，就给了艺术家一个机会：打烂这个定义，这打烂本身就是一种艺术。如果有人一定要给诗歌下几个定义，做一套规范，列一串方法，就给了诗人一个机会：冲破这些定义、规范、方法，你就写出了一批好诗。

因此，做诗人，做艺术家，第一个条件就是胆量，打碎规矩，挑战规范的胆量：没有这样一种破坏程式的冲动，就当不了艺术家，当不了诗人。看一看肯明斯，难道不是如此吗？肯明斯的思想并不深刻，从来没有哲学家沉重的脑袋，也没有知识分子深刻的皱纹，他在内容上其实相当"浪漫"，老派的、"前现代"的浪漫：他乐此不疲歌咏的题材是爱情、春天、温情，从来没有灰色的晦涩的主题。他的抒情气质、乐观精神，在现代诗人中相当少有。1926

年他的父亲遇车祸惨死，母亲重伤，头颅碎裂，他的家庭应当够悲剧的。但是本书中肯明斯写到了他的母亲那种临危不苟的乐观态度，令人动容，我想她的儿子承继了她的血脉。

肯明斯到欧洲参加第一次世界大战，被法国人当作奸细关押三个月，然后在巴黎格特鲁德·斯特恩的圈子里听埃兹拉·庞德等狂人教父的狂语，与法国达达主义、超现实主义比洒脱劲儿。这就应当造就另一个海明威，另一个菲兹杰拉德，另一个多斯·帕索斯（此人与他一道去欧洲当"救护车司机"）。1922年肯明斯描写一战中法军拘留所荒谬情景的长篇小说《大房间》，是"迷惘的一代"最出色的代表作之一，肯明斯应当出现在伍迪·艾伦《午夜巴黎》里面。但是人的本性难改，肯明斯就是不迷路，这也是一个奇迹。

应当说，就思想"气质"而言，这个人太乐观（因此也就太肤浅），不能列于现代诗歌艺术大师之列，但是任何一本现代诗歌史不能不提肯明斯，因为他把所有可能推翻的文字形式，都戏弄到无以复加的地步。肯明斯在美国诗坛的地位非常高，把所有的美国诗歌大奖拿了一遍，包括1957年的国家图书奖、1958年的波林根奖。在今天肯明斯的地位依然极高：译林出版社出版他的这个系列演讲，就是明证。哈佛大学1952年赠予他"荣誉客座教授"（Honorary Seat of Guest Professor）的称号，并请他做了这个系列讲座，他做的却是"非讲座"，他不能忍受自己规规矩矩谈诗，因为他的诗学是不规矩诗学。典型的名士风度，名人气场，他讲了自己一生中奇奇怪怪的逸事。

在英语中，从此以后很少再有人把文字拆散到他这种地步，因为已经无法超越肯明斯。但是中文呢？华语诗人中还没有出过一个肯明斯，而上面的翻译例子，证明中文的构造不见得如我们想象的那么结实，完全可以写出肯明斯的顽皮劲儿。那么为什么至今没有中国的肯明斯呢？不管你是否欣赏肯明斯，无可怀疑他一针见血地击中了"诗的本质"：就是创造新的语言方式，其他的，兴观群怨之类，不一定非诗不可。

也许我们的肯明斯会更有哲理气质，更有时代的焦虑，人性的苦恼，那就更好：我们会有一个比肯明斯更伟大的诗人。这是个挑战，这也是个机会。但是首先的一个问题：我们的诗人中，谁会有肯明斯的胆量？没有大胆，我们的肯明斯在哪里？

让我伪造一句"肯明斯式"格言：不坏规矩无以破方圆。

（1984年）

问那些被诅咒的问题：
读克里斯蒂娃《诗性语言的革命》

提起克里斯蒂娃，我们就想起那一系列神秘莫测似有魅力的术语：子宫间、贱斥、忧郁症、自己的陌生人、非家之感，当然还有文科人人会说的"文本间性"。不少人认为这些术语就是克里斯蒂娃本人，以至于2012年她在复旦大学访问时，面对联袂而来的"文本间性"问题，有礼貌地说："我当然挺高兴的，但是略感惊讶。"

这也不能完全怪广大文科学生，无论在东方还是西方，听课听的是"关键词"，书本说的是"关键词"，考试考的也是"关键词"。关键词是浓缩维生素，服用维生素能高效存活，却完全失去了美食的"诗性"。克里斯蒂娃就是这种维生素制造业的牺牲者之一，她就像她在本书中描写的"献祭品"："献祭表明所有的秩序都是建立在再现的基础之上的。暴力便是象征的泛滥，杀死实质，从而使得它能够指称。"的确，"关键词"的指称暴力式地精确，但赢得这种精确性，代价是杀死实质，让人不再读原作。

于是乎二手讲解泛滥，捷径阅读成风，手捧克里斯蒂娃的讲解说明的读者远远超出读克里斯蒂娃原作的人。克里斯蒂娃的原作翻译成中文的没有几本，她1973年的成名作《诗性语言的革命》是她的理论体系的起点，却一直没有中译。鄙人曾经冒昧问过两位法国文学理论翻译的元老级人物，得到的回复是"译出来也太难读"。一个原因是法文原书太厚，英文本十年后才出版，原文的六百页被删掉三分之二，原因在英译序中说得很清楚：绝大部分篇幅是马拉美与洛特雷阿蒙诗作用词的仔细分析。应当说英译本做得有道理，中译本也袭用了这种编辑方式，遵从原作权威的法国文学翻译界可能会觉得不舒服，但是克里斯蒂娃本人却为这本中译文写了序言，看来她是认同这个做法的。

无论如何，用了这样的方式，《诗性语言的革命》终于在接近半个世纪后，介绍给中国读者了。我们终于可以看到一系列克里斯蒂娃式"关键词"的由来与原语境了。

这本书是克里斯蒂娃的法国"国家博士"学位论文。克里斯蒂娃原是保加利亚索菲亚大学的研究生，于1965年冬天到达法国。很快她就卷入了法国的激进学生运动浪潮，同时在现代文化批评的大师中找到了她的思想立足点。1973年她提出的这本"国家博士"论文，答辩委员会中有她的精神导师巴尔特。法国的"国家博士"（Doctorat d'Etat）之难得是有名的，国家博士答辩似乎是每个学科的大事，不仅是审查一个青年学生论文写得如何，而是受洗式地接纳知识分子圈的新来者，所以对外国人则特别严格。据说直至三十年代末，中国留学生拿到法国国家博士的只有七人，其中包括严济慈、童第周、钱三强等绝顶天才。刘半农1925年作实验语音学的国家博士答辩,傲慢的法国汉学权威以僻典炫学,气氛紧张,答辩七个小时,最后筋疲力尽,由朋友搀扶出来。三十年代初钱锺书刚从牛津转往法国留学,对此很反感,弃博回国。

然而克里斯蒂娃的考博成了一时盛典,连《世界报》都派记者参加。这本博士论文的确展现了她的理论才华,让人称羡:她对柏拉图、黑格尔、弗洛伊德、拉康、马克思等许多理论权威博采众长的综合能力,在大师们的声音中发出她自己独特的声音。无怪于巴尔特高度夸奖这位外国学生。这正是在七十年代初学术大转向的节骨眼上,大师们自己正在痛苦地突破结构主义,转向后结构主义,巴尔特承认他的这位外国学生,是他转向的动因之一:"你让我从产品转向了生产。"

克里斯蒂娃一生学术的"关键词"虽然多,却是脉络分明从这本书起源。本书论点的中心,是对"符号态"的憧憬。它浸泡着每个婴儿的"前俄狄浦斯"阶段,此后潜伏在每个人的意识底蕴中;整个人类有前语言时期,因此这个"符号态"也始终潜藏在每个文化中。在诗性的非理性语言中,"符号态"的潜流会像岩浆露头一样炽热地冒出来。对这个神秘而宝贵的、我们可以眷恋回顾却已经永远失去的状态,克里斯蒂娃给了一个令人迷惑的希腊词"子宫间"(Chora)。

一旦进入了语言与其他表意体系,进入克里斯蒂娃所谓的"象征态",人就成为"说话的主体"(sujet parlant),交流必须遵从规定,才能让大家都懂。这种对符号表意的控制,是文明秩序的真正基础。"象征态"使人类文明得以产生,得以延续,也使人能够进入社会,条件就是人必须服从文化的规则。无论对每个人、每个文化,还是对整个人类而言,跨过这个门槛,是必须的,人从此成为社会人。人类一旦离开了子宫间，就跨过了门槛，但是成为社会人后，主体就无法自行存在，不得不借靠近各种社会主体取得"认同"，我们的主体"永远站在脆弱的门槛上"。但是主体就变为永远分裂的、不完整的。主体性搁浅在这个门槛上，无法完全跨过（因为它不得不怀念子宫间的自由和温暖），也无法跨回去（因为他不得不成为社会交流的一员）。

任何人，任何文化，一旦跨出前语言的"符号态"空间，就永远回不去了，只有诗性语言才能提供革命性机遇。克里斯蒂娃赞美实验文学艺术的先驱者马拉美和洛特雷阿蒙，他们的作品中有大量"随机的，对语言构成和句法的拒绝和否定"，使它们能"用非政治的姿态击溃了社会秩序以来的逻辑体系"。诗性语言挑战文化符码控制，因此多少回到了子宫间的"符号态"，那里的前音节前词汇，"只能被比拟为音律或律动"。

这是不是从一个新的角度重新解释弗洛伊德的人格分裂原则呢？是新的，也是新颖的、新奇的，是一个完全创新的解释。弗洛伊德曾经对精神分析运动缺少女学者感到遗憾，他感觉到仅从男性角度讨论"弑父恋母"不免有偏见。然而弗洛伊德的呼吁也召唤着危险，一旦有原创力的女学者来审视这些问题，就会推翻原有的解释：在克里斯蒂娃的精神分析中，人性复原的方向是"诗性—母性"。她把艺术的革命性归诸母性，归诸"被贱斥"的女性特征，不像在弗洛伊德那里，只是俄狄浦斯情节的背景板，只是精神分析体系的暗淡参照。

在我们的理性文化中，母性才是受忧郁症诅咒的俄狄浦斯的真正归属，母亲的身体才是符号的非分化状态。词语并不是所向披靡的武器，艺术也并不是绝对安全的避风港，而只是永远失去的子宫间性的遥远的回响。这就是为什么克里斯蒂娃赞美那些敢于自我终结的女艺术家伍尔夫、普拉斯、茨维塔耶娃等。门槛上的平衡永远处于危机状态，就看我们是否能鼓足勇气投身思想的实验。成人的我们走上了不归路，但是我们能借助艺术语言中的"诗性"而隐隐听到往昔的仙乐。引导我们的"永恒女性"，就在我们被遮盖的记忆之中。

由此，克里斯蒂娃这个异乡女子，口袋里只有五美元，行李箱里却带着巴赫金的马克思主义符号学俄文本，走进了巴黎的雪夜，走向了她颂赞的现代女性思想家——阿伦特、克莱因、柯莱特、斯达尔夫人等——的智力城堡。今天，这个东欧女子的"毕业论文"之所以值得我们细读，因为正如罗曼·雅各布森大师指出的，她"敢于问那些被诅咒的问题，把它们从问号的控制中解放出来"。

（2016年）

大学才子今何在？
读伊恩·麦克尤恩《最初的爱情，最后的仪式》

二十世纪八十年代初，美国大学的创作班开始遍地开花，什么大学都能开一个，请来的老师多半是急需要钱的作家诗人。那时候就引发辩论，问大学开这种行当，除了给一些名声可疑的作家诗人们饭碗，给当作家梦的学生一点渺茫希望、最后更加残酷的失望，其他还有什么用？辩护者也有，理由各种各样，很少有人用案例来辩护，因为成功案例实在不多。

当时就听到的一个名字，据说是铁案：英国"东英格兰大学写作班"出了一个才子伊恩·麦克尤恩，以创作班上的作业合成一本书，得到毛姆奖，此后佳作连连，前途无量云云。但是这个创作班不同一般，1970年由名作家威尔逊和布拉德布利创办，当时是英国唯一此类创作班。教师中有多丽丝·莱辛、哈罗德·品特、爱丽丝·默多克、安吉拉·卡特这样的英语世界著名作家。而当时美国大学的创作班，老师们的名声没法比，所以反驳的理由也现成：那个创作班还是精英主义的：精英教师教精英学生，出一两个特别人物，不能说明创作班是否应当成为机构教育。

正方反方没有把这个问题辩个清楚，麦克尤恩的名字引起了大家的注意。我好奇地找来读了这本小薄书，不由得两眼圆瞪：如此粗野直露！如此肆无忌惮！这一切又裹在如此精妙的语言中！我叹口气，心想这样的才气加胆气，不成功也难，但是这样一本书，恐怕永远不可能翻译成中文出版。

整整三十五年后，这本书真的在中国出版了：南京大学出版社出版了伊恩·麦克尤恩薄薄的短篇小说集《最初的爱情，最后的仪式》。出版方让我写一篇书评，我欣然同意：我心里一直装着这本书，把它当作写作和出版的尺度。但是这个尺度现在已经不准：麦克尤恩不出所料已经成为英国第一号作家，远远超出挤满这个小说之国的其他名家。他的每一本小说都得奖，虽然他被提名布克奖五次，只得过一次，原因是同行们"第一是嫉妒，第二还是嫉妒"。2007年的电影《赎罪》在全世界得了十五个奖，奥斯卡七项提名，这一年俨然成为"麦克尤恩年"。一个作家触电，而且是高压，就是高压电作家。于是这本压了多年的中文译稿，现在终于出版。

应当说，当初的辩论，以麦克尤恩为例，不足为训：英国文学史上早在十六世纪就有"大学才子"，这是一批常在牛津剑桥活跃的剧作家的诨名。此后英国一直有以智慧迷倒读者的作家，而且他们似乎都有麦克尤恩那样狡黠的笑容：王尔德那时拍照机会太少，我们没有看到他的幽默显现在银版底片上；萧伯纳的胡子太大，看不到表情；但是索默赛特·毛姆、伊夫林·沃、格雷姆·格林、安东尼·伯吉斯、马丁·埃米斯，都有这样狡黠的笑容。

这些作家是英国特产：比起这些天才精灵，比起他们的优雅从容、收放自如的文笔，比起他们举重若轻的低调叙述，大部分美国作家野心过于外露，大部分法国作家后现代过于外露，大部分德国作家哲理过于外露，大部分中国作家，恐怕是心思过于外露。我应当承认这种典型的英国灵气很难被认为是大家之风，因此在欧洲文化大国中，英国作家得诺贝尔奖最少。麦克尤恩只写了两本短篇，其余都是短长篇，或者说长中篇，但是我一直觉得他是个天生的短篇小说作家，他的其他作品不过是写长了的短篇。麦克尤恩的作品从来不会像拉美作家那样汪洋恣肆目不暇接，也不会像俄国作家那样沉郁苍凉如草原大漠。他的情节从不复杂，总是细火慢燃地延伸，哪怕读者感觉到这样的叙述肯定有猫腻，小心翼翼提防落入陷阱，最后的突然翻盘依然让人措手不及。

据说麦克尤恩"诺奖亦已在望"，我个人觉得他的机会并不比别人多，也就是说同样少。这没有关系，麦克尤恩照样是个迷人的作家。五十年代格兰姆·格林多年得不到诺贝尔奖，据说原因就是"太成功"，实际原因是太聪明，"理想主义"的艺术家不是麦克尤恩这样的大学才子。半个世纪后现在的诺贝尔奖，更加专司雪中送炭，拒绝锦上添花：想读聪明的小说，就不能靠瑞典皇家学院指路。

回顾三十年前的辩论，创作班已经全球开花，有人交学费就会有作家来上课。美国有七十多个大学给创作硕士博士学位，爱丁堡大学已经开始"特别体裁写作硕士"，例如言情侦探小说之类，中国大学大多数谦虚地自称"写作专业"，还没有大学开武侠小说写作班。不过班尽管开，才子依然难得：至今东英格兰大学的写作班成功的毕业生，第一号依然是麦克尤恩，紧跟着的是日裔英语作家石黑一雄（Kazuo Ishiguru），以及马来西亚华裔英语作家欧大旭（Tash Aw）。这批英式大学才子，的确不能用来证明大学创作班是成功之举。艺术作为艺术，依然是无法讲课传授的：才子出自大学，只不过是大学需要才子。

对于麦克尤恩，这个译本来得太晚；对于中国读者，这个译本可能依然太早：我相信依然会有许多读者与我当年的反应一样，惊恐得不知所措，又赞赏地回味无穷。

（2010年）

日军集中营的历史与小说：读《太阳帝国》

二战时日军在中国开设了二十三个集中营，关押在华交战国西方平民（主要是美、英、荷各国）共一万三千五百人，日文名称很长，叫作"敌国人集团生活所"。

2006年6月，莱克（Greg Leck）卷帙浩繁的大书《帝国的囚徒》（Captives of Empire）出版，是战争结束大半个世纪后，抓紧时机的一本集大成的历史档案研究。作者采访了大批被关在集中营的人物，参阅了大量档案、笔记、日记、回忆录，甚至存放于伦敦"战时博物馆"的大量未出版回忆录手稿，都被综合到此书之中。此书里甚至有全部集中营囚犯的名单。可以说，与日军集中营有关的资料，基本上收罗齐全，集中营生活的每个方面，都描述详备。此所谓"定义性著作"（definitive work）。

这些在华西人，原先有许多是中国海关的高薪职员，或是在华公司的大班，原先在租界过的日子，天堂一般。当然也有传教士或是小店主。上海四周徐家汇、龙华、浦东、闸北有十三个集中营，商人比较多，但也有关押特殊人士如修道女的圣母院。华北的西人，例如燕京大学校长司徒雷登，大多囚禁于山东潍坊的大集中营。

到了这个拥挤、肮脏、卫生条件恶劣、疾病、高死亡率的地方，在华西人才感到生活反差太大。中国这个西方冒险家的乐园，变成了地狱。为了"维持纪律"，日军甚至用酷刑枪决伺候。

莱克的这本书，应当说收集材料并不是很难，难在于花功夫：从集中营里出来的人，不少人有回忆录问世，而日军投降当日，也注意保存了全部囚徒档案，移交给盟国，生怕落个交代不明涉嫌谋害。

这些回忆录笔者以前注意过。囚禁本身，也是一种"文化交流"形式，肯定有文化意义，只是交流方式太野蛮。

有几本当年成人囚犯写的回忆录，不是很惊险。例如在中国一辈子的爱泼斯坦（Isreal Epstein）的回忆录 China Is My Home，写到1941年他被关进日军的香港集中营，在那里爱上了他未来的夫人Elsie Fairfax—Cholmeley，并且一同逃出集中营。此种故事，应当比冒险小说还精彩。关进香港Shamshuipo集中营的Tim Carew，1971年出版的回忆录 Hostage to the Fortune，更平淡无奇，可见好故事不一定能成就好叙述。

经历最精彩事情的人，往往觉得不值得写。各地集中营都有逃跑，有的是集团逃逸，并且在中国人帮助下，几个月长途跋涉到达云贵川大后方。很奇怪，这些故事经历者没有写成几本耐读的书。

恒安石（Arthur W. Hummel Jr.），美国外交官，基辛格到中国谈判的助手，1981—1985年任驻中国大使。此人被囚于潍坊集中营时是个小青年。他因无法忍受失去自由，逃出集中营，参加了山东游击队。日军投降之日，他带了一队队伍下山，进入潍坊集中营，而已经投降的日军疑虑重重，不肯交权，双方差点开火。此事我听好几个人说过，我等着恒安石发表回忆录，2001年初他去世，我等着遗稿发表。但是没有，没有任何文字留下。可见经历交流与文化交流，是两码事。

2004年倒是有一本角度新奇的好书，弗兰西斯·奥斯本（Frances Osborne）的《丽拉的盛宴：一个女子关于美食、爱情、远东战争的真实故事》(*Lilla's Feast: One Woman's True Story of Food, Love and War in the Orient*)。这是一本"家史"，其中最精彩的是写她的曾外婆丽拉的菜谱：在潍坊集中营里，天天吃腐菜，最好的是驴肉。她只能与难友神侃神吃，并且在碎纸上涂下极尽奢华之能事的菜谱。日军集中营，应当说不是第二次世界大战吃得最差的地方：据说囚犯可以"偷偷"在床底下养猪，集中营里允许开"贸易市场"，出售偷来的附近农田的青菜，可惜只有拥有珠宝者可以购买。所以这份菜谱，集异想天开之大成。抄在本文中倒是无用，因为丽拉的朋友们是西人，想象的出发跳板是西餐，好多侃出来的神秘菜肴，中文无法翻译。

现在一提日军集中营，一般人想到的马上是著名作家巴拉德（J. G. Ballard）的自传小说《太阳帝国》(*Empire of Sun*)。此书写得如此出色，"连斯皮尔伯格也能拍出一个好电影"。

巴拉德是笔名，在小说中却恢复了他的本名杰米·格兰姆（Jimmy Graham），如此反串角色，倒是文学史上少见的事。小说讲的是男童杰米在上海郊外龙华集中营的四年经历。本文读者恐怕大半看过此电影，我就不复述情节了。龙华集中营所在地原是上海一所学校校址，周围河沟交叉，周围的水田在二战时称为防护沼泽。这个环境对少年的刺激，想必终身难忘。

此小说出版于1984年，当代英国最著名的剧作家斯脱巴德（Tom

Stoppard)立即把它改成电影剧本,剧本传到斯皮尔伯格手中。本来他就喜欢拍儿童看世界,这本小说用少年成长来穿透二战这个复杂题目,他很着迷。1986年筹办、1987年在中国开拍,中方很重视,为他提供了一万名群众演员。电影基本拍完后,斯皮尔伯格才在英国拜会了巴拉德,这位作家给导演的印象如此之深,斯皮尔伯格决定重拍一个开头,让巴拉德自己来讲自己的故事。此方案在最后剪定时才放弃。

这本如此明确的自传小说,却没有多少真正自传。书中的杰米在狱中黑帮头子(约翰·马克维奇的表演,至今让我战栗)的教养训斥中长大,他的成人礼就是人类在暴力中的成长。

实际上巴拉德本人与父母一道被关进龙华集中营。日本人毕竟想到被抓的是西人,标准不一样:因犯可以组织自炊厨房、医务处、图书室、教会,甚至运动会,这些活动都是自行选举的各种委员会组织的,弄得集中营像个"官僚机构"。一个"抛出社群"是如何管理的,能揭示很多问题。这个对论文有趣的差异,对小说就很没劲了。

莱克的资料大全《帝国的囚徒》,一口不提《太阳帝国》,此书详尽的参考书文献,没有列出巴拉德的任何作品或访谈书评。反过来,莱克书中费不少笔墨描写的事件,例如龙华集中营"暴动"——在一次集团逃亡成功后,日军搜捕协助逃跑的"共谋犯",引发集中营狱友与日军宪兵棍棒对抗,组织起来与日军相持数日,最后日军出动装甲车才把人抓走。

这事件,在《太阳帝国》的龙华集中营完全没有痕迹。巴拉德作为一个英国作家,热衷于塑造一个新的"雾都孤儿";他作为一个热衷科幻的作家,想写出劫后废墟似的上海;作为一个严肃作家,他有志于写出人成长的过程:集中营成为一个黑帮头子控制,训练孩子生存斗争的人类孤岛。

《太阳帝国》《丽拉的盛宴》,旁边放着莱克的档案集锦名单大全,爱泼斯坦的平淡叙述,以及恒安石的一言不发,我们如何寻找历史?

王尔德名言"生活模仿艺术",本文似乎在说"历史模仿艺术"。的确,历史如果不能讲成精彩的叙述,历史就会消失。问题是,小说精彩却不准确,回忆录准确却不精彩。这就让我们不得不苦恼:到哪里去寻找历史?

(2006年)

难得一双"中国式眼睛"

不知道为什么,伍尔夫对"中国式眼睛"特别感兴趣。丽莉·布瑞斯珂是伍尔夫名著《到灯塔去》(To the Lighthouse)中的一个人物,女画家,未嫁。女主人公拉姆齐夫人说她有一双"中国式眼睛",劝她女大当嫁,可是丽莉对男人不太感兴趣,因为她的艺术家眼光过于挑剔。伍尔夫的另一本名著《达洛维夫人》(Mrs Dalloway),主人公的女儿伊丽莎白,"苍白的脸上有双中国人的眼睛,有着东方的神秘感",因为在伍尔夫笔下,她是一个有个性的女青年。文学史家说拉姆齐夫人和达洛维夫人都是伍尔夫自己的化身,她的小说中这些女人的中国眼睛,是伍尔夫"看出来的"。

《丽莉·布瑞斯珂的中国眼睛》这本书的作者帕特里夏·劳伦斯教授,是美国纽约城市大学的英国文学专家。一个非汉学家写中英文化交流,眼光应当自有独到之处。书名用名著妙句做比喻非常有趣,一个奇特的引语,一个突如其来的比喻,一时为人称颂。原有副标题"布鲁姆斯伯里派,现代主义,中国"在翻译中省掉了,不知什么原因，甚至连版权页上也没有出现。可能是出版者觉得中国读者不太明白什么是布鲁姆斯伯里派，会影响销路。

作者探寻英国布鲁姆斯伯里派的作家和艺术家如何"用中国眼睛"看中国，"介绍中国作家及中国美学的方方面面在英国现代主义中的作用，同时也记录了英国作家参与了中国现代主义发展的事实"。由此，她的立意"有别于前人的研究方向，有别于那些敌视外国、视西方为'异族''侵略'的文化认识"。这里的"别人"是指谁呢？实际上是所有其他研究中西文化关系的学者，尤其是写作《东方主义》的爱德华·萨义德。萨义德把东西文化交流看作是西方霸权的文化侵略，从萨义德开始的"后殖民主义"文化批判浪潮席卷了东西文化关系的研究。劳伦斯在多处提出后殖民主义的观点，没有正面辩驳，却用整本书说明一种互补互利的文化交流，一种在东西方互动中发展的现代性，不仅是可能的，而且实实在在地存在于布鲁姆斯伯里派与新月派之间。

全书的架构是叙述布鲁姆斯伯里派与新月派的人事、写作、艺术关系。其中说得最多的是三十年代青年诗人朱利安·贝尔与新月派小说家凌叔华的情事，朱利安是弗吉尼亚·伍尔夫的外甥、著名美学家克莱夫·贝尔的儿子。书中也说到凌叔华与伍尔夫的文字交往，徐志摩在二十年代与布鲁姆斯伯里派的政治学家狄更生、美学家罗杰·弗莱、东方学家阿瑟·韦利的交往，以及四十年代萧乾与布鲁姆斯伯里派小说家福斯特的交情，利顿·斯特拉其写慈禧太后的戏剧，朱利安的母亲瓦内莎与弗莱等人的美术与中国艺术的关系等。所有这些，都是这两派关系的实证研究。

作者用了不少篇幅讨论布鲁姆斯伯里派与新月派的对比：两个派别都是唯美的、试图超越政治的，甚至两个派别的组成方式都有相通之处。布鲁姆斯伯里是伦敦市中心一个小区，著名的大英博物馆、伦敦大学的大部分学院、许多著名书店出版社，都集中在这个地区。二十世纪初，范奈莎与弗吉尼娅姐妹住在布鲁姆斯伯里地区的戈登花园广场46号，此处成为一批知识分子的聚会地点。范奈莎的第一个儿子朱利安1907年出生在这里。

所谓布鲁姆斯伯里集团，实际上是一个松散的、经常聚会的知识分子群体。这个集团永恒的核心却是两位姐妹：画家范奈莎·贝尔和小说家弗吉尼娅·伍尔夫。到底谁是布鲁姆斯伯里派的人，实际上没有一个确定的范围。我看了几本《布鲁姆斯伯里人物传》，实际上都把曾经受两姐妹邀请参加聚会的人全都看成布鲁姆斯伯里派。主要是画家（格兰特、卡灵顿），作家（福斯特、加涅特），诗人（艾略特），美学家（贝尔、弗莱），也有政治学家（狄更生、伦纳德·伍尔夫），经济学家（凯恩斯）等，因此没有什么正式与非正式成员之分，但是有经常来的核心分子和偶尔来的"边缘分子"（罗素、韦利等）。

可以看到布鲁姆斯伯里集团与新月社有许多相似：新月派也是以文会友的松散集合。只是布鲁姆斯伯里以美术家为多，新月社以诗人、作家、批评家为中心（胡适、闻一多、陈源、饶孟侃、梁实秋、沈从文、凌叔华、朱湘、卞之琳、陈梦家等），团聚包括科学家（翁文灏、李四光、梁思成），政治家（张君劢、罗隆基），人类学家（潘光旦），经济学家（张奚若），甚至军人（王赓、蒋百里）等，聚会形式也是沙龙：开始是徐志摩家，后是闻一多家，其后是林徽因家；也出杂志，办书店，参与情况却因人因事而变动不居。有的文学史家认为北京现代评论派与新月派成员有重复，却不是一个派别，实际上1923年的新月社，与1925年的新月社，与

1927—1932年在上海的新月派（即新月书店作者群）成员也很不相同。在《新月》上发表诗的，为《现代评论》写稿的，参加林徽因或闻一多沙龙的，被陈梦家编入《新月诗选》的人，基本上都是徐志摩的个人朋友，因此都可以算新月派，所以我提出：徐志摩与谁交往，谁就是新月派。

一战时，布鲁姆斯伯里集团都登记为"良心反战者"，拒绝上战场，情愿下乡做农活——英国对拒绝打仗的男人一向用"插队"方式解决。由于在第一次世界大战中他们大都持反战立场，范奈莎不得不搬到乡下"劳动"。因此二三十年代，布鲁姆斯伯里的集会地点移到范奈莎在乡下的居处"查尔斯顿农庄"。1937年朱利安战死于西班牙，对范奈莎打击太大，布鲁姆斯伯里集团的集会渐渐终止。伍尔夫1941年自杀，应当说是这个社团的最后终结；徐志摩死于飞机失事，也就是新月派的实际终结。

的确这两个"派别"有太多的相似点，因此除了文学史的接触研究，还应当做平行研究：两个完全不同的社会中，在完全不同的政治局势包围下，怎么会出现组成方式、审美立场都非常相似的团体。难道"美学现代性"是每个民族必然要走过的路？如果必须走过，人员和艺术品的交流故事，就是大潮流中碰巧过场的角色，历史共项的面具。作者也告诉我们，社会文化的大背景不可忽视，不然无法解释人物的行为。例如在剑桥求学时，朱利安对英国新批评开创人瑞恰慈和艾略特的新古典主义倾向"嗤之以鼻"，但是在武汉大学教文学时又不得不引导学生读这两个人的作品，因为他发现在中国文学中"感伤主义"——无论是"现代派"徐志摩还是传统的鸳鸯蝴蝶派——弥漫文坛。

作者说，她是偶然在一场拍卖会看到有关朱利安与凌叔华情事的艺术信件，突然找到这个题目，然后到各种档案库阅读文件，力图从历史留下的痕迹找出全部故事。她发觉困难在于信件本应当是有应有答，但是很多环节缺失，例如朱利安与凌叔华之间的事，朱利安的信件极多，他在向他的母亲和朋友夸耀自己的中国情人，而凌叔华那边的文件几乎不存在：作为一个已婚的中国女人，许多事羞于出口，也无处倾诉；五十年代萧乾把福斯特的信件上缴给作协领导，从此不见踪影，福斯特因为萧乾不回信而愤怒地撕毁先前保存的信件，因此故事不全。至于与徐志摩有关的事，由于那个著名的"百宝箱"事件，大部分信件不知所终。因此，叙述不得不用推论和想象补上许多缺口。不过，这也正是任何历史写作的题中应有之义：事件过程都留下大量难以解释的空缺或不一致之处。任何讲述者不得不以"故事化"方式补成一个连贯的情节，无人能声称在报告绝对真相，哪怕言必有据也不足以保证真实：讲述者的选择本身就是"叙述化"。

但是，我们还是不得不羡慕作者的运气：作者靠在十一个档案馆内发掘史料，才写出这本书。西方大学和图书馆把收藏著名文化人的"个人档案"（他们留下的全部碎纸片）作为重要工作。不加整理的资料会无法查索、无法使用，因此各图书馆收藏后不得不用大量人力做整理。考虑到西方人工工资成本过高，"存档"工作能坚持下来还真不容易。由于许多图书馆都对此有兴趣，而各家的选取标准不一，保证了存档人物的多元。

人物或事件的重要性，在历史上会发生很大变化，只有多元选择才能让后世的研究者不感到太多的遗憾。今日中国现代知识群体留下的文件大多变成废纸，恐怕让各大学图书馆都来参与，是在这个最后时间补课抢救的好办法。

不过，从此书来看，作者幸运地找到这些书信材料，不一定是这些被收藏者的福气。朱利安在给范奈莎的信中批评中国人"欣然接受浪漫主义最糟糕的作品，像沉溺于杜松子酒的黑鬼"（第89页）；在另一封信里说，"多么高兴我是待在人类（指中国人）之中，而不是（福斯特）那些令人厌恶的黑人（指印度人）当中"。在朱利安牺牲后，1938年他弟弟昆丁编出的朱利安书信集中，完全没有这些话，明显是删了。朱利安做梦也没有想到，他给至亲好友的信中随手写下的话，会在大半个世纪后被一个美国教授抄下来公诸于世。朱利安是不是个种族主义者？我认为不是，因为说几句不恰当的坏话，恐怕人所难免。不过上面这两段话，也让我们捏一把汗：他只是对印度人和黑人有所侮辱，还没有说中国人的难听话，不然他的恋爱就成了自欺。不过谁能保证他心中对中国人绝对没有坏话呢？

这就让我们回到本文开场的题目——"中国眼睛"，到底是好话，丑话，还是客观描述？所谓"中国式眼睛"，就是中国人说的"单眼皮"，英文叫"slit eyes"（眯细眼）。从《到灯塔去》上下文似乎可以看出，不漂亮可能是丽莉嫁不出去的原因。

英国女王伊丽莎白访问中国时，"王夫"菲利普亲王接见在北京学习的英国学生，开玩笑说他们的眼睛成了"slit eyes"，这些学生比亲王明白事理，对报社说亲王在中国开这种玩笑，太过分了：英国女王的丈夫应当管住自己少惹事。这次奥运会，王太子查尔斯本来要来北京，结果没有来，英国报纸就嘲笑说，他的父亲菲利普亲王害怕他在中国变成"眯细眼"。

奥运开幕的第二天，男篮劲旅西班牙队在加时赛险胜中国男篮。赛后站在场中让西班牙著名的体育报纸*Marca*拍照，他们竟然集体手指拉眼皮做"眯细眼",表示庆祝。中国人看了倒是没有说话,恐怕也没有弄懂这些家伙在搞什么鬼,国际奥委会却立即抗议"太不象话",西班牙正在竞争2016年主办奥运会资格,连忙让篮球队道歉,说是没有恶意,玩笑开过分了。

就是中国人自己,恐怕也并不认为Chinese Eyes是好话,不然怎么会有那么多女孩子冒风险去划两刀开双眼皮?双眼皮比单眼皮好看,这个审美概念中有没有霸权意识?讨论到这种程度,恐怕文章越做越没有意思。但是劳伦斯教授反复强调,伍尔夫让这个虚构的英国女画家得到一双"中国人的眼睛",从而让中西现代性形成过程中出现"美学上的相辅相成"。那么为了促进中西文化交流,中国艺术家是否早就换上了"西方眼睛"?

让我再虚构一步:在朱利安与凌叔华眼光突然擦出爱情火花时,他看到的是单眼皮还是双眼皮?我承认这个问题无聊,但是读者诸君且慢指责!本书标题的妙引妙喻,实际上带来许多问号——如果我们能从劳伦斯教授的对面方向考察这桩"两厢情愿"的罗曼史的话。

最后,我向文学史学者和出版家们提出一个建议:为什么不愿意直接翻译中西文化交流史的关键文本?例如朱利安的书信日记,例如奥顿与依歇伍德1938年访问中国写成的《战地行》,例如艾克顿回忆北大教学生活的《爱美者回忆录》,例如赛珍珠的《自传》。这样,我们中国人可以做出自己的叙述。

(2008年)

书评集

面对后浪的前石：
序普林斯《叙述学词典》中文本

这本《叙述学词典》（*Dictionary of Narratology*）已经是叙述学界的老面孔了。词条详备而言简意赅，英文正文总共只有103页，竟然解释了七百条术语。1987年初版后，文学学生几乎人手一册。在学术书汗牛充栋而且都极为昂贵的欧美国家，这是学生们的福音。新书不贵，而且因为每届学生都用，旧书到处都有。2003年此书修订重版，加了一些条目，改写了一些，薄度依旧，低价依旧，受欢迎依旧。

杰拉尔德·普林斯（Gerald Prince）是费城宾夕法尼亚大学的法语文学教授，他很早就致力于叙述学：1973年出版《故事语法》（*A Grammar of Stories*）；1984年写成最早的几本系统的叙述学著作之一《叙述学：叙述的形式与功能》（*Narratology: The Form & Functioning of Narrative*）；1992年他把两个主要学术关注点结合起来，写成《叙述与主题：法国小说研究》（*Narrative as Theme,*

Studies in French Fiction）。他的学术重点看来是法国文学，是这个领域中公认的权威，他的许多著作是用法语写成的。

但由于我上面说的原因，这本《叙述学词典》可以说是他最有名的书。叙述学应当说不是一门非常难懂的学问，我在八十年代写《当说者被说的时候》，在序言中曾经说过，"叙述学是个条理相当分明的学问。只要把头开准了，余下的几乎是欧几里得几何学式的推导……在人文学科中，这样的好事几乎是绝无仅有"。

我这话说得过于轻巧，其实叙述学在二十世纪八十年代就有个令人头痛的大问题：术语异常繁复，解释各异。这是因为东欧传统（从俄国形式主义，到巴赫金，到多勒采尔）、英美传统（从勒博克、布斯，到恰特曼）、德国传统（从德马尔特到斯坦采尔），术语体系不相通，同一传统中也是各人一套。普林斯并不讳言对法国传统情有独钟，而法国叙述学家特别喜欢创造术语：巴尔特、格雷马斯、热奈特这三位大师，在创造术语上与创造体系上精力同样充沛。热奈特的《体格》（*Figure*）完成三卷后，学生们被他坚持复兴希腊术语的努力，加上普鲁斯特的例子搅晕了，书译成英语后依然看得云里雾里的。经过以色列的里蒙–基南长文解释，似乎清楚了一些。但还是要等普林斯这本《词典》出来，尤其是他的各条所附详细的"参照"，总算让学生们有能力弄清一个眉目。

那么今天的学生有什么必要细读这本书呢？今天的文学学生一样必须弄清这些术语，跳不过这个坎儿。普林斯新版序言说他不想删除旧版任何一条，因为这些术语能"给我们学科发展的历史感"。他这话似乎说是此书是为历史下注脚。实际的情况是：在新世纪，叙述学虽然发展很快，但是这些术语依然要用，也依然没有统一。或许现在的叙述学家（当年的学生）已经不再觉得纠缠，但现在的学生依然还得一一弄清。普林斯坚持解释所有这些术语，这个做法是对的：不学会走就想跳舞，免不了犯常识错误。

读者诸君拿在手里的这本中文版，译自《词典》的2003年新版，距离1987年旧版有十六年之遥，普林斯说旧版写作于1985年，那就几乎达二十年。这二十年叙述学发展迅猛，在新版中必然有所反映。

新版对叙述学的一些基本概念重新加以定义。例如最重要的一条"叙述"（narrative）的定义。旧版的解释是："由一个或数个叙述人，对一个或数个叙述接受者，重述（recounting）一个或数个真实或虚构的事件。"普林斯补充三点说明。第一点就强调叙述要求"重述"。因此他与全体西方叙述学界一样，承袭亚里士多德以来的看法：戏剧不是叙述，因为戏剧是"台上正在发生的"（见旧版88页），而一旦排除"正在发生的"戏剧，也就排除了影视、电视广播新闻、电子游戏等当代最重要的叙述样式。

新版《词典》中，普林斯就给出了新定义："由一个、两个或数个（或多或少显性的）叙述者，向一个、两个或数个（或多或少显性的）受叙者，传达一个或更多真实或虚构事件（作为产品和过程、对象和行为、结构和结构化）的表述。"他避开了欧美叙述学特有的"过去时"陷阱：新版定义把原先的"重述"（recount），改成了"传达"（communicate），就没有"说的是已经过去的事"意味。

这个新的理解，连一些新叙述学的领军人物都没有达到。新叙述学的领袖之一詹姆斯·费伦斩钉截铁地表示："叙述学与未来学是截然对立的两门学科。叙述的默认时态是过去时，叙述学像侦探一样，是在做一些回溯性的工作，也就是说，实在已经发生了什么故事之后，他们才进行读听看。"（费伦《文学叙事研究的修辞美学与其他论题》，《江西社会科学》2007年第7期）；另一位新叙述学家H.波特·阿博特也强调："事件的先存感（无论事件真实与否，虚构与否）都是叙述的限定性条件……只要有叙述，就会有这一条限定性条件。"（阿博特《叙事的所有未来之未来》，《当代叙事理论指南》，北京大学出版社，2007年，第623页）。

在这点上普林斯就很聪明：他在进一步解释"叙述"时，把排除戏剧的"叙述过去时原则"归功或归罪于"传统观念"。该词条接下去说："在传统观念的支持下，有的叙述学家（如热奈特）主张，叙述／叙事在本质上是一种言词表达的模式，包括事件的语言详述或讲述，而不是在舞台上的语言表现或表演。"我个人认为普林斯尊重传统与与时俱进并行，做得很出色，"给历史留下注脚"也是有必要的，但是观念过时就是过时，他在这个关键点上毫不含糊，比新派更加新派。

最近十多年来，传统叙述学已经被尊称为"经典叙述学"而放在踮起脚才能够着的书架荣誉顶格，叙述学界热衷于扩大叙述学的领域，新潮流统称为"后经典叙述学"（Post-Classical Narratology）或"新叙述学"（New Narratology）。在《词典》的两个版本出版时间之间，有恰特曼1990年提出的"语境叙述学"（Contextual Narratology），兰瑟1992年提出的"女性主义叙述学"（Feminist Narratology），弗鲁特尼克1996年提出的"自然叙述学"（Natural Narratology），亚恩1997年提出的"认知叙述学"（Cognitive Narratology），瑞安1999年提出的"赛博时代叙述学"（Cyborage Narratology），赫尔曼1999年提出的"多样叙述学"（Narratologies），瑞安2001年提出的"跨媒介叙述学"

（Transmedial Narratology），纽宁2001年提出的"构成叙述学"（Constitutive Narratology），等等。

这个名单仅仅是列举2003年普林斯《词典》新版之前出现的名称，普林斯一个都没有收。这是不是说普林斯保守，不愿意把"后经典叙述学"的成果加进来？显然不是：以上列举的都是新的学派名称，而普林斯《词典》的特点是不收学者、学派、学科。这个做法应当说是有道理的，因为这本《词典》主要是帮助学文学的学生掌握叙述学，对叙述学发展史有兴趣的学子另有其他参考书可用。《词典》里说，所有的文本可以分成：描述（descriptions）；评述（commentaries）；叙述（narratives）三个范畴，译成中文就是三种"讲述"（discourses）。这就把"叙述"的外延扩展到比任何"多样叙述学"更加宽的地步，进入了广义叙述。

那么，普林斯为什么不收"新叙述学"术语呢？这不说明这本《词典》守旧吗？不是如此。新版增加了不少新词条，例如"可能世界"理论、"嵌入"理论、"否定叙述"理论等。上面提到的著作，几乎全部列在参考书目中，也列在词条的参照著作里，能收的内容已经尽量收入。而且，我们仔细读新叙述学各家的著作，可以发现，新叙述学并没有使用大量新术语，有个别新术语也没有被大家（包括新叙述学界）广泛采用。相反，新叙述学家热衷的是如何扩展叙述学原先就有的范畴。新叙述学的贡献是把叙述学从形式分析推向了社会文化和意识形态，朝各个方向上开拓了叙述学的领域，为叙述学的概念加入了富厚的新内容。而这些成果，普林斯已经注意，加入《词典》新版中，尤其在各种术语的重新解释中体现了这个学科前进的步伐。

这就是为什么这本《叙述学词典》虽然很薄（中文版比英文更

薄），却是一本值得一读的好书。人生有涯而学无涯：金钱宝贵，时间更贵，精力最贵。我当年用这本书如此感觉，今日读本书感觉更深切。九十年代我在异国他乡教书时，就奉劝被术语弄得脑水肿的学生们都去买一本冷敷太阳穴，第二周学生们来上课果然高高兴兴，开始用"怪词"侃侃而谈，原先觉得拗口难忍，如今说得溜顺。此《词典》已经有近十种非英语译本，看来全世界的学生读书方式差别不大。学生们的口碑，可以决定学术书籍的命运，过去如此，今后依然如此。

艺术的原罪？读凯里论贝内特

这是一本出乎意料的书，这又是一本完全在意料中的书：知识分子与大众有某种程度的对立情绪，这已经是老题目。在今日这个"政治正确"时代，提到这种事，谁对谁错已经早就前定，似乎不值得为此写一本书。

牛津大学教授约翰·凯里，著作奇多，经常语出惊人。这本书依然令人惊奇。凯里这本书努力翻案的，是二十世纪初英国著名的通俗小说作家阿诺德·贝内特（Arnold Bennett, 1867—1931），凯里为他翻案，认为他是被当时的知识界和评论界冤枉的好作家，因为贝内特文风简朴，作品易懂，"把填补上层社会与下层民众之间的沟壑作为目标"。

贝内特至今被人记得，是因为弗吉尼亚·伍尔夫与他有过写作方法上的争论，伍尔夫为此写了一篇《贝内特先生和布朗夫人》，批评贝内特的"描写过于琐碎"，"清汤寡水"，也就是只讲故事，而不讲叙述艺术。这种争论，应当当作文学争论，但凯里教授认为这有关人民的态度问题，认为贝内特与伍尔夫大不相同，因为他"惊人地展示了越普通的人，越不平凡，越有价值"。如果贝内特堪称"人民作家"，怎么今天人民不读贝内特的作品？

二十世纪上半期那么多现代文化的领军人物，竟然不知道他们写下的这些从头到尾都是错的话，没有任何自辩余地。被这位凯里教授一条条晒出来，所有当时的知识分子，全成为"反大众"的反动人物。

这本书收集的"反大众言论"，来自各种政治倾向思想倾向的知识分子。其中有些人一直被认为是"右翼"，艾略特、庞德、叶芝、温德姆·路易斯，文学史家早就分析过他们的"反动"倾向；但是利维斯、吉辛、劳伦斯、伍尔夫、哈代，都是知识界的"左翼人士"，弗洛伊德一直被认为是现代"解放思想"的源头，尼采过去常常被认为是法西斯思想的肇端，现在却是批判思想之父；萧伯纳和威尔斯则是二十世纪初著名的社会主义者，他们对中国的友好态度更是为国人所称道。看来，不管什么倾向的知识分子，几乎没有人能逃脱"蔑视大众"这个指责，看来讲究艺术的人有原罪。

凯里愤怒地列举了当时"知识分子们"（艾略特、叶芝、赫胥黎、庞德、毛姆、罗素等人）如何瞧不起店员出身、行为语言粗俗、靠写作暴富买了两艘游艇的贝内特，似乎"知识分子们"是一个排外俱乐部，经过讨论决议集体歧视此人。贝内特承认他为了赚稿费，可以"三个小时内快速轻松地写完五篇小说评论"，因为他"不会去逐字逐句地看那些小说"。如果我用这种方法来写这段评论贝内特的评论，贝内特先生会感到如何？如果我看到那个时候的贝内特，我一样会很不舒服——对写得不好却到处夸富的作家，其他作家有感到不舒服的权利——这与他是否店员出身没有关系——艾略特与萧伯纳都是小职员出身。

现代知识分子如此不堪,二十世纪后半期以来的知识分子又如何?他们至少逃脱了凯里的指责。但是他们并不是无可指责。今天的知识分子恐怕聪明多了,不会把这种话写在任何地方,哪怕日记里也不会写。

这就牵涉所有人的心理:瞧不起别人是不对的、不礼貌的、政治上不正确的。正如每个人都有特别尊敬的人,每个人也必然有瞧不起的人,只不过是不便随时都说出口而已。凯里说的不是个人,而是知识分子作为一个社会集团的心理。那么请问,知识分子如果都从心底里看得起没有知识的人,他们还叫知识分子吗?如果知识分子对自己的知识不引以为傲,何必做知识分子?知识分子安身立命之处何在?"瞧不起"与"瞧得起",是每个人树立自尊心的前提。说不说出来,行为上是否有礼貌,是人际交往的原则,这是不同的事。

凯里甚至指责乔伊斯瞧不起《尤利西斯》中的虚构主人公布鲁姆,这就有点像指责鲁迅不尊重阿Q。凯里的证据还不是书中如何描写布鲁姆,而是"布鲁姆本人永远也不会,也不可能读《尤利西斯》或类似的书,这部小说的复杂性、它的先锋手法以及它的晦涩,都使布鲁姆之流被严厉地逐出其读者群之外"。如此一说,不仅这些现代文学的大师们"对人民的态度"出了问题,他们的创作问题更大。他们完全没有必要在历史上存在:或者说,整个现代文化是有意不让人民读懂的货色。说实话,我还从来没有读到过对现代知识界如此扫荡一空的批判。

实际上,不说不等于心里没有想法;我们每个人对另一个人心里都有个评价。如果知识分子以知识作为评价标准,正像运动员以体育成绩作为评价标准。我当然明白凯里的意思是，知识分子作为一个集团，应当对缺少知识的人更为尊敬。这话应当说是有道理，尤其在二十世纪初教育机会不平均的年代。因此知识分子领袖萧伯纳与威尔斯投身于社会主义事业，这就做得很不错：把个人的想法与政治观点分开。当时的知识分子并没有如凯里描写的那样，成天要做的事只是"俯视着自己的对立面，觉得大众天生低劣，而把自己拔高为天生的贵族和永恒价值的传导者"。

当代知识分子更聪明地学会了"后现代主义"态度，对大众文化不仅尊敬，而且加入其中，填平雅俗鸿沟。但是雅俗一拉平，数量优势就超过了质量考虑，大家都只能按"俗"的游戏规则从事文化，雅也就无从存在。知识分子的自我边缘化，已经是当代社会文化的一个重要品质：这就是此书的文化形态背景。

凯里要推进的，实际上是所谓"文化民粹主义"（cultural populism）。博迪厄曾经一针见血地指出："'人民'或'大众'（'大众艺术''大众信仰''大众医疗'等）首先是知识分子们热衷于争论的问题之一。"对大众文化的推崇，是近年来一种知识分子的思想潮流，正如这本指责过去知识分子对大众态度的书是牛津大学教授写成的。

然而，俗文化真是符合大众利益的文化吗？对大众文化的评价做出重要贡献的斯图亚特·霍尔（他本人是牙买加黑人移民）就敏锐地指出："通俗文化是强权者支持或反对某种文化的斗争场所之一……在一定程度上，这是霸权产生之处，也是霸权受到维护的地方。"（斯图亚特·霍尔，《解构"大众"概念的笔记》，1981年）文化本身是一种政治，文化政治也服从政治的规律。有些鼓吹"人民文化"的人，想到的是收视率、点击率、票房、钱包（即广告的"注意值"和"记忆值"),就是这个潮流催生了凯里这样的书:罗列知识分子,哪怕是两代前的知识分子"错误言论",把他们描写成小丑。

这是一幅歪曲的图景,无助于我们理解我们的前辈,甚至无助于我们了解他们的缺点,唯一能起的作用是让我们觉得:当前的全世界俗文化泛滥状态好得很,不仅是正常的,大众——全世界大众——应当对此感到幸福。为此,我应当说凯里这本书,是貌似激烈批判的保守主义。

(2008年)

看过日落后的眼睛：读沈奇诗

汉字的确是世界上最奇怪的一个符号系统：它是语言，它又不是语言，因为它不会说话；它是图画，它又不是图画，因为它不描述；它是书写，它又不是书写，因为它呈现自己，并不用替代来再现。说它是个符号系统，是因为我们用它来做日常生活的传达：卖掉田里的青菜萝卜，牌价几何；买进《道德经》五千言，无价之书，其中完全没有符号的等价关系。我们至今能读懂《论语》，哪怕孔老夫子说"学而时习之"，口音比今天的广东话、上海话还难懂。而任何其他民族要读懂他们"自己的"三千年前古籍，就要另学一种语言。我们中国人今天血统已经混杂，却依然是一个伟大的中华民族；而欧洲人基因类似，却四分五裂成几十个民族，各拥有自己的一堆诗人，在鼓噪自己的诗句。

因此毕加索说他愿意做个汉字的书法家，"如果当不成毕加索的话"；因此当庞德说"我们在汉字中找到一整套价值观，就像文艺复兴找到希腊"，纳博科夫闻之大为惊恐，气急败坏地骂庞德是

"老骗子";因此那个天才的保加利亚女子克里斯台娃,发现汉语实际上有两套语言:汉字书写是"生成文本",像根茎,可以长出许多不同的口语式的汉语土豆,作为"现象文本"。因此沈奇发现汉字魔术般地随机、随意、随心、随缘。是的,汉字本质上是诗性的,只有汉字,才是诗意栖居的家园:其他语言是砖块砌成的,汉字则是绿莹莹的婆娑树盖。

沈奇写这本诗集,也专为揭示禅的神奇。多少现代诗人向往禅诗,犹如大旱之望云霓:中国诗歌后天失调,因为它用的语言不是诗的语言,现代汉诗被沈奇妙称为"一个伟大而粗糙的发明",长得太难看,实际上是个畸形儿。伟大是让步修辞,是因为只此一个,不伟大也只能伟大,而粗糙确是人所共睹。但是现代诗歌又是先天太足,中国文化史的积累足够丰富,其中的一个镇宅之宝就是禅诗。

禅非常神奇,它是靠自己从内部解构才得以存在,即它的存在本身就是为了解构自己。说出来的就不是禅,不说出来的才是禅,禅就是说了没有说的东西;但是诗是禅翻个面儿的镜像:写出来的才是诗,不写出来的不可能是诗。所以禅诗是双重解构,而且是从相反方向解构:禅诗因为是写出来的,必不是禅;禅因为拒绝被说出,因此不会进入禅诗。如果一定要形诸语言,禅要说得笨拙,诗要写得漂亮,完全是南辕北辙:禅诗如果可能,必定是吞噬自身的意义漩涡。

我们写诗读诗的人不可能得到禅,我们只是与禅在玩游戏;我们也知道我们不可能得到诗,我们只是让诗在玩我们。这种意义的逗弄,才是诗的真谛。如果我们真正把意义抓住,我们就扼住了自己的喉咙。只有在禅诗中,我们才真正进入了人生的游戏:我们作为凡躯之人、肉身之人,心里灌满七情六欲的脏秽,得到禅悟是非分之想,要想读一首诗的短短几行字,就得到禅悟,且非狂妄?

既然禅不是禅诗，禅诗说的也不是禅，那么是否诗必非禅，禅必非诗？那么现代诗人写禅诗不是注定失败？也不是，因为他有一套接近禅境的工具，那就是汉字。无怪乎教主菩提达摩知道，他在用梵文或巴利语的印度，不可能有传教的希望。他也知道在遥远的东方，有这个用特殊符号当文字的民族中国人，以及跟着学的韩国人和日本人，那里才是禅的希望所在。于是佛劫之后，达摩祖师一叶过海，来到东土；一苇渡江，南北景从。

汉字是诗的符号，也是禅的符号。汉字是不说出来的，是一种沉默的文字：一个"日"，可能读成ri，读成zhi，读成ni。汉字是不再现的，是一种非图画的图画文字，它超越此解彼解，自成一义。静观此字，犹如遥望西天海上那悬鼓之日。

由此，沈奇说，当他写下"茶渡"两字，诗已经写成，余下的诗句，只是给出一种衍义可能：它可以是crossing after tea，可以是crossing while drinking tea，可以是crossing by tea：这些翻译都是解释，这些解释都马马虎虎可以，就像"茶渡"两字可以用任何笔墨，写成任何形状，但是写出来的都不是原来的二字。面对此种文字，西方译者肯定束手无策，他们的逻辑语言肯定迫害诗意，破坏禅悟。哪怕模仿中文，写成tea crossing，趣则趣矣，已经失魂落魄，而东方诗人和读者望之莞尔一笑：

——没有比现在更暧昧的时刻

静下来，稍安勿躁。茶渡对面，就是婆罗密，就是Piramita，就是彼岸。

沈奇的《天生丽质》是一本奇书，它让三个对抗的元素——汉字，禅，诗——相撞成为一个可能。就像建在瑞士地下500米深的环形隧道里的欧洲大型强子对撞机（LHC），在近光速的粒子相撞后，或许会产生一个黑洞，宇宙生成状态之前的黑洞，吞噬一切的黑洞：于是我们这个浑浑噩噩平平板板自以为了不起的庸常世界毁灭了，在几十万分之一秒的时间内，但是另一个宇宙从黑洞里爆炸产生了。那是个什么样的宇宙呢？是不是会充满诗意呢？是不是会有生活的生灵来感知它呢？我们不知道，我们不必知道，因为我们已经看到宇宙塌缩和诞生的辉煌，我们已经可以想象一切：我们的想象已经能够超过一切。沈奇说：

……那人兀自涉水而去

身后的长亭
尚留
一缕茶烟

微温

汉字在理性的宇宙创造一个黑洞，在那里，几世几劫世界冰凉之后，茶尚有微温，因为我们已经得到禅悟，我们可以释然。《观无量寿佛经》第一观，就是"日观"而得"方便"。太阳是我们心中造出的。看到日落之后，世界已经新生，另一个非此色非此法的世界。那么眼睛还有何用？诗还有何用？留一缕余温，提醒我们，凡人肉眼竟然也看到过如此天生丽质的境界。

（2020年）

那不是：读邱振中的诗

1994年我在英国收到邱振中《当代的西绪福斯》，这是一本精美的大画册，我给一位加拿大汉学家约翰·凯利（John Cayley）看，他非常惊奇："怎么中国书法家可以这样写？"他指着邱振中的一幅书法，写的是西方现代诗的汉译文，我记得是我在《美国现代诗选》中翻译的美国诗人斯塔福德的诗《保证》。"中国书法家不是一律只书写古诗古文吗？"

我说："我这位朋友不一样。不过你只说书法如何？"

他沉思地说："这是我看到的最接近现代抽象绘画的中国书法。"他把画册捧在手里，恋恋不舍地说："让我再看一遍。"书在他手里放了几个星期，被我硬要了回来，不然好书可能跟我再见。

他的评语倒是让我吓了一跳：是不是抽象绘画我无法判断，一个西方人对中国书法，能做到如此理解已经不错。从西方人的角度看，这是非常高的赞誉。我没有就此事请教过邱振中，我知道他不同意书法是中国的抽象表现主义，我只是觉得他在中国的"国学家"中非常独特：他是中西古今混淆不当，一切可以糅合到他独特的艺术之中。今日重读邱振中的诗集，又让我想起这段往事。

七十年代末在高校读研究生，是可以全国乱跑的，到哪个学校都有"同学"接待你。只是在宿舍里给你找到床位的、到饭堂里打饭给你吃的朋友，期待的回报是彻夜长谈：谈正在读的书，谈正在让自己激动的思想，谈各种我们自己都一知半解的理论。只要是类近专业，就能沉滹一气，因此我到杭州——忘了旅行的具体目的，只记得那是个奇热的夏天，宿舍里无风扇——在西湖边上找到了"浙美"，找到了范景中、邱振中。范景中当时正迷恋贡布里希（后来与社科语言所的杨成凯一起完成了《艺术与错觉》的翻译），我当时正开始钻研形式论，邱振中在浙美专攻书法理论，我原以为那是纯粹的国学，整理古人点评式的书论，喜欢在典籍中找微言大义，不会是"同学"。不料聊起来特别来劲：他迷恋现代诗，熟悉各种理论。谈什么已经忘了，只记得邱振中有艺术家中少见的魁伟身材，范景中是北方人却是小个子：两人都学不如其人。

形式论的最高境界是"可操作性"，也就是一个理论或命题，能应用于这类型的全部文本，拒绝停留在对个别文本的感悟体验上。邱振中想在书法研究中建立的接近这样的境界："使一种陈述有可能成为以后陈述的可靠基础。"这一点与我一拍即合：可能这是因为邱振中理工科大学教育的背景，我只能把喜欢中学几何的严格思维作为我的"科学背景"。在几乎没有理论可说的书法理论研究中，邱振中立志为中国书法理论做一个全新的"基础铺设"，我研究的现代形式文论，却是西方人已经经营已久的营盘，中国学界当时急于做的只是补课。所以我对邱振中的雄心非常佩服，心里却存着犹疑。

但是邱振中成功了：他成为当代新书法学的开辟者，以一家之言鸣于世、立于史，人生能有此成就足矣。我没有资格谈书法，但是我喜欢邱振中书法理论的清晰架构：理论的表达，本身可以有一种美，像艺术一样美。

偏偏邱振中也是艺术家：在书法艺术上，他是前无古人天马行空之人；在诗歌写作上，他一样是特立独行大开大合之人。他在任何领域都受不了蹈袭前人——哪怕是所谓名家大师——的旧尘蹊径，例如他最不喜欢以临摹古代大师为能事的书法。从八十年代起，我就陆续读到邱振中的诗，我很难想象如此纯然感性的诗出自一个做理论的头脑，我自己自命为做理论的，也特别爱诗，但是我写不出好诗，所以特别欣赏邱振中的诗。

邱振中的诗不是理论家的诗，而是诗人的诗：诗非关理，以理为诗，是诗之大病，不管用什么样美妙的形象比喻。我们读邱振中的诗，不会想到艺术理论，不管如何高妙的理论。在邱振中手中，诗就是诗，书法就是书法，理论就是理论。每一样都做得高明，做得让只攻一行的人佩服，这绝非易事。如此通才，现代"科层化"的世界中，已经不多见。

读邱振中的诗，我们能感到他心中燃烧的是什么样的热情。"我从不向风景提出任何问题"：那是一种体验的热情，察而不言，不破坏艺术的感官直觉性。艺术作为艺术，并不回答任何问题。但是经由艺术，一切都会改变。"每一片经过这里的风都改变了颜色。"（舞蹈）这句诗一样是以舞蹈比艺术，比叶芝的名句"怎能区分舞蹈与舞者"，比斯蒂文斯的名诗《坛的轶事》，更说明艺术的本质：艺术改变我们的自我，也就改变了我们对世界的经验方式。

当艺术与艺术相遇，产生的不是理论规律，而是艺术的激荡共振，"一匹马已经叠放在一匹马上一只手／已经融化在另一只手的背影中"。艺术不可能通过理论来理解，理论不解释艺术，理论只能试图解释我们对艺术的反应，即所谓艺术的"意义"；这种意义出现的方式，可能会有规律可寻，"当一扇门中穿过的一切正好是另一扇门中穿过的一切时，我们称之为重合，而不管它们相距多远"（《门》）。重合的不是艺术本身，是我们的观赏。

那么艺术究竟是什么？回答这个问题，绝对不是诗的任务，邱振中用诗歌在告诉我们艺术不是什么，诗人只能知道艺术不是什么。他最绝妙的短诗《感觉是个脆弱的容器》应当入选新诗的任何选本。其中有句"山脉离你远去……山那边人们都很高大／他们说着你不懂的语言"。艺术永远是我们不懂的语言，艺术在表现中消除我们行之有效的经验方式：艺术让我们对世界目瞪口呆，像看着大山远去一样。

面对艺术这个伟大的否定力量，我们只能静观，也只能静观艺术家创作。"道路不是在每一次跋涉中／都能把握的形式"。面对真正的艺术，我们像看到神的笔迹，只能顶礼。真正的艺术灵光一闪，不是靠修养能得到的，艺术家本人也只能感动：这只是造物借他的手指在工作。

很少有艺术家能像邱振中这样在理论之外，同时在两门完全不同的艺术中出类拔萃：一门是书法这门古老的艺术，一门是今天还被人叫作"新诗"的现代诗，大多数人至今认为这两者不相容。研究国学不得不经常接触旧诗词，耳濡目染，做旧体诗应当是顺理成章的事。但是邱振中不，当代绝大部分旧诗词是"做"出来的，做得再好依然是做，总会有匠气。

而"新诗"是无法做的：才情无法装，热情无法功利。它那种对语言的纯粹只痴迷，是超越理论的，没得绝对境界。诗人在取得这样境界时，是最孤独的时分：他的经验不可分享，哪怕言说出来，也依然不可意传。"我们在高处才能相见 / 但是在更高的灯火里 / 你说：那不是 / 那不是"。真正的美，永远让人觉得有一个更高境界。这种永恒的绝望和期盼，应当是艺术家最彻入心肺的痛苦，也是艺术家最大的欢乐。

从这个角度，邱振中回答了这个难题：国学与新诗真的不相容吗？中国国粹真的与现代形式不相通，必须封闭起来发展吗？邱振中的书法理论雄辩地否认了这一点，他的艺术更雄辩地否认这一点。艺术是最有说服力地告诉我们：不是如此，不必如此，那不是，那不是。

论黄平：新理性批评的精神世界

我对年龄代很钝感，可能首先是阿Q式的忌讳，想忘掉自己是一件怕被人鉴定年代的古董。经常听见年轻人在讨论谁是哪一代，谁又比谁高一辈低一辈，觉得他们无事生非：都是小孩。因此，首先声明一个偏见立场：虽然黄平的书从封面到章节标题都大书"80后写作"，我老气横秋地表示一点不同意见——半个世纪后，当这一代接近了我的年龄，哪怕黄平那时雄辩能力比今日更上几层楼，也难说清"80后写作"是什么意思，正如我们回望五四一代，谁能记得鲁迅是上一轮的"80后"，在钱玄同、刘半农心目中是"老头子"？

"80后写作"，包括80后的作家与批评家，生在二十世纪八十年代，那段历史比较特别？但是这是出生年代，不是开始发挥社会功能的年代：作家凭感觉写作，辍学罢考是光荣使命，一般在二十岁开始写作生涯。因此，"80后写作"的作家，在世纪转折的几年开始写作；批评家不然，没有神童批评家，学问靠积累，学位靠苦读，文笔靠磨练，见识靠切磋。这些"80后"批评家，要到2010年后，才开始一生的荣耀。两批"80后写作者"，实际上相差近十年，合称一代会有很多不便。其实黄平他们也知道"'80后'这个名号本就是被年轻的创作群体所垄断的"（黄平《因文学之名：80后学人三人谈》），要在他们的批评与郭敬明等的小说电影中找共同点，是刻舟求剑。

出生年代并不重要，思想成型的年代才重要。幸好，这一代写作者，在新世纪头十年一头一尾，先后升起。有的行业中称为"千禧一代"（Millenial），很高尚堂皇，千年一遇的幸运儿；有的职业中称为"新世纪代"（New Ager），金色冠冕，满是梦想希望。写作这个手艺却不同，这一代的写作者觉得自己生不逢时，落入了一个非文学时代、非批评岁月，用黄平自己的话来说，如今"文学批评成了边缘的边缘"。给一个大词做帽子，反显苦涩。由此，我看到了一个新的批评群体，一个新的批评立场的诞生。我个人认为这种"新世纪批评精神"，可以称为"新理性批评"，虽然这个词需要一系列的修饰，才不至于导致误会。

黄平，以及黄平他们，最大的特点是认真，他们的批评有一种拒绝当代蝇营狗苟的姿势，最反感的是担心中国文艺盛行的随波逐流的人生态度，一是嘲弄一切的犬儒主义，二是随波逐流的享乐主义。他们称郭敬明的《小时代》小说与电影系列为"最卑下的浪漫主义"，因为"拒绝历史责任"，假充年幼不愿长大。在"郭韩优劣论"的讨论中，我还没有见到如此旗帜鲜明的评价，不过《小时代》风靡全国，青少年景从天下滔滔，黄平如此振聋发聩之言，倒也不为过。

黄平对当前傲慢地无历史感的一代有一种鄙视态度，要求有历史责任,要坚守一种时代精神,反对精神麻木或犬儒混世。这或许就是为什么他坚持称自己为"80后一代",而不是"新世纪代"的原因。黄平他们并不生存在八十年代,他们生存在中国从未有过的物质主义、享乐主义时代。黄平说:"'80后'一代有深刻的历史性,只是这种历史性只有从妥贴'80后'的理论框架才可以发现。"他们代表当代青年中一种精英主义的思潮,他们所代表的是一种"抵抗的新文艺思潮",哪怕这种思潮"长期缺乏必要的研究和命名"。

这种思潮有强烈的时代责任感,但同时黄平明白这不是一个理想主义的时代:崇高被当作宏大叙事被消解,主体精神成为碎片化,理想只是一种解构对象。在这样的时代,如何坚持崇高的历史感?

在这里,就出现了"新理性批评"不同于以往各代的特殊立场。黄平的主张一以贯之,那就是"戏谑美学",用反讽的冷水喷上火热的思想,让蒸汽变成动力,成就一种"特殊的艺术抵抗策略"。但是这样的立场不是凭空产生的,据黄平自己说,在当代文化中是有深厚的传统可承继的。为了抵制这个"小时代"的低劣庸俗趣味的"大时代",下面才是值得坚持的精神传统。

文化艺术作品的单子是"周星驰的电影、王小波小说、《大史记》系列、《一个馒头引发的血案》、《网瘾战争》"(黄平《"大时代"与"小时代"——韩寒、郭敬明与"80后写作"》)。

"戏谑美学"的代表人物单子是"80年代的王朔,90年代的王小波,新世纪十年的韩寒"(黄平《反讽、共同体与参与性危机——重读王朔〈顽主〉》)。

知识分子谱系的单子是"陈寅恪—顾准—王小波"。

当代经典作家的单子是"路遥、张爱玲、王小波"。因为"他们直接击中各自读者群体的情感结构：路遥之于城乡迁徙大潮中的青年，张爱玲之于都市化以来小资—白领的青年，王小波之于渴望寻求'自由'的青年。（黄平《革命时期的虚无：王小波论》）

把这四张单子叠合一下，可以发现唯一的重合点只有一个人：王小波。王小波成为黄平这批"新理性批评"群体知识谱系的轴心，不可能是偶然的。黄平对王小波情有独钟，因为王小波的精神世界是"理性加艺术"，最好地体现了黄平所坚持的"戏谑的历史感"。王小波是陈寅恪与顾准的理性主义事业的继承者与超越者："王小波的际遇和担当，显然都在于使他在接武前人的同时，又尝试演奏陈寅恪、顾准等人以后的乐章。"黄平认为王小波精神的关键词，是"理性"，在一个完全反理性的时代中寻找理性，坚持理性。这是一个艰苦卓绝的战斗，但又是一个不可能胜利的战斗。

例如，王小波写"文化大革命"，写中国历史，情节匪夷所思：《黄金时代》写批斗会，《革命时期的爱情》写武斗打死人，都是用一种嬉笑顽皮的腔调。难道"文化革命"真是玩笑一场吗？我们免不了要疑问：这些知青未免日子过得太逍遥，可以耽迷于发明杀人武器，专心致志"搞破鞋"，可以逃亡进山，可以捉弄队长。哪怕无穷无尽写交待，至多不过是"像个专业作家"那样描写性爱；批斗时虽然被捆得紧，松了绑还可以"继续犯错误"。这样的狂欢情节，在"文化大革命"中不可能发生，尤其不可能发生在被批斗对象身上：我们体验到的"文化大革命"酷行，完全无法写成如此酒神式狂欢叙述。王小波写的"文化大革命"，完全是扭曲历史。

在这个方面，王小波不仅为新理性批评提供了精神，也为之提供了方法：他不屑"反映现实"，他鄙视"历史事实"，但是他比任何作家都洞察中国文化的真正运作规律，比谁都更了解中国历史的运动方式。他讲故事的确嬉笑冷嘲，他的语言狂放恣肆，这种嬉笑讽嘲远远不仅是为了增加讲故事的乐趣，王小波面对的对象过于荒唐，荒唐到你认真对待它，跟它讲理，实际上是让自己弱智到对手的水平。

同样，黄平面对的也是一个不可能胜利的战斗：在一个非历史的时代坚持历史的责任感。这使命是注定要失败的，黄平对此很清醒，他说他心里有着"失败者的自觉"，他在做一个知其不可为而为之的努力。在这个物欲横流的"小时代"，文学艺术中充满了浅薄无聊，把鸡毛蒜皮小家子小便宜当幸福，在这个时代黄平坚持的是"无人应和，沉寂落寞"的理想精神。只要有这一点坚持，就让我们对文学批评的新一代充满希望。

这种新理性批评，不是我们一般理解的理性主义那种众人皆醉我独醒的清高，而更表现为反讽精神。在这个时代，如果知识分子只是孤标自赏，那还能独善其身，放弃责任；但是愤世嫉俗地挑战风车，一味居高临下训示，像克尔凯郭尔笔下的黑格尔一样"用国王般的眼神瞥着列队等候检阅的各种现象"，也一样是放弃责任。这时候，反讽就是一种有效的面对时代的方式，是在非理性中坚持理性的立场。贯穿着反讽的批评，是一种比较理想的文化状态；理解了掌握了反讽的根本品质，就可以让在沉溺中找到救赎之路。

实际上，文化的大环境，也让反讽成为唯一有效的社群意义方式。笔者从八十年代起就把文化定义为"一个社会相关符号表意活动的总集合"。当代文化正在经历一个前所未有的转向，社会各种人、各个阶层或集群之间，意见冲突不可避免，而且随着人的意识自觉，冲突只会越来越加重。用黄平的说法就是："当年的政治共识在当下已经破碎……不同知识传统之间对话的能力越来越弱，立场决定一切。"

在这样的时代，表意的冲突只能用"联合解读"的方式处置，联合解读即是反讽式理解。要取得社会共识，矛盾的意见不可能消灭，也不可能调和，只能用相互矫正的解读来取得共识。黄平曾经引用过笔者的一个看法：当代文化的特点是，人之间的联系不再基于在部族—氏族的身份相似性（比喻），不再基于宗法社会部分与整体的相容（提喻），不再基于近代社会生产关系形成的阶级认同（转喻），当代文化的基础是消费，人与人之间形同陌路，没有生活方式的联系。

要在这个基础上建立社群意识，就只有在不同意见中互相阅读对方的意见。妥协也只能是暂时的，意见冲突又会在新的地方出现，但是一旦反讽矫正成为文化惯例，文化就有取得动态共识的能力。

反讽精神在当代，由于媒介技术而取得了新的紧迫感：纸面的传播时代已经结束，我们在网络上读到作品，也在网络上读到批评。网络文化是一个喧闹的广场，人与人的空间隔断，身份遮蔽，说话少顾忌而多张扬，个个在亮剑，冲突公开而言辞激烈。而网络的共时特征，让他们的意见几乎无先后地进入对抗。文化表意的主要方式就是争论，这就让人觉得冲突过于激烈，社会正在危机性地裂解，其实这是互联网这种传播交流方式造成的印象。

但是"媒介即信息"，当今的交流，不是为了取得一致意见，而是在冲突中协调。网络社群是反讽的，最后以各种局部问题上的妥协取代合一的形而上思想。在一个非社群化的社群中，必须找到一种方式，不必强求一致也能找到必要的共识，这就是反讽。

既然反讽已经成为这个文化的主调，我们就只有尽可能了解反讽的种种特点，包括其弱点与强处，以及反讽演化的出路，才能找到能让文化新生的表意形式。新理性批评的笔尖对社会精神的表态，形式上越来越复杂，却也更加贴近真实。我们可以想象，王小波这位电脑写作的先行者，如果在今日的互联网时代发声，会成为"反讽理性主义"的领军人。

黄平在"王朔—王小波—韩寒"这个文学脉络中得到了反讽精神的坚持，我们在黄平的批评文字中，看到这个自称失败者一种神气清朗毫不畏缩的理性精神，一种在"戏谑"中找到批评主体立足点的自信。因此，黄平的批评时时冒出一种昂扬自信的抒情基调，像地心的热量喷出的间歇泉，"从这些现代世界的罅隙里，永恒的光才会透进来，让不成熟的、病态的现代自我与更大的价值相遇……星光铺就的道路重新出现于天宇"。

黄平论文的这段诗意可以读作黄平的自我评价，像王小波那样"诗意地创造自己，将自己从污浊的历史中脱离出来"，这也是我们看到的新理性批评的前景。

（2013年）

面具与秩序：读张淑萍剪纸研究

克劳德·列维-斯特劳斯，当年曾经是个血里流着荷尔蒙的"文青"，哪怕他接受了系统的人类学训练，而且不辞辛劳，冒着生命危险在亚马孙森林里做印第安社会的调查，他的头脑依然是感性的、浪漫的。后来汇合成《忧郁的热带》一书的笔记，写得文情并茂，情感沛然，以至于龚古尔奖委员们希望这是一本文学作品，可以给法国最高文学奖增色生辉。怀抱着如此敏锐的感觉，面对如此生鲜活泼的奇异文化，列维-斯特劳斯收集了一个人类学资料的大宝库。他占有了一座宝山，只待他说出亚马孙丛林的秘密。

但是他不知道如何理解这些纷繁复杂的材料，如何从中得出人类文明的规律。直到1941年他作为犹太人逃离法国，在纽约邂逅了语言学家、俄国人雅各布森。下面的故事，是现代学术史上尽人皆知的一个故事。雅各布森闲谈似的告诉他，布拉格学派语言学者从索绪尔符号学发展出来的一些基本想法。列维-斯特劳斯何等聪明人物！一点即通，豁然开朗，突然就明白了他那些人类学材料中隐伏着一套文明的构筑方式。于是有了《结构人类学》，于是有了《野性的思维》，于是有了《遥远的目光》，于是有了一代宗师，于是他的思想远远溢出语言河道，推动了宏大的二十世纪符号学运动。但是，我们读他的书，在冷静的术语之下，我们依然能感到他的诗一般的感性，他对部落文化现象的细腻感觉，他对第一手材料的热情。由此，抽象的思维，在他的笔下成为一段动人的"野性"的理论。

读张淑萍《陇中民俗剪纸的符号学解读》，让我不由自主地想到列维–斯特劳斯的人类学写作。这本书材料之生动丰富，让人爱不释手，一幅幅民间剪纸的拙朴厚重，几乎有后现代美术的风韵。远离城市文明的细巧腻熟，这样生命力顽强的艺术，传承几千年而不沾历史的尘土，让人感到扑面而来的陇中那块华夏民族熔炉的温度。

我们知道它们都是符号，我们也知道所有的妆饰、仪式、习俗、风气多半都是符号，因为它们的意义超出实用之上：它们都是"无用之物"，但是它们是喜庆成为喜庆、生日成为生日、丧葬成为丧葬的原因。没有它们，人类依然能结婚、生子、死亡，但就不是文化式地结婚、生子、死亡，人类就过得不像文明的人，看来我们无法用真面目生存于世，必须给自己戴上面具才有勇气自称文明。对文明的人来说，一切有用的衣食住行结亲打仗，都必须裹在无用的符号里面，不然他们就只是作为缺乏灵魂的动物人而存在。符号使我们存在于一个意义世界里，而不是仅仅活在物的世界上。这些拙朴的民间剪纸，呼喊着，跳动着，要求我们给出一个学理的回答。

这样一说，人类的文明化似乎是个抽象化的过程，我们的生命得到一个虚拟化的变异。悖论的是，这个过程非常具体，极为具象，符号的形象几乎让人觉得幼稚，像黄土高原的景色那么直率纯一朴实。实际上符号载体本身不需要复杂：复杂的是符号把我们文明化的过程。这就是为什么有那么多民俗资料，描写民风乡情的书籍，就像列维-斯特劳斯汗流浃背从亚马孙森林归来时背囊里的那么多材料。但是这些剪纸呼喊着、拉着我们，要求我们理解，要求我们解读。张淑萍给出的解读是符号学式的，但却是见解独到的符号学。她此书从陇中剪纸的一个个实例出发，画出了用符号学研究民俗的有效路径。

她论辩的第一步是：符号是文明的实质，但是符号的具象性，迫使符号指称的对象"退出在场"。"鱼戏莲，鱼象征男性，莲为女性"。我们看得到的只是鱼和莲，我们看不到男性女性，我们知道这是指男性女性，这是社会文化强加给我们的元语言。解读的强制性，好像给文明人戴上了面具：男人有鱼面具，女人有莲面具。

到这里为止，民俗学做得中规中矩。然而，符号并不停留于"一物替代另一物"，符号进一步用自己的神奇力量创造世界，创造事物在世界上发生的可能。符号不仅仅是代替对象出场，符号有能力反过来制造对象。在本书中，就是剪纸作为祈福灵物的分析：用葫芦创造多孕，用莲创造"连生贵子"，用猴吃桃创造"富贵封侯"。

然而，貌似简单的剪纸，还能进一步创造事物之间的秩序。此时剪纸作为符号，甚至能作为魔物演出巫术。最有戏剧性的例子就是本书仔细描绘的"叫魂"剪纸。"陇中叫魂仪式中，剪三个拉手红纸人人，放在孩子睡觉的炕头下，用孩子的内衣粘叫魂人人，粘起来就意味把孩子被吓跑的魂叫回来了"。这就是符号民俗学应该走到的地方。固然，人类学家一直明白这些巫术手法："用孩子的衣服叫魂遵循的是接触律原理，用剪成人体形状的拉手人人来叫魂,遵循的是相似律原理。"但是从符号学角度来看,这是符号及其解释创造了文化的元语言。

因此,符号构筑对象、构筑事物秩序的能力,形成文化体系。土地丰腴,人口繁盛,风调雨顺,事业顺利等,这些世界各民族多少都具有的,而文化各民族不同,文化的不同只能来自符号的不同。列维-斯特劳斯已经说过:"原始思维以对秩序的探究为基础。"而凭着对中华民族成熟之地的陇中民俗的研究,张淑萍很清晰地把这个结论往前推进一步:"所有的思维活动都以对秩序的要求为基础。"这是张淑萍这本书值得我们细细琢磨的地方,也是我觉得这本书值得读的理由。

(2014年)

正当中国人需要主体性的时候：
评颜小芳《中国当代电影中的农民主体性》

主体问题，是现代理论中最令人头疼、也是最引发争执的问题。"我"的存在，本来似乎是不必怀疑的。但是"我"并不直接引向主体，主体并不是人生来就有的天赋，而是我的意志和愿望达成的后果。如果我不能做自己的主，我因为各种原因受制于别人的意志，我就没有主体；当我不能自觉地用理性思考我自己的生存，因为各种原因控制不了自己的思想或行为，我也没有真正意义上的人的主体。因此，我们周围大部分人，甚至包括我们自己，都没有完整的主体，但是我们有"主体性"，也就是不同程度地打了折扣的主体。对不同时代的不同个人，对"主体性"的要求很不相同，"主体性"关系到人在这世界上最根本的生存方式。

主体问题，一直是几千年的哲人无法摆脱的难题。儒家说"仁者，人也"，是说主体有；佛家说"人法皆空"，是说主体无。

系统的现代主体理论，说主体有，起始于十七世纪起的欧陆哲学，那是理性主义的天下，笛卡儿首先提出了主体中心论的唯心主义；康德与黑格尔的思想方法很不相同，但是都强调了主体的重要性以及主体完善的可能。这种对主体的乐观估计一直延续下来，变成胡塞尔的"主体间性"中的自我。皮尔斯认为人本身就是符号，因为人的思想也是符号，而这个自我符号意义的实现，最终必须扩张为"探究社群"，逼近真相。因此，符号学应当是当今难见的"主体有"乐观派。

说主体无，也几乎同时发生，于今为烈：十七世纪英国思想者开始对主体持怀疑论立场。从经验主义者洛克，到现代怀疑主义的创始人休谟，一直延续到逻辑实证论的罗素、维特根斯坦，都对自我持怀疑态度。此时欧陆哲学界也跟上来：尼采作为后现代的主体解体论的先行者，把主体看成是个"语法虚构"；到二十世纪，弗洛伊德认为主体只可能是分裂的，阿尔都塞、福柯、布迪厄等人纷纷提出主体是外因构造的，不由人做主：社会，或意识形态。而近二十年则是德里达风行，他专心拆解从笛卡儿到胡塞尔的主体中心，坚持认为主体只是形而上学的幻想。

以上说的并非谈玄，而是我们每个人面临的迫切现实问题：如果主体本来就是崩散的、待解构的、无法确定的，那么本来就无法得到，一切追求都是虚妄。假定在发达国家已经可以清醒地对待理性过剩，防止主体过分扩张，那么在当今发展中国家，个人面临的困境，主要表现为自我张扬不足。在这种时候，我们有没有必要跟着西方的解构主义立场，大谈主体的完整已经不复存在？

更关键的是，如果我们把眼光从发达城市、东南沿海、大学校园，转向内陆腹地的广袤农村，转向从那里走进城市的打工仔行列，我们难道也对他们说"主体问题在西方学者那里已经过时，因此你们不必去想如何建立主体性"？说这样的话是绝对不负责任，尤其对农村来的年轻人，他们正在克服重重困难，试图在城市的现代化生活方式中寻找自己。如果哲学在此时能做的只是学舌西方时髦学术路子，重复他们批判西方传统的话语，实际上是对中国人生存现实的蔑视。

因此，听起来玄虚的理论前沿问题，就变成了一个非常迫切而现实的问题。颜小芳教授有志于从学术上（也就是从根本道理上）解决这个问题，她的武器是主体符号学理论，她的分析对象则是"新时期"以来的描写农村青年的电影。这个解剖刀锋利，这个切入点鲜活。从《大河奔流》的慷慨高歌，到《人生》的无奈挣扎，到《老井》的困苦争斗，到《秋菊打官司》的奋力抗争，我们看到的是，守在几千年黄土地上的农民，主体意识在步步觉醒。

然后我们看到情景变了，舞台转了，这些农民的下一代走进了城市，他们成为城市不受欢迎的客人，但是客人终将成为主人，因为建设起这些繁华城市的，是他们的双手。要做主人，就必须要有主体性，因此他们从《十七岁的单车》怨苦不言的少年，变成《世界》里不得不适应新天地的各色人物，他们也可能在《高兴》中无奈地找乐，但是一旦"成功"却也会发现《手机》时代并不一定是理想的世界。

所有这些，都是主体困境的符号再现，穿过所有这些电影场景的，是一如既往的那个农民之魂，在苦苦寻找自己在这世界上的意义。面对这个局面，主体符号学不得不回答最困难的问题是：自我如何能控制自己的形成？自我靠各种符号表意身份集合而成，而各种身份是自我的选择，只要控制自己的身份选择，自我就可以选择自我，但是进城务工究竟有多少是主体的选择呢？

符号表现困境中的主体，也只有通过符号意义才能从困境中最后拯救自己，因为主体既是意义的来源，也是意义的生成物。在实际意义传达过程中，主体必须具有处理意义的能力，不是判定对错，而是把对方（城市居民）看成意义交换的对手。符号文本生产和传播过程，正是对"充分主体"的挑战，迫使人们考虑对方的存在。这样理解的主体，是相互的，是应答式的。以承认（愿意接受）对方的表意作为自己存在的前提，在内心经验中寻找"他者"的回应。

颜小芳分析的电影中，进城的农民青年最终必然会成为新城市的新居民，必然成为发展成熟的社会中具有充分主体性的公民。虽然困难重重，虽然还有许多悲喜剧会在他们的生活中上演，但是人终将渡过隔开物欲与真性灵的深深的河。或许到那时候，颜小芳会再给我们一本书，庆贺主体性的新生。在那个时刻来到之前，我们能做的，是同情地观察这些灵魂的跋涉历程。

（2015年）

翻译要谈，不翻译更要谈：
评熊辉"潜翻译"概念

中国人读了某些外国诗有所感，不是他们喜欢上这几个外国诗人，而是这几个外国诗人喜欢上了他们。某些外国诗人回答了他们心中的某种呼唤，用"显翻译"或"潜翻译"的方式，在他们心中创造了某种共鸣。而这种共鸣的余音，一直缭绕到我们的文学传承中，到我们今天的文学活动中。

真理往往是最明晰最简单的，虽然真理要一本好书才能说得清楚。记得俄国理论家罗曼·雅各布森有一句话，"能指必是可感知的，所指必是可翻译的"。与所有真正的名言一样，说的是常情常理，细想却明白深意无穷：能指可以感知，这感知如何而得，就不是我们能规定的。"无物之象，恍兮惚兮"，只要有象，哪怕恍惚，也必有深意。对于受国外影响，我们有作家诗人的自白文字，也有他们的作品为证。把话说得大大方方，把话说得躲躲闪闪，或干脆一句不说，都是对于治翻译史者的挑战：广征博引搜罗证据，有意义；蛛丝马迹剔抉幽微，更有意义。既然"不说"能够被感知，不说就有意义，不说的原因更有意义。

中国文学史长期把翻译文学这一大块搁在外。这空白本身也证明治文学史者识见有所短，能力有所缺，言说有所忌，心有不可道之隐。文学翻译对中国现代文学运动的影响，至今没有被充分地综合到文学史中，这背后也有一定道理。近年这方面似乎有所突破，出现了一些功力扎实的研究，而熊辉的研究，更是资料翔实，论证周密，迥出流辈。不过我猜想，现代文学史一直苦于材料几乎用尽，不得不在旧材料里翻箱倒柜。看到熊辉的这个概念，就遇到了一位潜心于深山几年后归来的探宝者。你可以自己走不进这大山里去，你不可能忽视这位探宝者慷慨地给你看的如此多珠玉富矿。

熊辉发现了一条巨大的矿脉，藏量远远超过已发现的已勘探的，会有不少人在金山继续探索下去：熊辉创造了一个新的概念，极大地扩展了翻译研究的领域，那就是"潜翻译"。熊辉指的是五四诗人明显地读了某些外国诗，没有翻译成文，但是留在脑中的印象极深，最后在创作中浮现出来。谓予不信，熊辉手里拿出实证：在私信里谈过所受影响的《红烛》之源头；连私信里也没有说所受影响的《死水》之由来。

当然，说闻一多未受外来影响独立创作的学者可以继续打笔墨官司。他们没有受影响的宣告就是无影响，从文本对比里看出"潜在翻译"，证据不足。而且这种说法，似乎含沙射影，说闻一多译过草稿，没有拿出来，索性改写成自己的诗。按我的理解，熊辉的"潜翻译"概念，不是如此简单：潜翻译是一项非常高贵、独创性很强的思维活动。潜翻译，就是真正的理解。明白地说：所有的理解，都是翻译；要理解，不可能不翻译；一旦理解了，就是潜翻译，早晚会在自己的作品中显露出来。

因此，读懂了一首诗，就是在脑子中做了一道翻译，自己对自己说：哦，原来如此，我明白了"白发三千丈的意思，就是某某意思"，每个人不同的理解，可以有不同表现方式，唯一的不可能的理解方式，是"白发三千丈的意思就是白发三千丈"。

这就让我们回到了本文开始所引雅各布森的话：对某件事、某个文本，理解了，脑子中必定做了一道"翻译"，必定另一套语汇解释了一遍。这"另一套语汇"不一定是另一种语言，当然不排除另一种语言。"可译性"指可以用语言解释，也包括可以用另一种符号再现。任何一个思想不可能纯然地呈现为思想，它必然需要表现，而"理解"就是给它另一种表现：不可能用原表现方式理解一个表现。皮尔斯说"每个思想必须与其他思想说话"，就是这个意思。

那么诗人读懂了一首外文诗，就有绝大可能是用中文想了一遍，谁叫他是个中国人呢？而且很可能用的是诗的语言，谁叫他是个诗人呢？更可能用中文诗的语言想了一遍，谁叫他是个中国诗人呢？

熊辉提出的"潜翻译"，我的理解就是诗人读外国诗的过程。如果这个过程被永远搁置，永远忘却，倒也让文学史无话可说，但是偏偏熊辉研究的是中国现代诗的开山始祖，他们的思想过程，他们的所思所虑，构成了我们今天无法摆脱的传统。

"潜翻译"这条矿脉绵延深长：雅各布森说的这"翻译"，并不一定是语际翻译，还可以是不同符号系统之间的"翻译"。与五四时期诗人作家相比，当代的诗人作家对外国诗题目令人注目地噤如寒蝉：五四诗人作家几乎个个精通外语，几乎个个大谈读外国文学作品的感受；而且几乎个个动手翻译，译者兼作者是五四本色行当,这传统一直延续到卞之琳、钱锺书,一直延续到穆旦、陈敬容。难得有不懂外语的,如汪静之,也不惮坦言,说自己勤读别人的汉译。

而中国当代诗人作家呢?难得遇到一个两个诗人作家懂外语,要肯兼做翻译的,是特例中的特例。是不是当代文学不受外国文学影响呢?表面上的确如此:几乎没有一位当代作家诗人,像五四一样津津有味地谈外国诗佳作。我们都明白,这背后的原因实际上很俗气:如今不同五四,译本太多,而译本人人能读,有什么可炫耀的?

套布鲁姆"影响焦虑"之说,我称之为"影响势利"(Snobbery of Influence),好像非要上西奈山得到十诫的摩西,到还道村庙中得到九天玄女天书的宋江,才用作宝贝,随时说起。但是人人可得,不等于人人有悟。不翻译不等于他们就摆脱了翻译,只要他们读译本有所感,反映在他们的作品中,他们一样是参与了翻译影响本国文学的过程。

这就是为什么熊辉的"潜翻译"值得好好理解,尤其是值得关心中国诗的朋友好好读。至于治中国文学史的学者们,他们今天可以不读,明天可以不读,不可能后天也不读:因为那时候他们的学生都读过了。

爬行的身体才能飞翔：
序李自芬《小说身体：中国现代性体验的特殊视角》

对于二十世纪上半期中国文学中的身体叙事，李自芬这本书是第一本系统的讨论，值得好好一读。

中国是个古老的文明，文明是人脱离野蛮的尺度。《孟子》说："人之所以异于禽兽者几希，庶民去之，君子存之。"不同点不多，庶民也不太在乎，所以君子要拼命夸大这个部分。一般人都认为这个"几希"的不同是伦理道德，儒家学者可能真是这样理解。我觉得这不同点，是人在这世界上追求意义的自觉努力：努力使人生和经验世界具有意义，创造"人化"的世界。

人与动物相同的地方，是有个各种器官复杂地组合起来的身体。各物种之间这些器官惊人地相似，最近还发现某些能够互换。文明人追求意义，靠的不仅是这些器官，而是一个常被称作"灵魂"的无形无体的神秘物。中国文明有五千多年历史，中国人的灵魂历史也就如此久远。

麻烦在于，一百年前，中国人久远的灵魂遇到了危机——现代性入侵的危机，而且这个危机采取了特殊的形式：不是比灵魂（不管是道德能力还是意义能力），而是比身体，包括武器这种身体的延伸。现代性问题，对中国一直是个灾难，一场令人羞辱的斗争，中国人被迫参加一场不按中国游戏规则进行的比赛。

李自芬在书中说："对于中国人来说，'现代'意味着被放逐被抛弃，无家可归感更甚于获得了自由的欢欣，因此，他们急切地要寻找生命可以依托之地。这一点跟西方现代性生成之初的欣欣向荣之景——人对自我的无限肯定和希望——构成本质上的差异。"这一段总结非常精彩，生命可以依托之地，在现代世界就是自我，自我的肉身。被迫发现肉身的重要，对中国人来说是很不愉快的经验。从李自芬讨论的数量巨大的中国文学作品来看，这种不愉快一直延续了下来：中国人始终不知道如何安放中国身体。中国现代文学的一个明显特色，就是对身体不愉快的感觉，以及最后不得不做的不愉快处置：中国文学自始至终没有逃脱这种身体悲剧感。

灵魂寻找意义，意义就是人生的追求，意义也反过来构成我们的灵魂：灵魂实际上是我们寻找意义的结果。在这个逻辑上循环往复的运动中，中国人制造自己的文化：中国传统文化实际上是自我复制的"精神财富"的巨大堆集。人仰天寻找吾生之前的造物，俯首思索吾生之后的归宿，然后转过头来看到此生。但是人的此生存在的意义，与生前身后不同，它有一个非常结结实实、无法摆脱的能指，那就是我们的肉身，它时时刻刻在给我们感觉刺激。

"形而上者为之道，形而下者谓之器。"人的肉身绝对是形而下之物，只有"器"的存在。这个肉身不需要"我思"才能存在，相反，"我思"明显是这个身体向外的延伸，是这个身体具备的一种能力。这点很容易证明：肉身的病痛与障碍，可以让我们寻找意义的活动立即停止；肉身的欲望和需要，也严重地影响我们在意义追求中关注的方向。这个明显的事实，要到现代性开始形成，人们才注意到，而中国人被迫接受现代性，也就是被迫接受一系列形而下器具的重要性，尤其是身体的重要性。

李自芬引用了一张清末留日学生的"自治要训"，竟然全是吐痰、公共场合大声说话之类如何处理自己身体的规定，而这些规定大致来自欧美，日本人采纳较早而已。李自芬感叹道"其间夹杂着多少对自己身体的不安、惶惑与自卑自怯"。中国人到世界上，在处置身体上几乎是动辄得咎。

于是身体成为意义的新的集中点：李自芬列举了中国现代文学对身体的一系列关注方式：传统中国是个病相身体，患病成了从晚清到五四文学指责传统的最富于刺激的隐喻；民族革命必须从改造身体始，但是更容易的做法是找出内部的敌人，找出敌人身体的乱象（例如丑陋）并且消灭之，使民族革命的身体解除他者的负担；但是革命的身体又不得不承载过多的意义，于是另一些不太革命的作家（例如新感觉派和张爱玲），回到处在日常琐事中的身体，回到身体凡俗欲望的细节描写。如何处置身体，成为二十世纪上半期中国文学无法解决的难题。

很悖论的，这个问题的解决，不是靠文学家的再现，不是把身体作为现代化的象征，而是靠干脆放弃身体作为象征，回归身体的形而下方面，回到身体的原始物欲状态。这样的身体不成其为追寻意义的出发点和动力源：身体书写在中国之中没有一个立足点，身体始终不知道如何在中国文学中安放自己。更清楚地说：身体本身，始终未能成为现代中国文学中意义追寻的出发点。

身体作为现代性的寓所，只是一种感觉，一个比喻，但是过度的关注，也会把形而下变成意义的归结：身体变成自为之物，变成意义追求的终点。中国现代性成为中国人如何控制自己的身体这个复杂能指的方式。到今天，中国的现代经济所取得的成就，大多都在满足人的身体的形而下需求上。从国人对房子装修的讲究，对餐馆旅社奢华的追求，对高尔夫等"优雅"运动的崇敬，对脑白金等"长寿保健品"的信任，都证明：身体的舒适与享受，肉身本身的延续，成为现代性在中国人生活中引发的最大变化。每天早晨晚上，全国大中小城市的居民，自动集合在广场上做各种健身操，跳一些简单的健身舞。其场面之大、人数之多，真是一场无人发动的全民"完善身体"运动，构成全世界独一无二令人惊叹的景观。

中国现代文学中表现的身体，是把它视为意义追寻的出发点，是让中国人能够勇猛一跃，够及现代性，把握现代性。中国人现在关心身体，因为把身体当作不带有追寻意义目的的健康器具。当代中国文学艺术中对身体的犬儒主义，或是放纵的虚无主义，并不说明中国文学克服了二十世纪上半期对身体无所安放的困局，相反，是取消了这个问题：当身体真正回复为形而下之物，失去了象征维度，灵魂将爬行在地，意义追寻就被放弃。

在这个时候，读李自芬关于二十世纪上半期中国文学对身体左右为难的痛苦，我们是应当为自己欣慰，还是为自己的麻木感到失落？即使对待身体的过于实际态度只是"庶民"的思想与行为方式，现在的思想者还有自己独立的声音吗？即使偶尔有，他们还在幻想中，或是在艺术中，追寻身体的意义吗？

我猜"英国病人"的心：
序刘丹《后殖民视野下的翁达杰小说研究》

跨国界写作卷入诸种复杂的文化问题。刘丹的这本著作，解读的正是这批作家中成就最高、作品也最深刻的作家之一迈克尔·翁达杰的作品。这本厚实而细致的分析，在国内尚无出其右，书中谈到的今后将会更重要，学术界会不断地会回顾这本著作中所提到的一些问题。

2018年，英国布克奖由九千人的投票团，决出1969—2018"五十年布克金奖"，迈克尔·翁达杰1992年的获奖小说《英国病人》荣获此"奖中之奖"。这个奖不容易，跨度很大——"半个世纪最好的一本小说"，此书在文化史上就此奠定经典地位。

不过此奖的意义远不仅在此，翁达杰本人是斯里兰卡裔加拿大作家，诚然跨国界写作的作家早在二十世纪初就出现：波兰的康拉德，印度的泰戈尔，中国的林语堂、蒋彝、程抱一等。但在过去的二十年时间里出现了一个大潮：从得到诺贝尔文学奖的日裔英国作家石黑一雄，到印裔特立尼达作家V. S. 奈保尔，到南非裔澳大利亚作家库切，再到1981年布克奖得主印裔美国作家萨尔曼·拉什迪等，以及美国国家图书奖获得者中国英语作家哈金等，当然尚未得奖、今后将得奖的还有更多更多。一大串名单宣告了一类特殊的作家，"跨国界作者群"成为世界文学中不可忽视的一股力量。

文学批评界并非对这种局面熟视无睹，也曾经出现不少命名，最经常用的是"流散作家群"，即不甘心留在摇篮中长大，离开本国文化的舒适怀抱，冒险到异国他乡，用一种陌生的语言写作的一群作家。诚然移民是这个全球化世纪常见的现象，移民到另一个国家去的科学家、工程技术人员、艺术家、做大小买卖的，各种职业的人，数量极大。过去世代的民族迁移是集体的，跟着有魄力的领袖走；现代的民族流动是个别的，出于个人动机。各种行业移民无非是追求更多机会、更美好的生活，而作家移民，纯是自找苦吃，他们的职业本领——语言与文化修养——移地就作废，就像他们袋中叮当的几个旧钢镚。

除了那些"反向移居"的个别西方作家（例如赛珍珠），所有跨国界作家基本上都是从所谓"第三世界国家"移居到西方发达国家，正如其他各种职业的人一样。不同的是，作家不仅必须借用移居国的语言，而且必须适应移居国的文化。"适应"不是服从，他们的作品就成了不同文化意义博弈的战场。用《英国病人》主人公的话来说："我们都是'国际杂种'（International Bastards）——出生在一个地方，却选择到另一个地方去生活。一辈子挣扎着想回去，又挣扎着离开。"

任何一位有成就的作家不可能不把自己的主体性或其某些部分，置换到他的作品中。小说这个戏剧性的舞台，就成了各种思想斗争的场地。每个作家"主体性出镜"方式很不相同，小说中的思想对立冲突也很不相同。如果仅仅因为他们来自"第三世界"国家，他们的作品就一定会按照某种标准的剧本演出他们的内心戏剧，这是一些喜欢制造理论、在大学讲坛做推理表演的"理论家们"弄出来的"潮流"，任何真正有价值的作品，不可能按照这些堂而皇之的公式写作。原因倒是很简单：艺术的定义就是挑战定义，艺术的规律就是挑战规律，理论家的表演，是他们的本职工作，作家的本职工作就是挑战一切"本质"，尤其是被理论家固定的公式。翁达杰本人就这样说："既然二十世纪的绘画与音乐都经历了种种激进的变革运动，小说又有什么理由仍停留在相较固定的形式？"

刘丹这本著作最大的优点，是拒绝把作品放在解剖台上细细剖析，让生命流失，而是让翁达杰的作品自己说话。这样就让我们看到了一个活生生的创造者，在每部作品中演出他心灵中的苦恼和斗争。翁达杰对北美的文化生活有自己的吸收角度。翁达杰在1976年出版第一本小说之前，就已经在加拿大做了十年的超现实主义先锋诗人，写了六本诗集，多次得奖。他给著名加拿大歌手里昂纳德·科恩写的传记享誉乐坛。1976年他的第一本小说《经过斯劳特》，基于真人真事，著名黑人爵士乐手博尔顿的一生。从题材到风格，完全不像一位亚洲青年知识分子的"本土"眼光。

对诗歌和音乐的迷恋，是翁达杰写作生涯的必要准备：他的英语诗一般优美，节奏之灵动，语义之闪烁，质地感强劲，没有许多英美作家过于圆熟的甜腻感。如此英文，让英美文人都倾倒佩服，这个功夫非常难得，也只有做到这一点，他才能征服文坛，否则文学奖就只是"政治正确"的鼓励，成色不足不可能成为

"奖中之王"。

十年后，1987年他的第一本有关斯里兰卡的书《世代相传》，实际上是他的复杂家世的片段回忆，他拒绝把自己的"民族之根"看成一个逻辑上清晰的整体。虚构与纪实的交错，并没有把任何问题简单化。这本书实际上给他的"斯里兰卡灵魂"做了基本的色调铺垫。几十年后，他出版了他的杰作之一《阿尼尔的灵魂》（又名《菩萨凝视的岛屿》），显示了他的不妥协的立场：斯里兰卡内战的三方都缺乏最基本的人性之善，视人命如草芥。佛陀的悲悯普善之心，都被追求自身利益的各方忘却。面对这样的惨景，欧洲式的人道主义显得苍白无力。

在这两本小说中间，1992年，翁达杰的旷世杰作《英国病人》出版。四年后的1996年，根据这本小说改编的同名电影横扫九项奥斯卡奖，形成一个全球性的文化事件。此小说至今已经有近三百种版本，在世界各国都有一批书迷。有的人认为电影比小说生动，有的人认为小说比电影优美，我个人属于后一批。翁达杰本人在"金布克"颁奖时说，"没有电影，恐怕这本小说不会得到此奖"。他是个谦虚的人，也许说的有部分道理，电影帮助了小说畅销，但小说的畅销只是让更多人注视，与得奖没有直接关系。

刘丹对这本小说写出了精彩而深刻的评论，我在这里再说任何话都是多余的。但这本小说有一个谜，我想大胆尝试解一下。小说是战争刚结束暂时留居在意大利一个修女院的四个人对战争的回忆，以及他们对战争伤痕的处理方式。小说的核心主人公是一个被烧得面目全非的坠机事故伤员，只是因为他与其他人——加拿大护士汉娜、印度工兵基普、被出卖的英国特工卡拉法乔——都只能用英文交流，因此，大家都只能称他为"英国病人"。他的片段回忆，说出了一个惨情故事，成了小说情节的主干。

这个人是一名匈牙利贵族，战前沙漠探险考古的组织者，为了救情人而向德军出卖情报。他的惨情故事几乎是古典风格，放到整个战争背景上实在有点荒唐，与整个战争不相容。但其他人的故事也是战争的伤痕无法被同盟国的胜利所修复，印度士兵反而被美国原子弹激怒。"英国病人"暗喻了这个英语主导的新世界刚出生就有病：整个战后欧洲秩序甚至世界秩序，是在英美霸权上建立的。这就是为什么我们重读这个看似浪漫的悲剧故事时，不得不想起的"时代病"。

人物来自四个不同民族，只能用英语交流。这个理由是小说情节安排给的，也许是给作家一个理由：讲出这个故事的小说为什么用英语写成。一个语言艺术家，尤其是一个像翁达杰那样的英语艺术家，不得不面对这个与生俱来的语言病，也不得不把这个病生到如此程度，成为"金布克"奖中之王。他自己说："我认为自己既是亚洲作家，也是加拿大作家，也可能是两者的混合。"

刘丹的书花了不少篇幅引用了对翁达杰作品的尖锐批评，有的批评语句尖刻到了让人难以容忍的地步。刘丹没有把翁达杰捧为圣人的任何意图，恰恰相反，她引用的评论，她自己的批评，留出了许多余地给围绕翁达杰的争论。因为这些批评都是有道理的——在一定程度上并非有失公正。翁达杰是个充满矛盾的作家，也正是这些矛盾使他成为一个有灵魂的活生生的人，而不是名人殿堂的一块匾，文学史上一座石头雕像。

这位黄皮肤的假扮加拿大作家，写完后掷笔四顾：懂我的语言之美的，只有你们说英语的人；不能理解我的语言的，也就是你们说英语的人。作为一个写作人，感到强加于他身上的语言工具，使他成为一个"生英语病的病人"。这让我想起克尔凯郭尔《致死的疾病》中的一段话:"诗人的一个任务就是去描写一个恶魔般痛苦的自相矛盾的结局。这个矛盾就是:不能没有知心人,又不能有知心人。"

(2020年)

观者为王：评云燕《认知叙述学》

几千年来，论文学艺术者，谈的是创作若有神启，谈的是作品绝妙好词。至于文学读者、艺术的观者，他们的任务是仰慕作者的才华，读佳作叹而观之，观剧时击掌欢呼。艺术离不开读者，他们是复数，给艺术做一面镜子，让艺术家照见自己的光彩。他们必须懂风月，有情趣，不过依然是无名无面目的芸芸众生中的一员。

在数字时代，他们重要性增加了。他们是点赞者，是"烂番茄"或"豆瓣"分数的创造者，他们是流量，是酷评者，是气氛的制造者。艺术家被他们涌上王座，或打入地狱。他们是舆论的兴风作浪者，作品社会价值的制造者，不过依然，他们是有绰号无身份的芸芸众生中的一员。

这就是为什么自古以来讨论文学艺术者，很少说到观者读者。实际上他们参与文学艺术已经不简单：要有资格，有水平，有眼光，有教养，有心情。但是培养探究这种能力，不是文学艺术的任务，是社会的文化教育的一部分。一旦观众读者的组成发生了重大变化，例如宋元市民社会发达，"俗文化"听众读者壮大，产生了新的消费需要，然后有话本小说、有元杂剧。如此的变化，依然是社会性的，作为观者读者，他们只是赶了一下街头时尚潮流，买票听书看戏而已，怪不得文学史写他们至多提上一句。观者是如何看懂一场戏，读者如何读懂一本书的？似乎是自然而然、不必深究的事，也没有人问过这问题，更不用说仔细研究了。

首先说清人的心灵并非白纸一张的，可能是十八世纪的康德。康德强调指出，人具有先天的能力，才能理解感性的经验材料，这种先验的认识框架，可以称为"图式"（schema）。十九世纪浪漫主义影响下的西方理论，重视的依然是对创作的研究；现代形式理论的出现，极端细化了作品结构的分析。二十世纪初批评理论的大爆发，出现了重要的转向：读者的理解方式，在文学艺术过程中起决定性作用。文本本身并不是决定性的，接收者的理解才完成了作品。

这股潮流，看来是十九世纪下半期的心理学勃兴所引导，尤其是格式塔心理学的启示：回顾批评理论产生的日子，我们看到皮尔斯在孤独的思考中提出了符号学的基本原则。索绪尔符号学的重点在符号文本的形成，皮尔斯与在他之前大紫大红的索绪尔不同，他分析符号意义，重点放在"解释项"上，放在意义如何落实并且衍变之上。无怪乎他的符号学被后世称为"阐释符号学"（interpretative semiotics），也无怪乎理论界进入"后结构主义"，皮尔斯符号学取代索绪尔。

另一个理论界的重大变化，就是"阐释学"的兴起。阐释学的胚胎是中世纪的"解经学"，在二十世纪初，狄尔泰提出了"解释循环"理论。他的后继者伽达默尔提出解释不可能完备，只能在经书成形的历史语境与解读者的当下语境之间取得"视界融合"；

海德格尔提出前理解与理解循环，理解不得不受先前理解的限制。伊瑟尔和尧斯发展出"接受美学"，而费什等推进到"读者反应论"。

由此，整个二十世纪文学艺术理论界的大趋势，是逐渐把落脚点移到读者观者身上：作者固然借一定的修养，用一定的方式进行创作。文本本身是"有语法"的，无规矩不能成方圆，而读者恐怕更是如此，阅读是由很强烈的"语法"所控制的。这种"阅读语法"并不是写作语法的镜像，不是对创作语法的对应，而是具有创造性的独立方式。与其说读者不得不迎合作品的结构需要，不如说创作不得不了解并且尊重读者的阅读语法，循此而进，才能展开叙述。无怪乎叙述学从文本分析、叙述语法与叙述修辞分析，转向认知叙述学，文学艺术理论的大势所趋，作为符号学形式论分支的叙述学，不可能逆向而行。所谓"后经典叙述学"，关于"叙述自然化"与"非自然叙述"的讨论，是这个大潮中的波浪。

这是几千年未见之大变局，是整个人类认识的角色颠倒。近年"认知学"的强势崛起，正将所有这些努力整合起来，以便面对数字时代人类意义行为的再一次沧海桑田的大变革。认知学，说的并不是谈玄，而是极具体的认知法则。为了读懂叙述，读者首先必须读懂自己，明白我们是如何会明白叙述中的各种变形的。本书的讲解让人豁然开朗：我们作为读者，原来是这样读书的！

云燕的这本书《认知叙述学》生动而仔细地讲解了一系列我们心中自觉不自觉地具有的"语法"，诸如"认知地图""路线与边界设置""情绪与移情"，以及"五种基本认知活动"。作者是研究认知学的专家，她说清了理论，更说清了这些理论是如何在每个人的读书实践中运作的。我读了以后，明白了我如何会"读懂"某些书,为什么会"读不懂"另一些书,这是意料不到的大收获。细读这本书,已经不是一个"开卷有益"的问题,而是"理解自己"之必须。

叙述是观者的游戏,胜者属于心里明白的观者。为此,我们感谢云燕教授这本指点迷津的好书。

(2020年)

从那边，谈那边：读崔莹《访书记》

崔莹是个奇女子：个子和面貌都很精致，背包里永远带着电脑，胸前挂着笨重的职业相机。她似乎永远在快步疾走，到新的地方去。她曾说："我要走一百个国家，采访一百个有趣的人。"我想这个目标可能早就达到了，但她依然在走，看来世界上不会有她不会去的地方。

崔莹的笔头与思想都奇快，同时做国内近十个报纸刊物的驻英记者，在好几个刊物上发表定期专栏；题材之广，内容遍地开花，可比美她的旅行之远：从小说插图史，到希腊诸神传奇，到花卉美食。我只见过崔莹两面，当我听她说起她的工作计划，已经觉得晕眩，如在旋风中。当我看看坐在她身边的天文学家丈夫，我猜想，他看来跟不上这速度，只能一边固定望着星空某一点，一边羡慕地望着她在全世界飞。这位绅士风度的英国天文学家名叫"崔马克"，姓"崔"，必须的。

我承认：这样的介绍，有点像狄更斯小说的插图，略带夸张的描写，有点调侃的钦佩。如此写也许会导致误解，以为崔莹是个浅尝即止、走马观花的"随笔家"，处处留意的"包打听"。当这本五百多页的巨作出现在眼前时，我们会突然发现一个"后真相"，一个出乎意料之外的意料之内。

这就是真正的崔莹，她的工作作风恰好相反：深入寻问，调查追索。早在新世纪头十年，她就出版了三本巨厚的采访集《做最职业的记者》《做最创意的节目》《做最有钱的杂志》。每本采访二十人，每本三百多页，题材都集中在她的本行：新闻传播。原来她是新闻系科班出身：2000年山东师范大学本科，2005年英国龙比亚大学硕士，爱丁堡大学社会学博士，硕士毕业时就获得记者大奖。

她本应当就是活跃的职业新闻工作者，而一个真正的记者，就应当关注任何社会文化问题。但崔莹的思维兴奋点、她的兴趣，远远不在新闻业本行，而在新闻业的对象，天下事都是她笔下事，难怪她还是个极有创造力的纪录片导演。

从2014年到2020年，崔莹采访了八十八人，汉学家、历史学家、文学家、各界有成就的人物，呈现在我们眼前，接受问题挑战。最后她从中挑选了五十二人，写成了眼前这本巨厚的书。

采访八十八人，这工作量有多大呢？以六年计算，每年十五人，每二十天采访一人。这工作要有多大的持之以恒和精力？假定采访一人要至少读此人四本书，那么总共要读三百五十本书，而且要带着问题读，而为了明白应当参访哪些人，需要读更多的书。仅仅这份辛苦，就不是一般人能坚持的。

虽然崔莹采访的主要是写作者，但写作者的身份，题材之宽广，题目之多样，令人惊异。被采访的人中，学者与作家居多，这不奇怪，文化人讨论的不仅是自己，更是他们的研究对象。而"非文化人作者"身份之多样，更令人惊异：从法官，到殡葬师，到时装模特；从波兰人，到印度人，到巴西人、以色列人、越南人。这些人写的基本上是自己的经历。这就要求采访者事先对更多的陌生题目做足功课。由此一来，工作量又翻多少倍？

这本书是作者知识面的展示、兴趣面的产物、意志力的结果，更是她眼光敏锐的见地。能够对另一个完全不同的文化了若指掌，而且找到那么多兴奋点，这就不仅是文化融入的能力，更是内心包容力的胆略。就这一点而言，我在认识的人中，还找不到类似崔莹的人物。

我曾经为中国人到国外留学、留居、任教的著名人物画群像，也为在国外写作，无论是用英语还是汉语的作家，做群体观察，一言以蔽之：写的永远是中国题材，想的永远是中国经验，我称之为"题材自限"。从某个意义上说，这当然没有错，他们内心永远是中国人。但崔莹不同，既然走出国门，就自觉成了中国文化的"无冕大使"，她为我们介绍不同文化中发生的事，让我们看到"文明多样性共同体"中真正的多样性，她不做旁观的访客，不是拿着望远镜看邻家花园，而是登堂入室，与他们促膝而谈。

崔莹的这本采访录，完全没有这种"题材自限"。除了采访汉学家的篇章，其余的采访都把"从中国人的眼光看"隐藏在文字背后。她写的不是一个居留西方的中国人会感兴趣的事，不是中国人自己照镜子，她写的是一个敬业的记者所发觉的异乡异事：那边发生的事情，那边居住的人。

在我读到过的所有中国人写国外的作品中，这是一本难得一见的奇书：不是从这边谈那边，而是从那边谈那边。

（2022年）

又一个轮回在开始：
评王小英《网络文学的符号学研究》

我们面临的，不是一种从来不缺的下里巴人俗文学，或是一种舶来的时髦媚俗。十几年之中，一个稀有文化物种在我们眼前长成一个庞然大物，使文学研究者瞠目结舌，让文化观察者欣喜若狂。网络文学不是一个世界性潮流，而是中国特有的文化现象，这是我们翻开这本书就读到的令人惊异的事实，据说可能只有韩国可以比拟，日本差强人意，其他各国均无。

这是很令人惊异的事，中国人，尤其是中国青少年群体，可以具有超常的文化创新能力，就看我们是否能面对。既然是世界独有，这个中国当代文化研究的大题目，就需要一个独特的理解。西北师范大学王小英教授的这本书，提供了一个杰出的系统的理解方式，这个怪异万端的庞然大物，被庖丁解牛般剖析开来；这个令人眼花缭乱的新奇文化现象，顿时变得条理分明，可解可读。

王小英牵住了这头怪兽的牛鼻子：那就是，网络小说作为一种媒介的形式。所有五花八门的新问题，甚至内容庞杂多变，奇幻魔幻科幻，言情无情滥情，包括它的言辞挑衅却道德保守，甚至其创作方式（王小英称之为"间性编码调控"），它的平台批量生产，所有这一切，都来自它的传播方式：屏上阅读，即时消费。由此产生了网络文学的许多奇怪而且日新月异的做派，例如投票、推荐、点击率、点赞、点评、打赏、加入门派、加入粉丝团——中国青少年们几乎在玩网络游戏一样玩弄文学。可以说这些读者反馈，在传统书面文学的阅读中也不是不可能，但是网络文学的互动，是与创作同时发生的，此时此地在影响创作，甚至直接指挥小说后续章节的写法。

因此，网络文学是用部分回到过去，大步跨向未来，来占领此刻：在口头叙述时代，听众集体在场消费故事；在书面文本时代，读者个别地不在场消费故事；在网络文学时代，网民集体性"拟在场"（即虽然人身不在场，意义行为却在场）消费故事。消费的在场性与集体性是口头文学的特征，因此网络文学以全新的方式，部分回向了口头文学的消费方式。

不仅如此，网络文学文本的边界不清，卷入大量"伴随文本"，这点看来也在返回口头文学。一场口头演出，例如说书，其"文本"远远不止是语言，还包括腔调、姿势、表情、灯光、听众的临场反应（骂与赞），以及最重要的，讲故事者与听众的互动，对故事随机应变的调整。其结果是：口头叙述与网络文学的文本边界非常模糊，进入解释的"全文本"边界难以划定。而正成对比的是：书面文本的边界非常清楚，不仅印刷、纸质、包装等不能算，连标题等也是"副文本"。

这是一种全新的文学。有不少人认为网络文学与书面文学的不同只是发行传播方式的不同,现在看来这种传播方式的巨大差别,必然导致一种新的文学的产生。它的历史重要性,完全可以比拟四百年前启蒙时代书面印刷文学对文学史的冲击,完全可以比拟小说的崛起。无怪乎王小英此书发现,被许多思想家认为屡试不爽的"四体演进",在网络文学上很奇怪地不起作用了:弗莱认为1500年以来,小说的发展在现代早已经进入最后一个阶段,反讽阶段。王小英发现情况不对,反讽忽然不见了(网络文学哪怕充满搞笑,绝大部分是"可靠叙述"),英雄与罗曼史时代似乎又开始了:

"弗莱(Northrop Frye)在《批评的解剖》中,指出欧洲1500年以来虚构作品的重心一直在下移:先是罗曼史与出类拔萃的英雄作主角,其次是悲剧与具有权威和激情的主人公,再次是喜剧与普通人做主人公,最后是比普通人在能力和智力上低劣的人作主人公。由此,虚构艺术进入反讽时代,但在网络小说这里,我们看到的是另外一种情形。罗曼史样态的网络小说风靡流行,想象和幻想力的发达是网络小说的一大特点,且这一特点经常通过某一非凡主角不同寻常的经历表现出来,因此在某种程度上大部分网络小说可以称之为'英雄'幻想小说。"

这是什么原因呢?任何符号表意体裁终究会疲劳,终究会在似乎不可阻挡的"进步"中变成反讽,又在反讽中耗尽自身,然后让位给一种新的体裁,这种新的体裁又会开始一个新的四体循环。人类的意义世界,就在这样的表意方式循环中向前推进。而网络文学,目前受尽指责批评,被看成轻薄为文,没有深度,缺少品格,娱乐+商业。所有这些听了一耳朵的话头,不就是十七世纪小说兴起的时候受到的批评吗?不也是一个世纪前中国晚清民初小说大繁荣时的指责吗?只要稍假以时日,历史就看到了什么呢?同样,要不了多少年，我们将也会看到新的文学的新经典，迫使我们注视。

或有论者会说，我对网络文学的这个定调，是否太乐观了？但是几十年之后的读者，也就是此刻在读网络文学的青少年成为社会中坚，他们会诧异：什么"纸面文学"？不就是"竹简书"？

我已经觉得我很可笑：明明一个崭新的文化轮回正在开始，而我还在欲吞欲吐，做种种保留，害怕直视历史进程的亮光。

（2016年）

"非家"之岛——华人作家寻找身份之道：肖淳端《立史安身：英国华人文学历史叙事研究》

大半个世纪前，夏志清把"中国作家只写中国"这种奇特现象称为中国现代作家的Obsession with China，有人译成"感时忧国"，我个人简单地译为"家国执念"。夏志清说的是二十世纪上半期的中国作家，此后几代作家已经成长，创作界已经后浪几度，物是人非。况且，在旅居海外的华人作家，与家国隔了不小的一段距离，应当有所解脱了。然而，读了肖淳端的书，却发现此情此景不但没有改变，而且发展成华人作家的新特征"民族志写作"（Ethnography of China）。肖淳端教授的精准概括，使我颇为感慨。

海外华人，一旦成了或将成为一个非华人国家的公民，应当说有了一个新家，进入一种新的文化。这听起来自然而然，但真正做到却很难。可以说：黄皮肤的东亚人，黑皮肤的非洲人，命运有点相同：他们作为异乡客，印记就在脸上。如果迁居到一个同肤色国家，差异就不明显，在那里他们只是一个名字比较奇特的新来者，过不了几年，至多一代人之后，异乡客就会变成旧邻居。所谓人的存在本质，理论家说得云里雾里，经常只有一层表皮那么浅。

然而，我们谈的是作家，他们似乎应当不同。作家居家写作，当地人很少见到，与当地社会接触不多，肤色又能奈我何？写作靠经验世界，不仅不论肤色，而且异国色彩正是让读者啧啧称奇的另一片天地。华人作家群，无论是新老移民、侨居者，或是二代华裔，也无论这些作家是新移民，还是远居南洋东南亚的"二度移民"，抑或无论他们写作用的语言（既是受教育长大的语言）是外文还是中文，肖淳端认为无论他们的生活习惯或社交圈子有多大的不同，他们都有一个共同的特点：黄皮肤，决定了他们属于同一个种族。而作为作家，决定了他们是"华人作家"。

难道这一大批华人作家，哪怕有着极为不同的背景，也就都该永远写华人"老家"的事？难道皮肤的颜色如此重要，浸透意识，渗入灵魂，控制灵感？此事说起来很难解释，笔者在二十年前就指出中国移民作家的写作题材严重自限问题，"吐丝为茧，家事为牢"。读肖淳端教授这本书，更发现早已如此，于今为烈。

肖淳端教授以英国"华人文学"为研究对象凡十余年，此书取材宏富，视野开阔，对所评论的作家细读细写，下了大功夫，是至今为止这个领域功夫下得最深的一本书，将会成为研究海外华人文学者绕不过去的里程碑。她一眼就看到了海外华人文学的症结，所以她的书名题为《立史安身》，因为书中写到的所有作家，上面写到的各种背景的作家，无一例外地走"立史以安身"的写作之路。读遍肖淳端此书，找不到一个例外作家，甚至找不到几本例外的小说，不是在写民族志式的家国群体经验，哪怕写的是主人公个人经历也离不开华人群体的生存。

此种倾向，最明显的可见于几位英国的华人英语作家，后果也最值得分析，实际上他们已经不属于"中国文学"的一部分，应当是英国文学史的研究范围。肖淳端教授花了最多的篇幅，透彻地分析了他们的作品，发现他们依然落在"中国文化圈"之中。

一位是出生于马来西亚的欧大旭（Tash Aw）。欧大旭是当今英国华人英语作家中写作最稳定者。英国著名的东安格利亚大学创意写作班出过许多人才，该系的网页上作为有前途的学生标榜的，是被该系培养出的"三大天才作家"：《赎罪》的作者、英国当今最负盛名的作家伊恩·麦克尤恩（Ian McEwan）、诺贝尔文学奖获得者石黑一雄（Kazuo Ishiguro），以及欧大旭。可见读书界写作界对欧大旭期盼之高。

2005年，他的处女作《和谐丝厂》（*The Harmony Silk Factory*）获得重要的文学奖惠特布雷德奖（The Whitbread Prize）。此后，欧大旭每三年一本长篇，出产稳定，是个有韧劲、有才有志的作家。《和谐丝厂》写的是围绕马来亚一座丝厂命运的几代华人家族史；2009年的《隐形世界的地图》（*Map of the Invisible World*），标题听起来像幻想小说，写的是一个十六岁的华人少年到雅加达寻找多年前"消失"的父亲，题材是印度尼西亚马来族华人在二十世纪六十年代血腥政治风暴中的遭遇，东南亚华人的"隐形世界"已经无地图可寻迹；2013年的《五星亿万富翁》（*Five Start Billionaire*）写的是20世纪初的上海，获布克奖提名；2016年的《脸：堤岸的陌生人》（*The Face：Strangers on the Pier*）写的是家世：二十世纪二十年代军阀混战时，祖父是如何冒险上船来到马来亚的。

英国华裔作家近四十年中成绩最高者，应当数香港出生英华混血的毛翔青（Timothy Mo）。多本谈论英国学界讨论"外来者"作家群的著作，都把毛翔青与奈保尔、拉什迪、石黑一雄并列，显然认为他是英国华人文学第一人，肖淳端此书对毛翔青论述最为详细。毛翔青在二十世纪八十年代初，几乎是新星爆发，给人很大希望。1982年的《酸甜》（Sour Sweet）写唐人街餐馆业者，在家庭琐事中见华人的艰辛。此小说改编成电影，由名导演内维尔执导，张艾嘉主演，大获成功。

毛翔青创作眼界很高，从此没有写过华人家庭琐事，而转向与华人有关的东南亚政治历史。1986年出版的大部巨作《占有岛屿》（An Insular Possession）写鸦片战争背后的英国殖民史，获得布克奖"短单提名"；几年后的1991年，他写出气魄更大的史诗小说《多余的勇敢》（The Redundance of Courage），题材是八十年代东帝汶（East Timor）人保卫独立的起义，以及受到的血腥镇压。毛翔青以上三本小说，都得到布克奖提名，但未能获奖，失之交臂，殊为可惜。我本人阅读他的著作，觉得此人写作，波澜壮阔，气魄摄人，颇有十九世纪末诸位现实主义大师的大家风范：纵观历史进程的眼界高远，拒绝在家务事上精雕细琢。这在当今"巧叙述"的后时代，并非十分讨评委之喜之道，或许这也是他始终没有得到布克奖的原因。在写作成就上，毛翔青是华人作家中无可争议的代表，在英国文坛上的位置，他已经得到。

抑或因为才高，受挫后有所不平，二十世纪九十年代初，毛翔青与出版社因稿酬发生争论，他做了一件"史无前例"的事：退出英国的出版体制，自己成立一个"无桨"（Paddleless）出版社，自己卖自己的书。在前网络时代，此种事不可能成功，在今日恐怕也不大可能做成。此后，他似乎就从英国消失了，二十世纪九十年代笔者在英国任教时，对他的作品很感兴趣，认为他的路子在华人的"家世文学"浪潮中，笔力挥洒，别开生面，不可多得。千方寻找他的下落，时有踪迹，最后找到他在菲律宾主持一本拳击杂志，联系却无回音。此为道听途说，不足为凭。多年暌违此君，看肖淳端此书，才知道2012年他带了新书《纯》（Pure）回归英国文坛，写的题材却依旧是东南亚政治历史，这次是有关泰国南部的宗教冲突。我已经回国任教身居国内，没有机会读到，但毛翔青坚持自己的写作路子，坚持书写家国大历史，即便得不到英国文坛赏识，历四十年不悔，这精神令我敬佩。

值得深思的是，为什么历史对华裔作家如此重要？不管是家史、家国史、族裔史（例如东南亚华人史），肖淳端此书称之为广义的"民族志"（ethnography）写作，为什么华人作家，不管何种背景、何种教育、何种成长经历，一旦写作，离不开这条主脉？甚至明显地可以看到，在毛翔青与欧大旭这二位最有才气的华人作家身上，已经成为一条明显不容易走通的路，为什么华人作家宁愿戴着代家族立言沉重的桂冠，而不去走后现代写作的所谓"多元化"之路？

不仅英国的华人作家如此，实际上旅居其他国家的华人作家也是如此。这就是肖淳端的书名《立史安身》准确得令人赞叹的地方。"立史安身"，一语中的，用来总结华人写作史，极为合体：华人作家有一种强大的家国认同感，他们自己作为作家的"安身"，必须依靠"立史"，他们的写作不可能离开"民族志"。

写作题材自限，难道是中国作家特有的？可能真是。欧大旭的"同学"，与毛翔青一道发迹、崭露头角的"同代人"日裔英国作家石黑一雄，最早的作品也是写日本题材：1983年的《群山淡影》背景是长崎的原子弹爆炸；1986年的《浮世画家》写一个日本画家在二次大战中的经历。八十年代中期，石黑一雄做了一个极为华丽优雅的转身：1989年的《长日留痕》写了典型的英国故事，贵族家的管家与女佣人的黄昏暗恋，淡雅而忧伤。此书获得布克奖，改编成电影极其成功，描写感情之细腻，得到评者的赞美，也得到英国读者青睐。2005年的《别让我走》，讲克隆人少男少女命定为人类培植器官的悲惨命运，电影也赢得不少观众的心。2017年石黑一雄获得诺贝尔文学奖，他的"非民族志"写作反而使他的作品进入了更为深刻的人性深度。为什么日本作家可以不再写"民族志"？当然可以辩解说，这是因为石黑一雄五岁离开日本，对日本只有童年记忆。但事实是，恐怕某些华人作家的纯中国经验也不多，甚至可能更少，毛翔青定居英国时也只有十岁。难道五岁十岁有如此大的差别？原因或许不在此。

笔者个人认为，中国文化之博大精深，远远超越欧美，超越日本，这应该更是华人作家安身立命的根本。扩大言之，"华人"（不管是华裔还是华侨）在国外一直是一个独特的群体。移民群体抗拒"被吸收"往往靠宗教，例如各国的犹太人社团或伊斯兰教众。但是中国人并不有意依附于某种中国社群，中国文化本身自然而然地成为他们的立足点，成为他们保护自己，并且让子女后代找到"安身"之处的根本。在中国国内，各地域各阶层文化的差异，可能让"中国性"本身需要花力气才能总结出来。若把这批华人作家请到一桌上来，恐怕很少有共同话题，甚至可能言语不通。一到国外，"中国性"反而成为不言自明的共同特质，与他们的皮肤相貌一样明白无误，无法摆脱。土耳其当代作家帕慕克有名言云：小说如镜子，能看到自己。此言非常精确，文学反映的是作家心里的世界图景，而"华人"的心灵世界，恐怕总是中国文化的世界。

这让我想起了弗洛伊德关于"非家幻觉"的论述。弗洛伊德在1919年的一篇文章中详细讨论了一种心理特征，他称之为"unheimlish"，英语心理分析家译成英文的"unhomely"（非家），中文无对应词，译成"诡异""恐惑""暗恐"等诸种词，显然脱离原词义。什么是"非家幻觉"呢？弗洛伊德举了很多日常生活中的情况：恰恰因为你害怕重复过去经历过的事，你就会不断碰到它。法国精神分析符号学家克里斯蒂娃在《自我的陌生人》一书中讨论了这种幻觉，她指出我们每个人会在自己身上找到不属于自己的因素，我们是自我的陌生人。我们会发现存在于自我内心最深处的异质性，发现自己身上不由控制的陌生感。

离开亲切的家园，离开我们熟悉的文化，就像离开母亲的胸怀。在异乡他国，"非家"从心理的比喻变成了实实在在的压抑性存在。诡异的恐惧，让我们无法忽视的冰冷，具体地说，当我们以"局外人"的身份看这一切"非家"的熙熙攘攘，这时，不管我们如"愤怒的作家"毛翔青，还是心态平和稳定如欧大旭，家国之感，族裔之史，不可避免会从我们的心灵中如泉水鼓涌而出。哪怕我们知道如何打开心胸，这非家之乡的周围一切，始终在提醒华人：要安身，先立史，立史即安身。

（2021年）

自序与前言

爱上形式：《必要的孤独》自序

二十世纪七十年代末，我在中国社会科学院研究生院师事卞之琳先生攻读莎士比亚，卞先生却劝我注意二十世纪英美的新批评，一种形式主义文论运动。我把散藏在北京各图书馆的资料都找来读了一下，一读钟情，立即爱上了现代形式文论——或许那种对思维整饬的追求，比较适应我这个力求化简的头脑。

我明白，意义是个云雾笼罩的迷魂阵，一个没有明确形状和边界的星云团。面对这个迷宫，批评家有两种态度可选择：一种是沉溺其神秘，醉步其曲径而不想走出来，用诗意转达玄奥，用美文抒发感官的享受，我们不妨称之为诗意的诗学；另一种是力图寻出一种理清的策略，找出一个可尝试走上一段的方向，哪怕走不出迷宫也留下几个路标或脚印，我们不妨称之为分析的诗学。

前者足知其不可为而不为，后者是知其不可为而为之。我毫不犹豫地选择了后者。倒不是因为勇敢，沉溺其中才需要勇敢。我做了一个计划，准备用十年时间一个一个流派、一个一个领域地读懂现代形式文论。下这个决心，倒也不是对"诗意派"的反感（中国道禅是现代诗意批评公认的始祖，但这派在中国后继者也不多），而是对盛行于现代中国的另一种批评不满，那就是"内容批评"。这种批评视文本为真实世界的描述"反映"，可以用治理统治真实社会，或评说真实历史的种种规范标准来批评文学。批评家的工作类似检察官或小报"道德法庭"专栏作家，整日就人物该做不该做什么评是断非。既然无法惩罚想象中的人物，就让作者和出版者对人物的罪过负责。

内容批评或许是一种对文学的自然而幼稚的反应。东吴弄珠客《金瓶梅序》云："《金瓶梅》而生怜悯心者，菩萨也；生畏惧心者，君子也；生欢喜心者，小人也；生效法心者，乃禽兽耳！"这四种人，都是"信以为真"派，都以内容作为文学的本质。现在却要添上第五种人"勃然大怒而痛加惩罚者，现代批评家也"。

我当时之所以要走形式文论之路，是感到这是廓清弥漫文学艺术批评（包括文学史研究）的"内容幼稚病"的唯一出路。压力自然不请自来，一个研究生做出个力挽狂澜的姿态，使个别诲人不倦者厌恶。其实我自己心中也虚得很。我的成长过程注定了我是个历史感很强的人，斤斤于形式屑屑于技巧，置文学的社会历史联系于不顾，我自己也感到未免过于偏颇，总觉得失落了什么。

在当时，七十年代末，中国批评界恐怕没几个人愿意弄懂，或能够弄懂形式文论的种种"科学化"的术语和分析方法，所以我的沾沾自喜掩盖了自我怀疑。从那时起我苦读了三十多年形式文论，其间做过一些文学翻译，做了一些东西文学影响史研究，偶尔手痒，还写了些小说诗歌，但老学生从中国做到美国英国，又做回中国，这个读书计划一直在遵行。

大约在1985年左右，我从叙述学读到后结构主义的符号学，豁然明白了一个道理：形式分析是走出形式分析死胡同的唯一道路，在形式到文学生产的社会文化机制中，有一条直通的路。是形式，而不是内容，更具有历史性。这一"悟"使我欣喜若狂，超越内容（或尽少依赖文学的素材）来探究文学与社会之关系，看来并非不可能之事。

然而，从这理论构想到具体的令人信服的讨论，还要做许多工作。为此我选择中国小说从传统到现代的发展作为理论构想的第一个实验。现在献于读者前的这本书，就是这个实验的总结报告。

我坦白承认，这个实验是理论先行的，并非纯然"从实践中发现真理"。然而，哪一种学术研究不是先有一个构想，一个待考验的模式？只不过一个诚实的学者应在研究中不断修正这模式。自然，先"研"范畴的存在本身就证明它决不是终极真理，甚至不一定是"真理"，只是在特定的研究范围中比较"说得通"而已，只是在意义的混沌星云中能像模像样地理个头绪而已。但这一点不就够了？我们已经目睹过多少牢不可破的真理大厦之倒坍？

博尔赫斯认为意义歧出是中国思想，至少他笔下的中国古人按中国哲学思想设计了一个歧径园，一个小说的意义迷宫。可惜博尔赫斯又创造了一个自以为是的英国人，一个"中国通"，重建了迷宫，识透了谜书。我呢？我是否能像那位沦为"间谍"的现代中国人，用打死这个走通中国歧径园的西方人，来表明我不仅猜得出这个谜，而且能把这谜用于具有现实意义的目的？

我希望我有博尔赫斯笔下那位现代中国人的自信。我的书试图提出一种追寻意义的策略。只是一种，而且只是策略，策略有好坏之分，有效无效之分，但它再好也只是一种具有"可行性"的意义构筑方式。

我的工作,是试图找出中国文化的文本集合构造如何限制了(而不是决定了)中国白话小说的叙述形式。只是中国小说的叙述方式至今未得到仔细研究,因此本书(《苦恼的叙述者》,北京十月文艺出版社,1993年)不得不把大半篇幅用于中国小说的叙述分析上,以设法使整个立论有个比较坚实的基础。而且,鉴于当时尚未有以中国小说为对象的中国学人写的叙述学著作,本书不得不花一部分篇幅解释了我的叙述学理论。不能说这是一个独创的"体系",但至少它更适合中国小说,也因此而与其他叙述学者的体系重点不同,论点也有所不同。就这意义上说,本书可视为中国小说的一本叙述学导论。

至于我研究的另一端——文化分析,应当承认,这本小书哪怕作一个中国文化结构浅略的扫描都做不到。本书能谈的只局限于中国白话小说的分析中能透露出来的一点情况。文化虽说是广义上的文本集合,但这一"广义",就使它异常复杂,比叙述文本复杂得不可道里计。小说叙述文本,可以作为文化的窥视孔,可以作为文化结构的譬喻,但仅至于此。显然,在这里,卑谦的自我认识是必要的。

在国外研究中国文学,有种种不利之处。与一般人的看法相反,西方汉学界的气氛妨碍学人"得现代批评风气之先"。知识界过于庞大后,以邻为壑就成为每个行业从业者的自卫本能。西方汉学家热衷于与中国学者比考据,比版本学,甚至比僻字僻典,却不愿与洛特曼比理论视野,与热奈特比细密分析。至少可以说,汉学家很不愿意吸收采用现代理论的成果。能有意把现代文论用于中国古代文学研究的论文,在西方众多汉学论文中,实在是太少见。就这一点来说，我依然是个旅居国外的中国学者，我所关心的，也是作为中国文化人所关心的。身居国外至多只给了我图书的方便。

各种国籍、主修各种科目的同学，在课堂讨论和作业中提出种种挑战，促使我进一步思考我的一些论点，经常迫使我采用更清晰的阐述。为走出混沌而寻找一个策略，但策略也有高低之分。我期盼有耐心读完全书的朋友逼我朝高处走，看得更远些，别让我不上不下地坐在山坡上，在孤独中自言自语。

（1995年）

窥者所见：《窥者之辩》自序

1978年早春，我从煤窑的黑咕隆咚里攀出来，地面亮得睁不开眼，但也凉得令人打颤。十年的体力劳动使我明白了一个道理：几十年来的文学方式和批评方式，所谓反映真相的现实主义，只是浅薄的自欺欺人主义。我贴近生活，贴得很近，我明白没有原生形态的、本在的生活，一切取决于意义的组织方式。

我到了社科院，导师卞之琳先生原是让我跟他研究莎士比亚，他看出了我自己尚不自觉的思想倾向，就建议我研究现代形式文论，从英美新批评开始。1978—1980年，我跑遍了北京各高校图书馆，把当时能找到的形式文论书籍全部读了，顿觉豁然开朗，一通百通——文学是形式的构成物，因此文学批评不是为作品内容作道德评判，而是探究意义在什么条件下生成，在什么条件下被诠释。这样一理解，我觉得僵死可笑甚至有点愚蠢的文学批评，突然间全盘皆活，充满了挑战。

于是我下决心花十年工夫沿现代形式文论的轨迹走一遭：从

俄国形式主义，到结构主义，到符号学，到叙述学。这十年中，虽然也写了一本文学影响研究，译了几本诗歌，而且因为一直在做学生，不得不去学拉丁文之类非我所欲的必修课，但我信守对自己许下的诺言，为形式文论写了六本书，编了两本文集。

八十年代中期，也就是我从结构主义开始、步入后结构主义时，在伯克利加州大学比较文学系遇上"资格考试"大关，不得不扔开理论，认真读大量中外古今作品，在大量的文本中找一贯通线索。此时又得一大悟：文学的意义组织方式并不停止于文本形式，形式是由社会文化与意识形态制约的。这不是对形式的否定，因为意识形态与文化历史本身也是意义的组织形式，甚至也是叙述形式——这样，从小形式到大形式，我们就有可能从文本这窗口一窥苍茫浩荡无形无态的历史运动。

就这样形成了我的批评立场：从形式探视文化。不是说内容不能成为批评对象，而是说，在我看来，跳过题材内容不仅是可能的，而且有些时候可能是可取的，尤其在描述文学的文化史时，文本形式的历史是最重要的审视点。

作为本书序言的这篇笔记，最早是我提交给加州大学博士资格考试委员会的"理论提纲"。此后，中英文稿发表过多次，也修改过多次。第一辑中选的七篇，大都是用实例演化这个批评立场，我称为"形式／文化学批评"（a formal/culturological approach）。

我并没有糊涂到自认为这是唯一货真价实的文学批评。不过，在内容批评或纯形式批评的大海中，风何必只朝一个方向吹？

从矿井的深处跳到中国社会科学院，是凭了一个机缘，即几十年内中国第一次公平的研究生考试。中国这个考试古国，要到1978年才承认入学是要凭考试成绩的，真是迂回了一个大圈。当全世界还在靠身份、血缘等统治的几千年中，中国以考查掌握文本形式的能力来赋予一部分人以文化的控制调节权力。

如果说任何社会都是分层的，那么中国以文类分层代替血缘分层，而给人以社会地位变动权——只要掌握困难的高级文类，就上升入意义控制阶层，即士大夫阶层。如果说，现代世界多少都尽量少用血缘分层，而采用了中国式文类分层方式（如果我们把数理化经济法律等都视为文本形式），那么中国远远走在全世界之前——困难的形式，少数人弄得通的形式，也就是文化权力采取的形式。

这是我用形式/文化论观察中国文学史和文化史得出的主要看法，而把这看法具体化是我自八十年代末以来的主要工作。本书第二辑的三篇文字，基本上都围绕这个主题展开。

我承认，这是一种精英主义的立场。"精英"这词现在几乎成了一个脏词——势利、狭隘，而且危险。在中国如此，在西方也如此，但二者原因不同。美国学院知识分子以"种族、性别、阶级"（race, gender, class）为名向既成社会体制发起批判运动，看起来是为受歧视的大众代言，实际正是美国这样的社会中文化批判对体制运行起制衡作用的方式。而中国对知识精英的反感，却是既成体制与商业化势力迫使学院知识分子放弃文化批判的责任。精英主义在中国，只是八十年代刚冒出一点新芽，这些芽苞现在有被掐灭的可能。

五四运动之后，中国社会开始推行一个强大的文化均质化运动，在文学上表现为俗文学化（即所谓"大众化"）。在社会伦理规范上，则是礼教下移运动。如果在传统中国社会中，道德"正气"的表率大都是政治或文章斐然有成的士大夫；近几十年来，大多树立士兵、农夫、工人，或草根基层干部为道德英雄。

往远点说，宋明理学的社会实践，首次在中国推动了俗文学的兴起，以及礼教下移。明清至现代，礼教下移愈演愈烈。明初规定，表彰节妇烈女孝子贤孙，只给布衣百姓家，不给有功名的士子官吏家庭，后者奉行礼教是礼教本意，为礼教牺牲是士大夫作为意义上层本应付的代价，布衣百姓才需教化。这种政策造成全民道德狂热。明清两代历史成为中国文化衰败史，至少原因之一在此。

从这个基本立场出发，八十年代末我检查了中国白话小说从发生到转化为现代小说的全过程，试图找出这演变的文化动因。然后在九十年代把主要精力放在中国当代先锋文学的理论辩护工作上——这是情势使然，也是信念使然。

先锋文学曾很热闹一时，先锋文学的评论曾是热门话题。曾几何时，先锋文学之衰亡已成了似乎不必讨论的既成事实：继消闲文学、痞子文学之后，拜金文学又迅速占领了大陆书籍市场，而主旋律则支持明朗、乐观、向上的出版物。两边一挤，先锋诗歌现在几乎只能在网络上读到，而先锋小说家则被通过电影成名的可能耀花了眼。小说高手也只有文学圈内人才知道，一旦进入大众传播就可家喻户晓，可以与三四流歌星或电视演员比一比，这个诱惑难以抵御。地摊书商及背后暴发的书商成了新的无冕皇帝。

虽然不像前三十年，中国文化现在非均质，回到分层格局，只是这格局倒立过来：以前（传统中国，五四期），雅文学是中坚，是意义控制与调节的支柱，而俗文学是依附与补充，在规范上认同主流文化。现在由于各种历史和现实对中国文化结构的影响，雅文学、精英文学，几乎无立锥之地。知识分子保持了几十年没摧垮的自信心，现在却有被商业化的"天鹅绒拳套"击碎的危险。先锋文学最后的呻吟，文化人的呼救声，在经济起飞的一片祝酒恭贺声中，几乎无人听见。

本书最后一辑是中国先锋文学的理论辩护。在中国，这已是一个很孤独的事业。

或许是明其知不可为而为之。但既然我十多年的理论探索得出结论：中国文化需要这样一种精英式的形式困难的文学，我不得不坚持这种必要的孤独。

（1995年）

《西出洋关》自序

这本散文集收的，大多是近二十年来我写的与中西文学关系或与外国文学有关的小文字。

离开外国文学界已经有整整十五年——1981年我接受了富布赖特研究奖金，去美国一年半，做中美文学的影响研究，以后就不再忝列于外国文学界诸公之后。但是，查一下这本集子中各篇的写作或发表年代，我自己也惊奇只有个别几篇作于十五年之前，大部分还是写于近十年。可见一入行当深似海，不容易走出来。

从八十年代中期开始，我转向以文学与文化理论为主业，连我喜欢的文学史影响考证也不能再做。看看这本集子，重做冯妇几乎是不可抵挡的冲动。一方面是早年的训练旧习难改，想到一个好题目，不禁手痒难忍，弃正业而不顾。

比如本书的第一辑《对岸的诱惑》，一共不过二十来篇文字，最早的与最晚的，几乎相距十八年。生下一个小丫头，也出落成个大姑娘了，这组文字却从未写完。一是这个题目不会写完：怕是到临终前,还会懊悔心里尚有几篇未能写出。不过,十八年了,还是只有半本书的规模,凑不成一个本子,也真疏懒得可以——身在洋关外,没有编者约稿的荣幸,也没有压力,写了也不知何处可投稿,于是就越发不成器。

不过上面所说的第一个理由——我的早年训练——实际上不存在。1978年第一次在全国范围招考研究生之前,我在离徐州一百公里的一个小煤矿,接受了近十年的再教育。无书可读,干脆不读,倒也爽快。七十年代中期,我昔日同学中条件最差的(出身与我一样乌黑的,"表现"与我一样不佳的),都一个个"再教育"成功,被调去到当时进口的大型化肥工厂做技术翻译,不知为什么就是没有我的份。千里迢迢到省人事局接待室去问,第一次还算客气,说"总有个先后",于是赶快找了一本化学工程的英文书,读得津津有味,至今还没忘记那些怪怪的技术名词。读了两年,还是没有我的份,于是再去人事局问一次,却被训斥一顿,"你自己应当明白!"至今三十年过去了,我没有想出任何端由。档案如基因,我自己是否明白,无关于它对我的主宰。

真要考研究生了,才想起光靠化工英语是不行的。我妹妹费尽心力,从一个地方大学的图书馆借出两本刚开禁的英文书,挂号寄了给我:一本是三十年代商务印书馆翻印的英国文学史,纸片黄脆脆的,供在那里,看一页记住了再翻到下一页;另两本小小的,袖珍本的莎士比亚《十四行诗集》,几乎背了下来。这是我唯一的"早年"训练。也怪,就凭这还考了个第一名,我关于《十四行诗集》的小文得到卞之琳先生的青睐,靠了卞先生的坚持,当然还有政审人员的明智,档案袋里那些神秘基因才没有发作。我会对莎翁情有独钟(他是我唯一讨论过的前现代作家):是他重赏了我日夜敬读的忠诚。

其实，不仅大学毕业后以劳动为主业，大学也以劳动为主课，到军垦农场劳动两年，说是去边劳动边学习，因此还有英文老师一起去。直忙到大冬天雪封严寒无工可做，部队指导员才说可以考虑"业务学习"。先用两个星期清除白专思想，英文老师才始上课，一天学一小时《毛泽东选集》英译文，不到两天，大方向错误就很明显，思想斗争有了对象。一律停下，重新斗私批修，以后哪个傻瓜也不会无聊到想读英文。到最后，连英语老师本人（从上海外语学院来的一位归国华侨）也和十几个同学一起死在源于田鼠的"出血热"之中，可见"洋"文之毒，必有报应。

以上种种故事，无非是说，我之读书，并非生性好学，而是上半辈子，读书一直是很羞辱，很罪孽，很苦恼，很受惩罚。现在捧而读之，不过是自我骄纵。阅读在现代文化中的地位，我非常清楚，也很明白读死书者，正在高速落伍，毫无可骄人之处。出这种集子，各位不妨当作医案：心理创伤的自我治疗，也就是说，与寻求真理之类的大事业不相干。

不过，我个人觉得，读书本来就切忌功利之心。说到底，中国人津津乐道的"学以致用""知行合一"等似乎不言自明之理，暴露出中国思想的一个根本缺点：过于功利。

为读而读，为知而知，在中国尚无道义根据。

我的一点小小经历，也在证明另一条道理：出西洋文化文学之关，或是出西洋海关，都不是容易善后的事，往往一生悔之不及。本书中说到的诸位中外文学先贤，很少有个善终。顾城出事之后有人说，顾城如果不出国，不会弄出如此人命大事，此说绝对正确。不是说顾城不出国就能长寿，在国内，诗人一样闹腾闯祸。我是说他不会在生活中遇到如此多难题，把一个只会看书写诗的脑子整个儿搞蒙。再例如，本书说到的吴宓先生，我始终没有弄懂，这个耿直的北方读书人，在美国读了几年英国文学，怎么就会认定自己就是雪莱再世，理该是个浪漫情种？可见书读了太容易闯祸。不读不饿死，洋书多误身。

而我外国文学"学术生涯"结束十五年后，竟然发现自己一直在写中西文学关系的题目，大文章当然写不出了，小散文竟然还能选出一本书，令我感慨不已，为本书提供了一个伤心书名：西出洋关——无归程。

（1998年）

《当说者被说的时候》自序

　　这本书实际上不是我的博士论文，而是我在准备博士资格考试以及准备论文时做的笔记——读书笔记，心得笔记。笔记做多了，还没有动手写论文，这本不大的书自己成形了，时间是1985年的夏天。

　　我记得伯克利铺满阳光的街道，通向澄蓝的海滨，傍晚时分，雾气会从海湾卷上来，沿着街上的树列往前推进，而从海里爬出来的我，则开着我那辆二手车，赶在翻卷的雾前面开回宿舍：从后视镜里可以看到，雾气的前锋翻着滚着，像一群猫的鬼魂，奔跑着抓我的后轮，这真是个奇特的经历。

　　为什么翻开这本稿子就想起伯克利的街道、雾中的花树？很可能写这本书本身是我一生罕有的快乐经验：没有分数之谋、方帽之谋、稻粱之谋，也没有什么人等着看，完全是为了自己的快乐，想通一个问题后，那种爽然，那种触类旁通的乐趣，以后再也没有体验过。

叙述学实际上是个条理相当分明的"学问"。只要把头开准了，余下的几乎是欧几里得几何学式的推导——从公理开始，可以步步为营地推及整个局面。在人文学科中，这样的好事几乎是绝无仅有（可能语言学会有类似情况），尤其是这样一门再清晰不过的学问：一百多年来有那么多名家，写了那么多的书，却要等到二十世纪下半期，到七十年代后，这门学问才渐渐成熟，而作为其出发点的几条"公理"，竟然要到八十年代才有人点破，而公理中的一条最基本公理，我觉得我自己的体悟可能比旁人更为清楚。

这条公理就是：不仅叙述文本是被叙述者叙述出来的，叙述者自己也是被叙述出来的——不是常识认为的作者创造叙述者，而是叙述者讲述自身。在叙述中，说者先要被说，然后才能说。

说者／被说者的双重人格，是理解绝大部分叙述学问题的钥匙——主体要靠主体意识回向自身才得以完成。

由此，出现本书拗口的标题。

困难在于，叙述学没有一个欧几里得。它是反向积累的：先有很多学者研究个别题目，例如"视角""意识流""作者干预""不可靠叙述"等，然后有一些结构主义者试图综合成一个个体系，然后有许多后结构主义者试图拆解这些体系，只有到这个时候，公理才被剥露出来。本书的讨论得了后瞻的便宜，才有了一个貌似整齐的阐述。

从这个意义上来回顾，的确叙述学这门似乎并不复杂的学问，也只有依托当代文学／文化学的全部成果，才可能精密起来。首先是詹姆士、伍尔夫、普鲁斯特、契诃夫等人创造了现代小说，实践远远地走在理论之前，才在二十世纪初引发了一系列关于小说技巧的讨论，但这只是叙述学的"前历史"。叙述学是二十世纪的文学文化理论大潮（很多人认为二十世纪是理论世纪，文学理论比文学创作成绩更大）的最具体实用的产品：世纪初俄国形式主义、索绪尔语言学、布拉格学派、新亚里士多德学派诸家群起；六十年代结构主义积富而发，直叩门扉；直到后结构主义符号学，以人类学术思想提供的最精密分析方法，登堂入室。所有这些学派无不关注小说的叙述（以诗为分析基型的英美新批评，也数次试图把他们的理论系统使用于小说叙述），把它作为分析其他人类传达活动文化活动的范式。

如此多强有力的头脑倾注精力于此，必然有所原因。明白了小说的叙述学，就有了一套最基本的工具，并不复杂却十分犀利的工具，就可以比较清楚地进入电影学、传媒研究、传播学，乃至文化学。反过来说，没有叙述学的基本知识，做这些研究就有可能犯一些沙上建塔的常识错误。

叙述学谈的看来是一些很浅显的分析工具问题，要弄清楚却还是需要动一番脑筋。尤其是，许多批评家似乎认为福斯特《小说技巧》、布斯《小说修辞》等比较容易读的"前符号学"叙述学著作已经解决了全部问题。基于此而写出的整本小说研究，往往理直气壮地重复他们的错误——已经被后来的叙述学家说清了的一些错误。因此，系统地学一下叙述学（或补一下叙述学课），或许对每个专攻文艺学的学生有好处。

有鉴于此，我重新拿出这本书稿，希望至少有一部分读者会觉得有用。必须说清，此书并非博士论文。倒不是怕鱼目混珠：本书的讨论很实在（我的书都写得很实在，以至于有不少朋友认为我"没有学会西方学术语言"，这是极高的夸奖），我对此书没有什么可惭愧的。我是怕引出误会：博士论文，至少在西方写博士论文，不能如本书这样搭建一个学科，论辩虽可以展宽提高，题目必须紧窄合体。博士论文，是一种"学步"，哪怕有飞跑能力，也得从慢走开始。此话我向自己的学生重复过无数次，在此再重复一次。不过此书确实是为博士论文做准备而写的，因此也不算离题吧。

不管博士论文与否，都已经是多年前的事了。

（1997年）

《当说者被说的时候》新版前言

这本小书作于二十世纪八十年代（虽然到九十年代末期才有出版机会）。写作至今已近四十年。四十年前，我四十多岁，在伯克利加州大学读博士，但丝毫没有感到自己是个"老童生"。有那么多书要读，有那么多问题要想，兴奋还来不及，哪里还会感到与周围的同学有年龄差别。这本书初版本文后有个注：初稿于1985年，还有个兴高采烈的序言，欢呼在文科中竟然找到了一个逻辑层层推进的严密学科，从此不必再以说巴黎腔的玄语为荣了。

这就是这本书奇怪的书名，而这个书名还带来风波。当年人大出版社的编辑被社长在年终大会上当着全社批评："有人出的书标题极其怪异，叫作《当说者被说的时候》，不通之甚！"社长抖搂火眼金睛，编辑受了委屈。如今过了三十多年，我对此忿忿不平，似乎小气挨不得批评。因为这是叙述学的关键，而这个关键至今没有被充分理解：叙述行为能叙述一切，就是无法叙述叙述行为本身，叙述行为实际上比被叙述出来的文本高一个层次。正如一面墙上有告示"此处不准贴告示",此告示违反规定吗?不,它首先要被告示出来,才能进行告示。哪怕叙述者(无论是真人还是"被委托"的人物)说"我这就寄""我即刻发""幕在落下",他说的依然不是了结叙述的叙述行为,而是被叙述的内容。

原因是:叙述不是符号的简单堆积,而是构成了一个"可以被接受者读出合一的意义和时间向度"的文本,简明说,就是一个说故事的符号集合。由此,就必然落进所有集合的根本问题:"自指悖论"。

此事我思考了二十多年,到2013年出版的《广义叙述学》才说出了叙述实践中的处理方式,即从中国小说《镜花缘》开始的"回旋跨层"。我最早著文分析晚清小说中的大量此种手法,有的学者告诉我这只是"作者写糊了"。这是可能的,小说作者不需要有叙述学的知识,只是有样学样。但一旦把研究对象扩大到所有的叙述,尤其包括演示类叙述(如戏剧、相声等)或用新媒介记录下来的"类演示"叙述(电影、电视,甚至当近的抖音、直播等),回旋跨层造成的逻辑破损,会得到演示叙述的"同框"效果修补,至少让观众感官上觉得可以说得通,这样或许部分回答了"说者如何被说"这个难题。

尽管如此,在此书的原序中,我的欢呼"叙述学实际上是个条理相当分明的'学问'。……在人文学科中,这样的好事几乎是绝无仅有",恐怕是太乐观了。叙述学并不如几何学那样整齐。几何算式处理已经抽象为概念关系,记录与人无关的变化,总结其规律的是科学报告,是科学/实用的陈述。而叙述必须卷入人、人物、人群,卷入他们的生活经历,一旦卷入人,我们就会发现有种种复杂变异,种种歧义。即便人的行为不得不遵循社会文化的规训,人的思想也不受边际与规则的拘束，尤其是当叙述成为艺术，想象力就朝边界狂奔。叙述学当然要有抽象范畴的论说，但叙述本身的生命力在于人世间的实践，必然冲破藩篱，进入尚未测量的领地。

就我个人而言，岁月能花在思考此种问题上，也是一生之幸。

2022，八十欠一

（2022年）

后记

愧对半生：为学术生涯四十五年
——赵毅衡答《符拓邦》网站记者问

记　者：恕我开场就唐突，您今年八十，怎么学术生涯才四十五年？

赵毅衡：惭愧，真正做事只有半生。不过不全是我的错，前半生无可惭愧。我少年时是个病秧子，九岁就吐血进医院，肺结核是20世纪上半期城市青少年的大杀手。小学中学在上海，读读停停，父亲没精神管我们兄妹，母亲成为右派，到乡下养猪。我经常随母亲到猪场，天天在猪粪味中过日子。

记　者：生活不容易，起步艰辛。

赵毅衡：1960年终于高中毕业，因肺结核不让参加高考达三年之久。不过考也没用：出身有问题。那时在中小学代课，学生欺负我，管不住他们，大闹课堂，甚至女子中学都如此，校长只好不留我。从那时起，我就有创伤：见学生要下拜，请求高抬贵手给口饭吃。不过时间全花在乱读书上，无人管我读什么书。那时我的俄文已经自修到可以翻译小说，记得翻过一本柯罗连科。1963年，三年困难时期已过去，二月份检查说肺结核突然消失，连忙做准备参加五月高考。本准备考建筑，来不及了。正好在自学英语，兴致勃勃，就不自量力考英语系，进了第一志愿南京大学英语系。从那时起就建立了"逢考必胜"的信心。

记　者：听说，您在课堂上说过"考试万岁"，学生说您头脑有问题。

赵毅衡：道理很简单：不考试，谁最吃亏？不过那时读大学也不容易。1966年之前，要"又红又专"，领导一看见学生在读书，弦就绷紧，怕犯"引导白专"路线大错，变着法子把学生送到农村去"接受再教育"。读书三年，大半时间在农村劳动，到1966年夏天，索性全部停学。哄闹了两年，1968年又全送到淮河边的军垦农场。到1970年我又被派到一个县办煤矿，又干了八年。忽然1978年，考试了，我35岁，允许报考研究生的最后年纪，我知道是最后一搏。到北京复试后，同学都进了不同研究室，独独把我撂一边。我着急到卞之琳老师家中探问，他慢悠悠地说：不用急。后来才知道，若不是初试复试都考第一，社科院坚持说清楚，又会被煤矿领导的领导硬拉下来。其中有关情节，可以写一本惊险小说，不过现在谁也不对那个荒唐岁月感兴趣，倒也省事。

记　者：劳动达十年，原因到底是什么呢？能不能说？毕竟那时中国缺少外语人才。

赵毅衡：我知道你好奇，我自己更难受，多次去打听，一无所获。一直到前几年我到川大人事处打"工龄"证明，发现我的档案里只有几张纸，薄得不正常。毕竟煤矿领导不会十年留住一个"没辫子"的人。唯一的可能是：里面曾经装满东西。"文化大革命"后，组织部门无从查起，按当时政策清理掉了。究竟是些什么？谁写的？对我至今是个谜。

记　者：前奏曲的确太长。不过如果没有如此漫长的不让读书的岁月，此后半生也不会如此珍惜时光。

赵毅衡：不过十年体力劳动，倒是把身体练好了。这点我要感谢，人要知恩。耄耋两字，不好读，也不易得。到了社科院，所有的读书人都明白岁月浪费得够多了，都很用功。读英语文学，当然最高是读莎士比亚。一年半中我发表了四篇文章，记得其中之一是马列课的作业，我交的题目是"荒谬的莎士比亚"，说的是莎剧因种种"内部不协调"才张力饱满。此文很得老师赞赏，发在研究生院学生刊物《学习与探索》创刊号上。发表不稀罕，高兴的是此文只是一篇政治课作业。卞之琳老师读了后，说我应当做理论，重拾三十年代中国文化人的形式理论传统，从"新批评"做起。卞先生目光如炬，我一生事业由此而起，无时敢忘师训。

记　者：我看您兴趣很多嘛：写小说，写散文，翻译诗集，研究文学影响……

赵毅衡：这是我意志薄弱时做的事，毕竟我的准备期太长，书读得太杂。不过我明白，要做出一点成绩，就不能旁骛。说到底，我只有半生可用。在社科院读研究生做完了"新批评"；然后在伯克利比较文学系读博，叙述学成了我的主攻理论。不过读博士主要的功课，是准备三年之内，过一个叫"资格考"（Qualifying Exams）的难关，所谓"宽进严出"，就在这档口，让你几年学费白交。记得我1983年入学，不得不与拉丁语的变格变位苦苦纠缠两年多，而且每门考试必须拿满分，不然一个系只有一份的"校董事会奖学金"就给了别人。我读了三年才敢去通过"资格考"，据说已经是创该系最快纪录。一句话，博士论文不是大事，"资格考"才是大难。比较文学系的学生考的是：五门语言（可以分别考，但必须有一门古典语）、三国文学，以及总体文学理论。备考几年，考过了就荣称ABD（All But Dissertation，只待写论文的博士），可以去就业，去任教。论文可以慢慢写，只要导师觉得行就可以授位了，至于"毕业论文答辩"，是博士生个人要求的额外仪式。回忆这些琐事，无非是说：考试是福，哪怕四十岁背拉丁。

记　者：这几年是您的叙述学科班训练？

赵毅衡：是的，当时查特曼（Seymour Chatman）在修辞系任教，可以选课。叙述学这门功课，非常清晰，我说构造就像几何学，从几个公理推出整个问题域。为准备"资格考"，不得不分清理论部分与应用部分（这是两门考试），于是就有了两堆卡片，分别整理成两本书*The Uneasy Narrator*和《当说者被说的时候》，九十年代初才在国内出版。

记　者：题目有点奇怪，有意的？

赵毅衡：人生能有趣一点的机会不多，千万不要放过。不过这一条，是我悟出的"叙述学第一公理"：叙述者可以叙述一切，却叙述不了他的叙述。他作为叙述者身份，必须有另一个叙述层次赋予。这话似乎有点诡辩，实际上容易理解。我举过很多作品例子，不如来个比方：一位大天才出生，他能记住生命中的一切，但是他不可能记得被哪个护士倒提着，在屁股上抽一下，让他哭出来。这是天才的第一鸣，可载入史册，但只有在"第一拍击"之后，他自己的记忆才开始。

记　者：您又开玩笑了。

赵毅衡：玩笑不开白不开。此天才写自传可以写到一切，但这拍击必须由别人说，这就是叙述理论的逻辑起点，是"哥德尔不完备性定理"在人文形式理论中的体现。"当说者被说的时候"这标题，让人大出版社责编在社里的大会上挨了社长公开批评："标题不通之甚！"我没有机会向这位社长讲一下哥德尔定律，或许讲了他能懂。在伯克利的最后一年，我读到了刚出版的西比奥克编的《符号学百科词典》，一口气读完全书一巨册，明白了符号学才是一切意义形式理论的基础。查特曼也在新出的书中指出"只有符号学才能说清小说与电影的转换"。1988年我回国，写成了又一本"笔记书"——《文学符号学》。

记　者：所以这是国内第一批符号学著作？

赵毅衡：那本只是卖弄读到的皮毛知识。我一直拒绝重印，也算有点遮羞的自知之明吧。那时国内出了一大批符号学论著：林岗《符号·心理·文学》，何新《艺术现象的符号–文化学阐释》，俞建章、叶舒宪《符号：语言与艺术》，肖峰《从哲学看符号》，杨春时《艺术符号与解释》，李先焜、陈宗明《符号学通俗讲座》。那时符号学的阵势，比今天还热闹。1988年李幼蒸、张智庭，还有我，开了"京津地区符号学讨论会"，中国符号学界的第一次集会。

记　者：好像这些作者一大半，后来都离开了符号学？

赵毅衡：祝贺这些朋友，在各领域成绩很大。若是吊在一棵树上，景象就太让人忧郁了，当然坚持的会有所得。此后我在伦敦大学亚非学院执教近二十年，对"外籍"教师的要求偏重材料，我不习惯。我的精力集中在文化研究。《礼教下延之后》中的文章大多作于此阶段，以形式分析理解文化进程，我称为"形式-文化论"。当时我负责比较文学硕士（英国特有的一年制Taught MA），一年之内要把各种理论讲一遍，符号学与叙述学只能占几节课。这就闲置了我的老本行形式意义理论。因此我九十年代起就找回国机会，先后谈了多所大学，都是最后一刻出现阻隔，每次离奇得很。那么最后为何选择四川大学？这是曹顺庆院长主动选择了我，他2002年就特地派人事干部到社科院取过了我的档案，并让我开始招博士生，2005年我正式到四川大学。

记　者：也就是说，四川大学不是您的选择。

赵毅衡：中国是我的选择，四川大学是曹顺庆院长代我做的选择，那时我们还没有见过面，但也符合我的心愿。不过来了后依然困难重重：我的护照上是Zhao Yiheng，到处要证明"我就是我"，只能做"外籍教师"。一两年后我费大功夫，把国籍等换回中国，才算稳定下来。2008年之后国家出台鼓励"海归"政策，一切才变得顺当。那年我拿到第一个国家项目研究符号学，我已经讲了多年、驾轻就熟，两年就写出了《符号学：原理与推演》，我把符号定义为"被认为携带意义的感知"，把符号学定义为"意义形式理论"，如此一来，符号学就重置在意义论的基座上，或许是给了符号学一个明白的路径。

记　者：然后您转过头来做老行当叙述学。

赵毅衡：是的，依旧是两年后写成出版。毕竟我思考这些问题已经三十年，我一直在想如何把叙述学领域推进一步，寻找覆盖所有含情节的文本的理论，迥异于我在伯克利所学的小说中心理论。我多年的"雄心"是把叙述学与艺术学，都做成符号意义理论的分支，只有这样才能收拾"全域"，就是《广义叙述学》。我一直认为叙述学与艺术学是符号学意义理论的分支。但是2016年起我才有机会，完成多年来从符号学整理艺术问题的夙愿。这是我一生的最后课题，即是2021年写完的《艺术符号学》、2023年才写完的《符号美学与艺术产业》，做法依然是从意义理论给艺术一个新的定义。

记　者：您这一生思考的问题够多的。

赵毅衡：其实只有半辈子，从形式，到意义；从形式意义，到意义形式。这话有点卖弄，实际上是形式意义论的必然：形式论者早就发现内容可以展延成形式（例如普罗普）；转进一步，形式的关联也能自行生成意义（例如"媒介即信息"）。路本来就不短，的确几十年走得气喘吁吁。我一直想给自己打个句号，今天觉得可以打了。不是说意义理论完成了，还远着。年轻人，我看到几代年轻人，做得比我更好，成绩肯定比我更大。今天这个学术回忆，我再说下去，就会有点倚老卖老。

记　者：您还应当带领年轻人。

赵毅衡：说反了。若年轻人邀我欣赏他们的成绩，是我的福气。

2023年2月25日